AF631905

# Fidelidad

NEFELIBATA

MARCO MISSIROLI

# Fidelidad

Traducción de Montse Triviño

Duomo ediciones
Barcelona, 2020

Título original: *Fedeltà*

© 2018, Marco Missiroli
Publicado originalmente en Italia por Giulio Einaudi Editore.
Esta edición se publica previo acuerdo con MalaTesta Lit. Ag.,
en colaboración con The Ella Sher Literary Agency (www.ellasher.com).
© de la traducción, 2019 de Montserrat Triviño González
© de esta edición, 2020 por Antonio Vallardi Editore S.u.r.l., Milán

Todos los derechos reservados

Primera edición: enero de 2020

Duomo ediciones es un sello de Antonio Vallardi Editore S.u.r.l.
Avda. Riera de Cassoles, 20 3.º B. Barcelona 08012, (España)
www.duomoediciones.com

Gruppo Editoriale Mauri Spagnol S.p.A.
www.maurispagnol.it

ISBN: 978-84-17761-50-9
Código IBIC: FA
DL B 25.712-2019

Diseño de interiores:
Agustí Estruga

Composición:
Grafime
www.grafime.com

Impresión:
Grafica Veneta S.p.A. di Trebaseleghe (PD)

Impreso en Italia

*Queda rigurosamente prohibida, sin la autorización por escrito de los titulares del* copyright, *la reproducción total o parcial de esta obra por cualquier medio o procedimiento mecánico, telemático o electrónico –incluyendo las fotocopias y la difusión a través de internet– y la distribución de ejemplares de este libro mediante alquiler o préstamos públicos.*

Para Maddalena, una vez más
Para Silvia Missiroli

«Así sabemos que estamos vivos, porque nos equivocamos».

PHILIP ROTH

–Tu mujer me ha seguido.

–Mi mujer.

–Hasta aquí. –Sofia lo observó fijamente–. ¿Profesor?

Él miraba hacia la entrada del aula.

–Creo que está en el patio.

Carlo Pentecoste se acercó a la ventana y reconoció a Margherita por el abrigo de color amaranto que llevaba desde el segundo día de primavera. Se había sentado en el muro bajo y leía un libro, otra vez Némirovsky, tenía las piernas cruzadas y con la mano libre sujetaba la mochila. Marzo tocaba a su fin y una neblina inesperada invadía Milán.

Carlo se volvió hacia los alumnos. Sofia se estaba preparando en la segunda fila y había sacado el cuaderno y las almendras. No aparentaba los veintidós años que tenía, con su cara diminuta y sus movimientos delicados que suavizaban aquellas caderas inesperadas. Lo miró, con la misma aprensión que cuando el rector los había convocado a los dos después de que una novata los hubiera sorprendido en el lavabo de la planta baja: él encima de ella, acariciándole el cuello con las manos o algo así, en vista de que la novata primero había contado una versión y luego otra, innumerables versiones, todas ellas reforzaban el rumor según el cual el profesor Pentecoste y una alumna suya habían protagonizado un estrecho encuentro de naturaleza ambigua.

No empezó la clase, sino que se puso la chaqueta y salió del aula, bajó la escalera, aminoró la marcha en el vestíbulo y regresó hacia los lavabos. Había vuelto allí con un colega para aclarar el tema, había vuelto con el rector. Y ante cada uno de ellos había escenificado la reconstrucción de lo que él llamaba un malentendido: entrar en el váter de hombres, mear, salir al espacio común, lavarse las manos, la cara, secárselas, escuchar un golpe en el váter de mujeres, darse cuenta de que la puerta estaba entornada y encontrar a su alumna Sofia Casadei casi desmayada. ¿Qué quería decir con «casi»? Se había inclinado sobre ella y la había llamado varias veces por su nombre, la había ayudado a sentarse y a levantarse –al rector le había explicado cómo– y durante unos momentos la había apoyado en un rincón. La cosa no había durado más de unos minutos, luego la chica se había recuperado y él la había acompañado a lavarse la cara: ni siquiera había visto a la novata.

Se detuvo antes de dirigirse hacia su mujer y consultó su móvil: Margherita no le había dicho que se iba a pasar. Prosiguió en dirección al patio, donde ella aún leía sentada en el muro bajo.

–Tu abrigo es inconfundible –dijo, señalando la ventana del aula.

–Estoy descansando el tendón. Pensaba subir ahora. –Cerró el libro y se puso en pie–. Te lo has dejado –le dijo, mientras le entregaba un frasco.

–Has venido por un antihistamínico.

–Ya tuve bastante con verte mal la semana pasada.

–No quiero que fuerces la pierna.

–He venido en metro –dijo ella, mientras le colocaba bien el cuello de la chaqueta–. Yo que tú hoy daría la clase al aire libre, la neblina tiene su encanto.

–Se me distraen –dijo, y le puso una mano en la parte baja de la espalda, como cuando se habían conocido en una cena en casa de la hermana de él. Por la curva en la zona lumbar, había intuido un cuerpo entrenado–. ¿Quieres subir? Tengo que empezar.

A Margherita le gustaban sus manos, que no eran propias de profesor. Dejó que él la ayudara a ponerse la mochila y luego lo acompañó a la entrada.

–De verdad has venido hasta aquí solo para.

–He venido porque he venido –dijo.

Le señaló el reloj y lo animó a darse prisa. Él sonrió y se marchó.

En cuanto lo vio desaparecer más allá de la escalinata, Margherita se apoyó en la puerta de cristal y bajó la cabeza. ¿Por qué no había tenido el valor de acompañarlo hasta la clase? ¿Por qué no tenía arrestos, como decía su madre, de cruzar aquella entrada y dirigirse hacia *aquel* lavabo? ¿Y por qué temblaba ahora? Se alejó despacio, tenía ganas de pararse pero se obligó a llegar hasta la calle, cruzó la verja y se abrochó el abrigo. Se detuvo y cerró los ojos para buscar en su interior un asidero que le permitiera canalizar su desánimo: pensó en los cincuenta minutos que llegarían dentro de poco y que la hacían sentir distinta. Distinta y seducida. Los anotaba en su agenda con la expresión «Fisioterapia», que significaba también «aventura». Probó con eso y lo atesoró como un antídoto contra la inseguridad mientras dejaba a su espalda la universidad y se dirigía a la parada de taxis. Le dolía la pierna desde que se había despertado. Un tormento que nacía en el pubis y descendía hasta la rodilla, surgido después de haber estado corriendo en el gimnasio, tres meses atrás. Desde entonces, pensaba en detalles que la entristecían: los tacones que había cambiado por zapatillas deportivas, renunciar a las visitas en edificios sin ascensor, no poder correr detrás de un niño.

Cogió el teléfono y vio un mensaje de la propietaria de *corso* Concordia: «Ya he firmado, querida Margherita. Ahora os toca a vosotros». Y otro de su colega: la agencia había recibido las llaves para iniciar la venta. Tenía una llamada de su madre. La ignoró, se quedó con el teléfono en la mano y consiguió no entrar en Facebook. Cada vez que abría el perfil de Sofia Casadei se le ocurrían ideas raras, la cafetería en la que trabajaba, el bar en el que desayunaba por las mañanas, el barrio en el que vivía, acercarse a todos esos sitios. Llegó a la fila de taxis, dio la dirección de FisioLab, *via* Cappuccini 6, y se relajó acomodándose en el asiento y cerrando los ojos. El taxista le propuso alargar un poco el trayecto porque estaban haciendo obras en la ronda interior de circunvalación, ella le dijo que vale y ya no pensó en nada más. De vez en cuando echaba un vistazo por la ventanilla, Milán y el ir y venir en las aceras, los porteros delante de los edificios. Luego se acordó de su madre, le devolvió la llamada y la oyó contestar al primer tono.

–Mamá.

–Estaba a punto de llamar al lampista.

–¿Qué pasa?

–La –dijo, y cogió aire–, la mierda esa de caldera.

–Buenos días.

–Siempre me ha gustado decirlo, pero tu padre afirmaba que las mujeres deben tener la boca limpia. –Guardó silencio–. En fin, te he llamado para preguntarte por la casa de *corso* Concordia.

–Justo ahora me acaban de escribir.

–¿Y qué te parece?

–No tiene ascensor, pero es interesante. Envío a Carlo a verla antes de anunciarla en la agencia.

–¿Y la pierna?

–¿Tú qué haces cuando tienes una sospecha?

–Te duele, lo sabía.

–¿Qué haces?

–¿Qué clase de sospecha?

–Una sospecha.

–Una sospecha es una prueba.

–No estamos en *Un giorno in pretura*, mamá.

–Es la vida, tesoro. –Titubeó–. ¿Quieres contarme a qué te refieres?

–Ya he llegado, te tengo que dejar.

–Hija mía –dijo, aclarándose la voz–, mañana en la visita podrás despejar todas tus sospechas.

–Ay, señor.

Su madre resopló.

–Hace meses que quieres ir y a mí me ha costado mucho trabajo conseguírtela: diez y media, *via* Vigevano 18, timbre F.

–Recuérdame por qué me dejé convencer.

–Porque iba Dino Buzzati. Apúntatelo en el dorso de la mano.

–Y tú apúntate el cumpleaños de mi suegra.

–No voy.

–Oh, sí, claro que vienes.

–Oh, no. Pero tú pasa a ver a tu madre antes o después, solo si te apetece.

Su madre había enterrado al marido y había permanecido despierta tres días, sentada en el sillón donde él solía leer el periódico los domingos por la mañana. Finalmente había dicho Y ahora para quién cocinaré, y durante un tiempo no había querido hablar de aquel hombre que las había acostumbrado a los rituales, a los mercadillos de trastos usados, a Tex Willer, a la moderación. Había sido un hombre de silencios y para notar su adiós, ella y su madre se habían tenido que inventar ruidos. Discutir, telefonearse, mostrarse alegres.

Pagó el taxi y bajó delante de FisioLab. Estaba acalorada, pero sabía que era de impaciencia. Abrió la mochila y comprobó que llevaba el bañador, el gel de ducha, la toalla y el peine. Se presentó en la recepción y se dirigió al vestuario, se puso el bañador debajo de los pantalones cortos –se había comprado uno nuevo después de comprender a qué clase de terapia debía someterse–, se recogió el pelo, se llevó el teléfono y los auriculares y se puso en marcha con la duda de si la esteticista habría hecho su trabajo con prisas. Cogió la botellita de agua que el centro regalaba a los clientes y se dirigió al gimnasio de rehabilitación. Andrea era puntual y también lo fue aquel día. Le estrechó la mano y le preguntó qué tal iba el dolor, ella respondía siempre «Entrecortado» y se abandonaba al sonido del biombo cerrado con un golpe seco, acostumbrada ya a compartir aquel espacio reducido con un joven muy serio de veintiséis años que intentaba aliviarle una inflamación casi crónica. Él la invitó a tenderse, ella se rozó la cinturilla elástica de los pantalones cortos y lo miró, él asintió y ella se los quitó. El joven cogió el electroestimulador y se lo apoyó en la cara interna del muslo, subió hacia la ingle e insistió en el pubis aplicando la presión adecuada. Cuando eso sucedía, Margherita se concentraba en uno de los paneles del biombo y se obligaba a respirar despacio. Aquel calentamiento –como lo llamaba él– duraba los diez minutos que ella tardaba en vencer la incomodidad. Luego se confiaba. La convencía la firmeza de Andrea, la experiencia de aquellos dedos, la vista baja. También él miraba hacia otra parte, excepto cuando –como en aquel momento– guardaba el electroestimulador y se disponía a apartarle el bañador un poco más: era el momento en que Margherita quería ver en él un principio de excitación, quería verlo ignorar la deontología. Intentaba percibir indecisión en aquellos dedos mientras presionaban el pubis y buscaban el tendón. Él utilizaba el pulgar y el dedo corazón, a veces el índice, apretando como si quisiera hacer un agujero. Durante la primera sesión, Andrea le había explicado cómo se iba a desarrollar la fisioterapia: la acción antiinflamatoria de las máquinas, el efecto reductor de las manos, los ejercicios que tendría que realizar en el gimnasio. Necesitaría veinticinco sesiones, además de las visitas de control y las ecografías, todo por un total de dos mil ochocientos veinte euros. No se lo podía permitir, o casi no podía, y lo había intentado a través de la sanidad pública, pero se había perdido en las larguísimas esperas y había sucumbido a la decisión que su padre habría definido como «fácil». Fácil era pagarle tres mil euros a un fisioterapeuta privado, fácil era hacerse regalar un Interrail cuando era adolescente, pese a no haber sacado las mejores notas de la clase, fácil era contentarse con un trabajo de agente inmobiliaria cuando tenía mente de arquitecta. Fácil, probablemente, era confundir una manipulación terapéutica con la lujuria.

Y mientras se dejaba tocar por su fisioterapeuta con la intensidad adecuada en una zona fronteriza, a la espera de comunicarle dónde se encontraba el punto exacto del dolor, Margherita volvió allí: su marido, la puerta de los lavabos, el edificio 5 de la universidad, planta baja, lavabo de señoras. Aquel era el «punto exacto» que le dolía desde hacía dos meses. Eludió el pensamiento, como se había acostumbrado a hacer durante las últimas semanas, subvirtiendo todos los frentes. ¿Era una hija atenta y solícita? Podía serlo muchísimo menos. ¿Era una agente inmobiliaria que no abusaba del tiempo entre una visita y otra? Podía abusar. ¿Era una paciente que nunca se dejaría seducir por tres dedos expertos? Podría dejarse. Cada vez que se le presentaba el recuerdo de aquellos lavabos, ella «podía» subvertir su propia naturaleza, para distraerse de la sospecha.

Andrea le preguntó si el dolor se detenía exactamente donde le estaba dando un masaje. Le habría bastado con decir «Más a la derecha» para hacer realidad su fantasía. Andrea se habría desplazado más a la derecha y el efecto hubiera sido el que deseaba: disfrutar, Dios bendito.

En cambio, dijo:

–Más a la izquierda.

Él desplazó los dedos.

–¿El dolor aumenta por la noche?

–Depende del día.

–¿Haces los ejercicios?

–Depende del día –dijo, mientras se recolocaba sobre la camilla–, en teoría soy una mujer cumplidora.

–Eso dicen todas.

–¿Todas?

–Y luego se echan atrás.

–¿Y eso qué significa?

–Que no afrontan el problema de verdad. –Presionó suavemente–. Aquí se ha densificado, ¿lo notas?

Ella guardó silencio. Era «todas» las mujeres que llenaban aquel lugar, el conjunto comprado especialmente para la ocasión, los pendientes de perlas y la casa en el centro de la ciudad, el marido de comportamiento discutible, la docilidad.

–Se nota que te gusta tu trabajo, Andrea.

Él disminuyó la intensidad de la presión.

–Quiero decir que eres muy bueno. ¿Te dicen que eres bueno?

–Alguna vez.

Se apartó de ella, rodeó la camilla y frotó con los dedos la parte baja de la pierna, para luego ir subiendo despacio.

Margherita lo notó acercarse a la ingle sin prisas, palpando el tendón centímetro a centímetro. Se permitió imaginar cómo sería Andrea en la cama. Salvaje, tal vez, inexperto, seguramente. Durante un segundo, pensó en los dos inmuebles vacíos a los que habría podido llevarlo: *via* Sabotino 3, el apartamento que no conseguían alquilar porque los gastos de comunidad eran muy altos, y *via* Bazzini 18, un piso de tres habitaciones con un pequeño *jacuzzi*.

–Más a la derecha –susurró de golpe, sorprendiéndose a sí misma.

Él fue un poco más despacio.

–¿Más a la derecha?

–Un poco.

Él sabía que más a la derecha no podía ser. Tenía el tendón entre las yemas de los dedos, en el punto exacto en que dolía, y se lo estaba ya pellizcando lo mejor que podía. Más a la derecha era arriesgado, a menos que fuera un movimiento mínimo: bajar el meñique para saborear el calor, la humedad, la consistencia distinta y después volver a levantarlo, sin haber interrumpido el trabajo en ningún momento. No lo había hecho nunca, pero sus colegas le habían mostrado cómo ejecutar la maniobra conservando una expresión muy profesional. Cada vez que llegaba un caso de tendinitis en los abductores y la paciente era «interesante», se peleaban para ver a quién se la asignaban. Margherita le había tocado a él por su aparente invisibilidad. Una mujer mona, casi pálida. Sin embargo, había resultado tener un cuerpo lleno de sorpresas: y no por la armonía muscular, las piernas sinuosas y fuertes o las caderas lisas, sino que había sido una revelación por la forma en que predisponía el tendón, las articulaciones y en general toda ella a los cincuenta minutos de tensión curativa. Le encantaban los silencios de aquella mujer, porque le permitían trabajar concentrado. Margherita daba la sensación de no tener pensamientos y luego, de repente, de tenerlos. Así que no la miraba nunca, como si le diera miedo la idea de sorprenderla en aquellos fogonazos mentales. En lugar de eso, la olía: desprendía una fragancia para él desconocida –casi de leche– que se le quedaba pegada a la piel hasta que se metía bajo la ducha.

Consultó el reloj, aún disponía de cinco minutos. La ayudó a flexionar la pierna y le preguntó dónde se intensificaba el dolor al doblarla, comprendió que debía disolver una pequeña contractura a nivel isquiotibial. Se apoyó en el hombro el tobillo de ella y le masajeó la parte posterior del muslo, pellizcando la franja muscular. Cuando encontró el bloqueo, hundió los dedos. La oyó gemir como durante las primeras sesiones, una especie de lamento y no un grito. Ten paciencia, le dijo, y hundió de nuevo los dedos para escuchar otra vez aquel gemido que parecía otra cosa. ¿Era como sus colegas, entonces? Le hizo un masaje ligero y rápido, hasta que se le entumeció el brazo. Luego le acomodó la pierna sobre la camilla.

–Ahora haz un rato de elíptica y luego Alice te ayudará con los ejercicios.

–¿Alice?

–Hoy tengo que salir antes. Pero mañana tienes que volver. No me gusta nada cómo se te ha inflamado.

–¿Mañana?

–Si puedes sí.

Ella reflexionó.

–Puedo a las nueve. –Se incorporó y dejó colgar las piernas a un lado de la cama–. ¿Y qué planes tienes para esta tarde?

Él empezó a abrir el biombo.

–Bueno, no es asunto mío, perdona. –Ella se puso los pantalones–. Es que una tarde libre en Milán siempre es una novedad.

–Muy libre no será.

–¿En serio? –Margherita hizo una mueca de incomodidad–. Perdona, es superior a mí –dijo y, tras pasar junto a él, se acomodó en la elíptica de la sala de máquinas.

Andrea se la quedó mirando y luego se dirigió al vestuario. Se cambió deprisa, cuando salía de FisioLab dejaba de pensar en ella y en el resto de sus pacientes. En otros tiempos, se llevaba los cuerpos consigo: cómo arreglarlos, en cuánto tiempo, cómo optimizar las sesiones. Luego había aprendido a olvidarlos, caminando por el Milán de las calles señoriales en torno a *via* Cappuccini, el hormiguero repentino que era *corso* Buenos Aires, el tráfico rabioso de la ronda de circunvalación, el Milán complicado. «Complicado» era el adjetivo que sus maestras –y en realidad todo el mundo– le atribuían desde la infancia. Complicado: habla poco. Complicado: no escucha. Complicado: le ha pegado a un compañero de clase. Complicado: ha abandonado a su perro de un día para otro. Complicado: nunca había tenido novia y luego demasiadas novias equivocadas. Complicado: Andrea Manfredi. Y cuando su madre había dicho que él era complicado como Milán –difícil solo a simple vista–, él había sabido lo que significaba sentirse comprendido.

Ahora necesitaba ese «sentirse parte» mientras pasaba junto a la Villa Invernizzi y los improbables flamencos en la fuente, bajo la ostentación de los edificios de estilo Liberty ennegrecidos por el tráfico, volviendo atrás por las calles que desembocaban en Porta Venezia, entre maricones, africanos y burgueses, y siguiendo los raíles de *viale* Piave cubiertos de hierba fresca. Los siguió durante un kilómetro –tenía la costumbre de pasear con las manos en los bolsillos y los hombros encorvados, casi elegante–, llegó a *piazza* Tricolore y cogió el 9 hasta Porta Romana, que antes de ponerse de moda había sido el arrabal de Milán. Se había criado allí, sus padres regentaban desde hacía veintitrés años el quiosco que estaba delante de la iglesia de Sant'Andrea. Gracias al quiosco se había costeado los estudios de fisioterapia, trabajando desde el amanecer durante seis veranos seguidos y dos inviernos completos. Sabía colocar los periódicos y tenía su propia filosofía a la hora de exponer los productos: entre las revistas introducía siempre un intruso, cómics de Marvel, libros ilustrados de animales o álbumes de Panini. Su padre lo dejaba hacer y luego lo reordenaba todo. Aquel día estaba inclinado sobre una caja y apilaba con esmero los de la colección Urania de segunda mano, que se vendían a dos euros.

–Yo no voy –dijo, cuando vio llegar a Andrea.

–Qué cabezota es –dijo su madre, mientras salía del quiosco y le hacía un gesto.

Andrea cogió a su padre por un brazo y lo ayudó a levantarse, tenía los ojos húmedos, lo retuvo allí mientras la madre le pasaba una carpeta con los informes médicos.

–Decidme algo.

Cruzaron la calle y pasaron junto a la iglesia. Caminaban muy juntos, como si tuvieran frío, y luego el anciano repitió Yo no voy.

–Hemos tenido que esperar dos meses para que te dieran hora.

–Pareces tu madre.

–Solo es un control.

–No insistas.

–Haz lo que quieras.

Hacía lo que quería desde que los chicos del bar Rock lo habían encontrado tendido en el suelo, delante del quiosco, sujetándose el brazo izquierdo y diciendo que le dolía el pecho. Había salido del hospital con tres baipases y la proclama de que el Vaticano –no el papa, sino los cardenales– y el Inter –no Moratti, sino los jugadores– le habían provocado aquella tremenda angustia. Y luego había dicho: el quiosco. Los médicos le habían dado la razón, dormir solo cuatro horas durante toda la vida le había minado el miocardio. Así que había decidido dormir una hora más, había dejado de desgañitarse delante de *La Domenica Sportiva,* de acongojarse, de dar cuatro caladas a los Marlboro de su mujer. Había dejado de proveer antes de que las necesidades salieran a la luz. Andrea se las apañaría solo. Maria se las apañaría sola. Él solo tenía una obligación: cuidar de sí mismo.

–Déjate visitar y listos.

–Cómprate otro perro y no te preocupes por mí.

Andrea lo seguía medio paso por detrás y continuó siguiéndolo hasta que llegaron al banco que estaba junto a los columpios. Se sentaron; el sol era débil por la neblina y el padre se abotonó hasta arriba el polo. Se perdía en los vaqueros y las piernas le oscilaban como péndulos.

–Te compras un pastor alemán y santas pascuas.

En el banco de enfrente había una chica sentada que tenía una mochila de cuero sobre el regazo de la que sacaba algo y se lo comía. Andrea la miró, le pareció melancólica.

–O un pastor de Maremma.

El padre irguió la espalda, se sujetó un hombro.

–Cómpratelo tú.

–Así dejas de ocuparte de mí –dijo, cogiéndose el hombro.

–¿Qué te pasa?

–El taburete me deja agarrotado.

Andrea se contempló las manos. Eran amplias y tersas, el anular más largo que el índice. Las unió y las frotó, lo hacía siempre cuando estaba indeciso. De reojo observó a su padre, que se cogía el hombro. Trató de ignorarlo, se concentró en la muchacha melancólica y se dio cuenta de que ella también lo estaba observando. De fondo, se escuchaba el parloteo en los columpios de unas niñas sudamericanas. Se acercó las manos a la cara. Aún olían a Margherita. Las bajó.

–¿Agarrotado dónde?

–La señora Venturi ya no compra el *Corriere della Sera* porque su marido lo lee en el ordenador.

–¿El hombro?

–Cuando yo ya no esté, vende enseguida el quiosco.

–¿El hombro y ya está?

–Y un poco el cuello.

–Apóyate bien y deja los brazos a los costados.

–Vende el quiosco enseguida, ¿me has oído?

–Haz lo que te he dicho.

El padre no se movió y Andrea se colocó detrás del banco, lo ayudó a apoyarse bien en el respaldo y nada más empezar a darle un masaje se dio cuenta de lo delgado que estaba y tuvo miedo de hacerle daño. Tenían la misma nariz, pero era la expresión huidiza lo que les daba un parecido de padre e hijo. Sofia dejó de mirarlos y terminó de masticar la almendra, cogió la mochila y se la colocó a la espalda. Había salido a mitad de la clase de Pentecoste, había cogido la línea 91 y había bajado nada más ver el parque Ravizza desde la ventanilla del trolebús. Desde que se había marchado de Rímini, necesitaba espacios abiertos. Seis meses atrás había llegado a la Estación Central desprovista de deseos y con el presentimiento de que su vida iba a cambiar, pero seguía en el mismo punto de partida: una joven provinciana de veintidós años que hacía cosas de las que luego se arrepentía.

Caminó por la hierba y llegó a la calle tras lanzar un último vistazo al anciano y al chico que le daba un masaje, que ya casi se confundían entre la niebla. Siguió avanzando despacio, Porta Romana era un barrio que la tranquilizaba, con sus casas de tejado bajo y sus tiendas, pero después de pasar frente a la iglesia se detuvo y admitió que le hubiera gustado pedirle disculpas a Pentecoste. Acercarse a su mesa ante la mirada de sus compañeros de clase la había expuesto a nuevas sospechas. Había querido confesarle que en realidad su mujer no la había seguido, que se la había encontrado casualmente haciendo el mismo trayecto que ella. Pero ¿qué le habría respondido si él le hubiera preguntado por qué lo había engañado? Cuando había visto a la mujer de Pentecoste en el metro, se había escondido entre los pasajeros para poder espiarla y la había seguido a distancia hasta la universidad. La había visto sentarse en el jardín y luego ella había subido a clase y se había acercado al profesor para contarle aquella mentirijilla. Y mientras se la contaba, había experimentado una sensación de justicia: tras el malentendido de los lavabos, él había mantenido las distancias, no le había ofrecido posibilidad alguna de diálogo, menos aún para hablar sobre el segundo relato, que le había entregado ya hacía casi dos meses. La había dejado, pues, con la crítica del primero, que Pentecoste había considerado inconsistente.

–¿Inconsistente?

–Inconsistente.

Por eso le había entregado el segundo, de siete páginas escritas a mano, en el que narraba lo que había ocurrido en el Fiat Punto con su madre. Lo había titulado «Así están las cosas». Cuando el profesor lo había recibido, un miércoles por la mañana, le había dicho que no aceptaba trabajos no solicitados. Ella se había quedado con las hojas entre los dedos, las había dejado sobre la mesa, y no les había quitado el ojo de encima durante toda la clase, hasta que él las había recogido con los libros y el portátil, las había metido en su bolsa y había evitado mirarla, como cuando los había convocado el rector y él ni siquiera la había considerado digna de complicidad, pese a saber que dependía completamente de lo que ella pudiera decir. Ella se había atenido al guion: se había encontrado mal en los lavabos, él la había socorrido y la había ayudado a ponerse en pie. El rector había ratificado que el asunto no tendría consecuencias, que ni siquiera hubiera profundizado de no ser porque el propio Pentecoste había insistido. Para llegar a la versión común, Sofia se había reunido con el profesor dos días antes en un bar del barrio chino. Habían elaborado entre los dos una crónica minuciosa, con secuencias y gestos naturales, con una sincronización perfecta. La habían maquinado, la habían repetido y luego habían dedicado el resto del tiempo a charlar sobre esto y lo otro. Después de salir –él había pagado la cuenta– y despedirse, ella había recorrido a pie la calle que conduce al Cementerio Monumental, había cogido su teléfono y había apagado la grabadora. Luego se había puesto los auriculares para volver a escuchar la grabación una, dos, tres veces. Que hubiera decidido grabar era la mejor prueba de que de casta le viene al galgo. Protegerse, prevenir, defenderse de la realidad que lleva en su seno eternas persecuciones. Era la obsesión de su familia. Los números te darán para vivir, los libros no: diplomatura de tres años en Economía del Turismo. No dejes la danza, podría contratarte una compañía famosa. No te fijes en los hombres mayores que tú. En Milán solo perderás el tiempo. Conservar los cincuenta y un minutos y treinta y siete segundos de la grabación era la prueba de que ella también era «eso». Existía, sin embargo, un detalle que la devolvía a sí misma: el timbre de la voz de Pentecoste. La cadencia suave, las oes apenas abiertas, la risa tímida y luego divertida, todo eso la excitaba. Puede que ella fuera «eso», obtener placer mientras se recreaba con el monólogo en el minuto veintiuno:

«¿Nos trae también una botella de agua mineral? ¿Tú quieres algo más, Sofia? Vale, pues solo el agua mineral, gracias. Estaba diciendo que mis padres me habían traído a casa un pollito como premio tras la operación de amígdalas, tendría yo cuatro años. Lo llamé *Alfredo* y lo teníamos en casa de mis abuelos, en la planta baja, dentro de una caja grande. Era muy educado y piaba poco y cuando estaba solo, lo dejaba suelto en la cocina y lo observaba mientras intentaba dar un saltito o un brinco, pero lo que más me intrigaba era volver a meterlo en la caja y enseguida concederle de nuevo la libertad. Ahora, pasados más de treinta años, he comprendido que lo que me interesaba era precisamente eso, el paso de la caja a la cocina, el momento en que aquellas patitas conseguían una propulsión tímida y al mismo tiempo irrefrenable, aunque eso no significaba que no me gustara verlo encerrado en la caja de cartón. Me fascinaba la transformación. Me interesa el cambio que alguien experimenta cuando se le presenta la posibilidad, ¿entiendes lo que quiero decir?».

Escuchaba el monólogo y pulsaba *stop* cuando Pentecoste decía «propulsión», volvía atrás y lo escuchaba otra vez. La «p» batiente, la «s» tímida. Propulsión, el pollito, Milán, el máster que estaba cursando, el trabajo en la cafetería a la que se dirigía en ese momento, introduciéndose por el estrecho callejón entre la basílica de San Nazaro y el parque Cederna. En la cafetería, ella mezclaba las clases de Técnicas Narrativas con su lado práctico, a veces incluso anotaba ideas en el bloc de pedidos. Era un sitio acogedor, con su parqué decapado y algunas propuestas veganas en el menú –el cuscús era el plato estrella–, le pagaban nueve euros netos la hora. Había visto el anuncio en el tablón de avisos de la universidad y le habían dado el puesto tras dos días a prueba, diciéndole únicamente que debía perfeccionar la técnica de dibujar un corazón o un pequeño motivo en la espuma de los capuchinos. Trabajando seis turnos por semana, sin demasiadas horas extra, y descontando el alquiler, podría devolverle a su padre una parte de los siete mil euros que le había prestado para pagar el máster. Aquel día también se metería en el bolsillo cuarenta y cinco euros, reorganizaría las barritas de sésamo junto a la caja mientras charlaba de Jordania con Khalil, adornaría con cenefas de colores los bordes de la pizarra en la que anunciaban los platos especiales y trataría de mostrarse amable con los clientes. Y así conseguiría no imaginar su futuro en un lugar como aquel.

Cuando llegó, vio a cinco personas sentadas a las mesas, comió rápidamente un sándwich de salmón y aguacate, luego se cambió en el trastero, se anudó el delantal de modo que no le marcase demasiado las caderas, se quitó el reloj y se metió un poco de sal gorda en el bolsillo. Su tía decía que bastaban unos pocos granos para alejar los influjos negativos. Se reunió con Khalil y le dobló un poco mejor la manga de la camisa.

–Sigo echando de menos Rímini –dijo, mientras le acariciaba un hombro.

–Llevas aquí muy poco tiempo.

–Seis meses no es muy poco tiempo.

–¿No es poco para Milán?

–Hoy me encargo yo de la caja, ¿vale?

Se colocaron el uno junto al otro, ella con las cuentas y él con la cafetera. Cuando no había nadie estaban en silencio, o a veces Khalil le pedía que hicieran juntos una lista de tareas. Se lo pidió también ese día, ella cogió una nota adhesiva y empezó a escribir «Limpiar la cristalera», él respondió «Tirar basura», ella «Preparar suministros desayunos», él «Revisar hoja de turnos», ella «Cortar la fruta», él «Rezar cinco veces».

–Pero ¿tú no eras un jordano cristiano?

–Críate tú con un noventa y cuatro por ciento de musulmanes y veremos si no te vuelves competitiva.

Ella sonrió.

–Y ahora, chica de Rímini, escribe algo personal y termina la lista.

–Ya he escrito algo personal.

–¿Cortar la fruta? Felicidades, tienes un alma muy profunda.

Oyeron abrirse la puerta, Sofia levantó la cabeza y vio que era la mujer de Pentecoste. Había entrado y estaba acompañando la puerta para cerrarla. Sofia se dirigió a la cafetera y le preguntó a Khalil si podía sustituirla en la caja. Luego le dio la espalda a la sala, humedeció el estropajo y empezó a limpiar la superficie de trabajo. La mujer del profesor se acercó, leyó la carta en la pared y pidió un batido verde.

Khalil le preguntó si lo quería pequeño, mediano o grande.

–Pequeño ya está bien, gracias.

–Se lo llevamos nosotros a la mesa.

Sofia dejó a un lado el estropajo y colocó la tabla de cortar en el centro. Abrió los cajones refrigerados y cogió la manzana, el hinojo, la albahaca, la lima, el jengibre y empezó a cortar. Mientras cortaba se interrumpió y se volvió, la esposa del profesor se estaba sentando en uno de los taburetes, junto a la cristalera. Metió los ingredientes en la licuadora y pulsó siete veces. Llenó el vaso, colocó la tapa y la cañita, se lo dio a Khalil y se fue al trastero. Se apoyó en la pared, entrelazó las manos y se las acercó a los ojos. Se quedó allí, inmóvil, hasta que se dio cuenta de que debía volver. Cuando reapareció, Khalil estaba cambiando de emisora de radio.

–¿Estás bien, Sofi?

Pero ella observaba fijamente a la mujer del profesor, que bebía a sorbitos el batido y hojeaba una de las revistas. Se había quitado el abrigo amaranto. Tenía una expresión absorta y el extremo de la pajita apoyado en los labios.

Khalil le hizo un gesto.

–¿Va todo bien?

Le dijo que sí y tiró a la basura las mondas de la fruta. Era la segunda vez aquel día que veía a la mujer del profesor, la tercera en total si contaba la inauguración del máster. Le había parecido una mujer atractiva, aún la recordaba bien, con la camisa de corte masculino y los zapatos de salón que combinaban con sus andares rápidos. En aquel momento le produjo la misma fascinación, con el flequillo castaño que le tapaba un ojo y las piernas enroscadas, como si descansaran la una alrededor de la otra, le recordó a Virna Lisi. Le gustaban mucho las películas antiguas en las que salía Virna Lisi, las había visto con su madre. Dejó de observar a la mujer del profesor y cogió el registro de pedidos, lo integró con el inventario que había hecho Khalil después de los desayunos. Se concentró en las existencias de leche semidesnatada –tenía que pedir una caja menos por semana– y luego oyó el ruido del taburete al girar sobre el parqué. Levantó la cabeza y vio que la mujer del profesor se acercaba. Llegó hasta allí.

–¿Puedo hablar contigo?

Sofia dejó el bolígrafo.

–¿Conmigo?

La mujer asintió.

Khalil las observaba.

–Ve, no te preocupes.

Sofia se retorció el delantal, luego pasó junto a la caja y se dirigió a la puerta. La mujer le dio las gracias a Khalil y la siguió. Se encontraron en la plazoleta de adoquines, cien metros más allá se alzaban los muros de la Universidad Statale.

–Eres Sofia y estás en el curso del profesor Pentecoste.

Asintió.

–Quería conocerte –dijo la mujer; mientras dejaba en el suelo la mochila y el bolso, se apartó el pelo de los ojos. Por su mirada, que parecía risueña aunque estuviera seria, se dio cuenta de que sí se parecía a Virna Lisi–. Quería preguntarte cuál es tu versión.

Dos chicos las rozaron al pasar junto a ellas para entrar en la cafetería.

–Mi versión de qué.

–Por favor.

–Bueno –murmuró ella, mientras toqueteaba el borde del delantal–. El profesor ya ha dicho que.

–Tú –la interrumpió la mujer–. Dímelo tú.

–Me encontré mal y él me ayudó.

–De verdad.

–De verdad.

–¿Y antes, antes qué paso?

La neblina se había disipado, daba la impresión de que podía volver a descender.

–¿Antes cuándo?

–Antes del día de los lavabos.

–Normal.

–¿Normal qué significa?

–Las clases, alguna que otra vez nos llevaba fuera para corregir cuentos. –Un border collie y su dueño pasaron junto a ellas–. Es su método.

–El método Pentecoste.

Sofia miró al border collie, que olisqueaba a otros dos perros que descansaban en un parterre.

–El profesor nos lleva a un sitio significativo y.

–Os da una clase allí.

–Sí.

–¿Dónde te llevó?

–A la hamburguesería.

–La de Bianciardi, en Brera.

Sofia asintió.

–¿Y dónde más?

–Una vez al barrio chino –dijo, mientras sacaba las manos del delantal y las dejaba colgando–. Esto parece un interrogatorio.

–Por favor –dijo la mujer de Pentecoste, tratando de sonreír–. ¿Por qué te llevó allí?

Rímini. Su padre y la bata azul de la ferretería. La base del faro amarillo en la punta este, volver.

–Éramos un grupito de estudiantes y el profesor quería que. –Se aclaró la voz–. Quería que ambientásemos un relato en aquella zona.

–O sea, ¿había más personas?

–Sí.

Mentir la obligaba a agachar la cabeza y miró al suelo.

–Tienes razón, parece un interrogatorio.

–No pasa nada.

–Encantada de conocerte, me llamo Margherita –dijo, acercándose para ofrecerle la mano.

Sofia correspondió al gesto, era una mano suave.

–Sentía la necesidad de hablar contigo, supongo que me entiendes. ¿Me entiendes?

Asintió, y era cierto. Le resultaba afín de un modo extraño, quizá porque no había sabido contenerse, o por aquellas caderas que no encajaban con un cuerpo de líneas rectas.

–Bueno, pues adiós –dijo Sofia, haciendo ademán de volver a entrar.

–Oye –dijo la mujer, que se había colgado el bolso al hombro.

Sofia la miró.

–Oye, perdona que te haya abordado así.

Margherita se alejó. Durante los tres primeros pasos se preguntó por qué le había salido aquel «perdona», luego la invadió la confusión. Se había equivocado al pronunciar aquella última frase. Y, además, qué había querido decir. Lo importante era no haber parecido una pobre desgraciada, una de esas mujeres temblorosas, una de esas mujeres dominadas, se lo recalcó mientras frenaba el paso delante de una tienda india de comida para llevar, pero ¿por qué lo había hecho? Porque tal vez ella había sido Sofia una docena de años atrás y porque tal vez ahora era «todas», como había dicho el fisioterapeuta. Se detuvo y se convenció de que en la misma situación se habría comportado igual que debía de haberse comportado Sofia Casadei, seduciendo a un hombre que no se deja seducir. Se miró la mano derecha, ¿cómo se la había estrechado? ¿Con un apretón lo bastante firme? La notó húmeda, se la metió en el bolsillo y siguió andando con la convicción de haber puesto fin a algo. Tal vez ahora dejara de proyectarse la escena de los lavabos, él sobre la joven que acogía su lengua insistente, o quizá ella arrodillada y Carlo de pie con los pantalones desabrochados. Había evitado reprochárselo todo a su marido, excepto el hecho de haber sido él mismo quien levantara una polvareda al pretender que el rector conociera su verdad, que su esposa conociera la verdad, que el mundo entero conociera su puñetera verdad. Carlo había vertido su retórica sobre todos ellos y eso la enfurecía. Aceleró el paso y el tendón le dio una punzada. Cuando llegó al Duomo, estaba agotada.

Envió un mensaje a la oficina para avisar de que no volvía, avanzó con paso vacilante bajo la galería y luego bajó al metro y se dirigió hacia el único sitio en el que le apetecía estar. Compró un billete en las máquinas automáticas y esperó sentada en un banco, en el andén dirección norte. Cogió el libro de Némirovsky y lo dejó sobre el regazo. *Suite francesa* era una novela que rebosaba vida: en sus páginas, sin embargo, se ocultaba un presagio, un último canto a la vida antes de que Auschwitz interrumpiera los sueños de quien lo estaba escribiendo. Subió al metro mientras repetía mentalmente el telegrama que el marido de Némirovsky le había escrito a su editor nada más detener la policía a su esposa: «Irène se ha marchado inesperadamente. Destino Pithiviers (Loiret). Espero podáis intervenir urgencia stop Intento sin éxito telefonear».

Sujetó el libro con fuerza hasta que bajó en Pasteur, subió de nuevo a la superficie y cruzó el barrio en el que se había criado. En otros tiempos había sido de los milaneses, ahora convivían allí veintisiete etnias distintas, estudiantes, un vaivén de gente que la ponía de buen humor. Aminoró el paso al entrar en *via delle* Leghe, con sus restaurantes chinos y sus colmados marroquíes. Allí había sido ella misma, antes de las pasiones, cuando aún se conformaba. El edificio en el que había pasado su juventud hacía esquina, en la planta baja la lechería de otros tiempos era ahora un bar gestionado por una familia tunecina, tenían café Illy y conexión rápida a internet. Buscó la llave, pero después decidió llamar al timbre, lo hizo dos veces, el interfono chisporroteó y ella dijo:

–Soy yo.

–¿Quién es yo?

–Tu hija.

Empujó la puerta y subió el primer tramo de escalones, su madre la estaba esperando en el rellano.

–Ha pasado algo.

–¿Ha venido el de la caldera?

–No me cambies de tema.

–¿Es que una no puede tener ganas de ver a su madre? Cuéntame lo de la caldera.

Su madre frunció los labios.

–Era una des-com-pre-sión –dijo, pronunciando despacio–. El depósito de expansión estaba vacío.

Le dio un beso en la mejilla, tenía una madre que olía a Oil of Olaz. Era menuda y miraba desde abajo hacia arriba.

–¿Tienes hambre?

Margherita se dirigió a la salita. El sillón de su padre estaba apartado de la librería, la televisión estaba sintonizada en Rai Uno sin sonido.

–Cuéntamelo, cariño.

–Quería tomarme una hora libre aquí, contigo.

–Igual que Churchill, que se coge un día de fiesta durante la Segunda Guerra Mundial.

Se sentó junto a ella. Guardaba silencio en cuanto comprendía que su hija tenía el corazón triste. A veces, cuando ella era pequeña, su madre le daba un beso en la cabeza en los momentos en que estaba confusa, pero desde que Margherita se había casado, su madre buscaba una cercanía más discreta, se sentaba pegada a ella, le arreglaba el cuello de la blusa, le cepillaba el abrigo con el dorso de la mano.

Le quitó Némirovsky de entre las manos.

–Sabes, cariño, tengo que admitirlo: ya no leo como antes –dijo, señalando la librería–. He descubierto que leía por mi matrimonio.

–¿Tanto te aburrías con papá?

–Al contrario, leer me hacía de caja de resonancia. –Le apartó el flequillo–. Si no me cuentas qué te pasa, te diré yo qué es.

–No me pasa nada, ya te lo he dicho.

–Si he soñado con Pannella es que pasa algo.

–¡Mamá! –dijo, sin poder contener una sonrisa–. ¿Por qué tienes esa fijación con la política?

–He vivido con un hombre que votaba a Berlusconi. ¿Sabes qué me contestó cuando le pregunté los motivos?

–¿Qué?

–Voto a Silvio por *Drive In.**

–Tetas y culos.

–La frivolidad, cariño –dijo, acomodándose en el sofá–. Y como comprenderás, tetas y culos pueden ser un buen entretenimiento.

–Mejor lo dejamos estar.

Su madre alzó la mirada.

–Es por tu marido, entonces.

–No quiero hablar –dijo, clavando la mirada en la puerta ventana.

El suelo del balcón estaba al mismo nivel que el del comedor, cuando era pequeña, su padre abría las puertas y la dejaba salir al balcón con su bicicleta de ruedines, de aquí para allá, mientras su madre cosía encaramada al taburete. Remendaba igual que leía, rápida y quirúrgica, y traía a casa el mismo dinero que el marido ferroviario.

–Si no quieres hablar, no pasa nada –dijo su madre, mientras le daba un beso en el hombro–, pero que sepas que tu marido viene aquí de vez en cuando.

–Mi marido.

–No le digas que te lo he contado. –Se fue a la cocina y volvió con dos trozos de quiche–. De espinacas. Si quieres que te la caliente, dímelo.

Margherita le dio un bocado.

–¿Y qué viene a hacer aquí mi marido de vez en cuando?

–Me pide que le prepare algo, curiosea entre los estantes, se lleva algún libro. Suele venir los jueves, por si es el jueves el día del que sospechas.

* Exitoso programa de variedades que se emitió en Italia 1 (canal adquirido por Berlusconi) desde 1983 hasta 1988. (*N. de la T.*)

–No hay un día del que sospeche.

–Va todo bien, cariño mío.

–¿Por qué viene aquí?

–No cocino nada mal. Y creo que viene por tu padre.

–Ahora no te me vuelvas previsible tú también.

–Y tú no te me vuelvas ingrata –dijo, mientras apoyaba las manos en el brazo del sillón–. A lo mejor no te acuerdas de lo que hizo por él.

–No me olvido –la interrumpió Margherita–, pero me parece exagerado.

–Subestimas a Carlo.

Se rio, nerviosa.

–No creo.

Comieron en silencio, siempre habían comido en silencio, masticando con parsimonia, llevándose de vez en cuando una mano a la boca por pudor. La comida de su madre, los ingredientes buenos y sencillos y la forma de combinarlos en guisos ligeros. Terminaron sin prisas, mientras comentaban que en un punto de la pared el papel se había descolorido, luego su madre le retiró el plato de las manos, lo dejó encima de la mesa, la hizo levantarse y la abrazó.

–Es una estudiante de veintidós años y no es ni siquiera una sospecha, mamá.

–¿Qué es, entonces?

–Una rabieta.

La madre se echó hacia atrás para mirarla.

–Entonces, como diría Maigret: no hay caso.

–Pero es que yo no quiero que haya caso.

–Sabia decisión, cariño mío. Y si quieres saber la verdad –le dijo, dándole golpecitos en el esternón con el dedo índice–, tu marido no sabe manejar a esa clase de mujer.

–¿Tú crees?

–Igual que tu padre.

Su padre, cuando se había ausentado durante tres días para un curso de reciclaje en Turín. Era la primera vez que dormía fuera de casa, su madre le confesó que había cosido incluso de noche hasta que él volvió. Con dos regalos para ellas, un gorrito de invierno y un puzle de *La Tierra del Arcoíris*. Había regresado de buen humor, con aquellos regalos y una bufanda nueva alrededor del cuello. Margherita se había ido a su habitación y había escuchado a sus padres hablar bajito bajito en la salita. Y lo que había salido a la luz, años después, era algo que su madre había despachado como una «incomprensión».

Y, ahora, tal vez la suya también fuera una «incomprensión». Apoyó el mentón en la cabeza de su madre y le rodeó los hombros. Le dijo que se tenía que ir, pero no la soltó, recorrieron juntas el pasillo del que colgaban las litografías de Milán, el perchero de madera roja, y el tictac del reloj de pared, el suelo de terrazo pulido. Envidiaba a su madre por aquel mobiliario del que había anticipado el desgaste, y las reparaciones. Se detuvo junto al marco de la puerta, le dio un beso y le olió la laca en el pelo.

–Y en tu opinión, ¿yo sabría manejar a los de *Drive In*?

–No recuerdo que hubiera mozos en *Drive In* –dijo la madre, seria–. Pero en fin, ya lo creo que sabríamos. –Sonrió–. Mañana, en la cita con Buzzati, despejarás la sospecha o rabieta o lo que sea.

–¿Seguro?

–Seguro. Y dime algo del apartamento de Concordia. –Le colocó bien el abrigo–. Ya sabes que papá había ahorrado cuatro liras para ti.

–Tendríais que haberos comprado esta casa.

–Nosotros siempre hemos sido más de alquiler –dijo, lanzándole un beso desde el rellano.

Margherita correspondió al gesto mientras bajaba los escalones, cuando salió del edificio se dio cuenta de que echaba de menos a su padre. Se apresuró a dejar atrás *via delle* Leghe y la manzana, se adentró por *viale* Monza y llegó a *piazza* Loreto. Su padre y las cejas pobladas y el cigarrillo colgando, en la mano las pequeñas cizallas que usaba para arreglarlo todo, o mientras fingía ordenar la cocina y en realidad la estaba observando a ella, que hacía los deberes de latín. Decían que arreglaba las estaciones de tren fumando, de vez en cuando alguna broma sobre el Milan o sobre Scirea, aunque jugara en la Juventus, los éxitos de Margherita en el instituto, luego del yerno, que era un «buen mozo». A Carlo le había dicho: ayuda a las mujeres en lo que puedas. Era el día en que los médicos del Humanitas le habían dicho que se veía una sombra en el pulmón. ¿Qué clase de sombra?, había preguntado aquel hombre imponente que se comía las palabras y que no había querido sentarse mientras le comunicaban el diagnóstico. Es lo que tenemos que averiguar, le habían contestado, y él había vuelto a casa y se había puesto a ordenar los documentos de la carpeta en la salita.

Cada vez que se sentía huérfana, Margherita buscaba a su marido. Consultó la hora, telefoneó a la agencia y dijo que pasaría a coger las llaves de *corso* Concordia. Luego llamó a Carlo.

–Tenemos el apartamento, quiero que vengas ahora a verlo conmigo. Quiero que vengas ahora.

La insistencia se había convertido en una cualidad suya cuando había comprendido que sabía intuir la necesidad. Era una mujer parca, cuadraba las cuentas con naturalidad, contagiaba a las personas en lo esencial sin que tuvieran la sensación de estar renunciando. Su marido había aprendido a secundar aquellas urgencias. Alquilar una casa de setenta metros cuadrados con un baño de dos metros cuadrados, trescientos euros de descuento al mes por ese sacrificio. Reservar las vacaciones con un año de antelación y controlar los vuelos para aprovechar los trayectos directos a un precio razonable. Cocinar con las sobras de la nevera.

Recorrió *corso* Buenos Aires y el Milán que detestaba, la hilera de tiendas, desembocó en *via* Spontini. Su agencia estaba a media calle, la había abierto tres años atrás y se había llevado a Gabriele e Isabella. Después del crac estadounidense del año anterior, las cosas aún les iban bastante bien. Entró y vio que Isabella había salido para unas visitas. Gabriele estaba al teléfono, pero le dio las llaves, ella le sonrió y salió enseguida. Siguió en dirección *viale* Monte Nero, si la pierna aguantaba tenía unos veinte minutos a buen paso.

El piso de *corso* Concordia era una última planta sin ascensor, lo había conseguido tras un largo cortejo a la propietaria. Durante ocho meses habían ido juntas a la misma clase de pilates y en el vestuario había surgido la venta potencial, siempre que la propietaria decidiese trasladarse a Mallorca, donde vivía su pareja. Cuando Margherita había visto la casa –invitada por la propietaria para una valoración informal y una taza de té– se había quedado fascinada por la luz. Las dos habitaciones amplias, el salón, la cocina americana y los dos balcones le habían parecido meros detalles. La propietaria le había confesado que quería pedir quinientos cincuenta mil euros por ciento diecisiete metros útiles, teniendo en cuenta la zona y el valor del inmueble. Le había servido el té –en realidad, una infusión de frutos rojos– acompañado de galletitas noruegas de mantequilla y luego había añadido que al llegar a la cincuentena todas las mujeres deberían concederse un cambio de vida, en su caso, irse a vivir con un novio que la había ayudado a sobrellevar su divorcio. Margherita había asentido, había bebido un sorbito de infusión y había recalcado la cuestión del ascensor: cuatro pisos y un centenar de escalones que subir eran dos discretos elementos disuasorios. Luego le había hablado del baño de dos metros cuadrados en el que se duchaba todos los días, se había divertido parodiando la dificultad de coordinar el chorro de la ducha y el champú. Y había sonreído, casi reído, consciente de haber expresado un contrasentido, ser titular de una agencia inmobiliaria y no poseer un inmueble acorde con su posición. La confidencia, en cambio, había suavizado la timidez, había dado pie a momentos de intimidad: la propietaria le había revelado que su compañero, de nacionalidad española, estaba con el agua al cuello, y no precisamente por el chorro de una ducha minúscula. Si vendía la casa de *corso* Concordia, podrían instalarse los dos en Mallorca y llevar un tren de vida satisfactorio. Después de que Margherita se hiciera daño en el tendón no habían vuelto a verse, pero habían seguido enviándose cordiales mensajes hasta que la propietaria le había comunicado que quería que ella gestionara la venta, que la había elegido por una cuestión «de afinidad».

Ahora se sentía preparada para enseñarle a Carlo la casa de Concordia, aunque él hubiera recalcado que no podían hacer frente a quinientos cincuenta mil euros. Ella le había dicho que la cantidad era negociable, que solo necesitaban una estrategia. Lo habían hablado en un tono casi divertido, luego el malentendido había estancado las perspectivas, aunque ella no había dejado de soñar en ningún momento. Se había imaginado la luminosidad del salón, una librería amplia por fin, la posibilidad de invitar a más de una pareja de amigos a la vez, el vino bebido a traguitos en el balcón, un cuarto de baño con bañera. Nada más llegar al portal del número 8 la invadió la agitación. Se adentró en el zaguán, se presentó al portero y se sentó en uno de los peldaños de la escalera A. Se tocó la pierna y de inmediato la asaltó la imagen de Andrea, cogió el libro de Némirovsky y se lo colocó sobre las rodillas. Apoyó la frente en él, Querida Irène, tú no tendrías tanta paciencia, sonrió porque cuando le susurraba se sentía mejor.

–Esa novela te agota.

Ella apartó la frente del libro y vio a su marido que se acercaba, se puso en pie.

–Te estaba esperando.

–He venido lo más pronto posible. –La besó–. Bueno, pues aquí estamos.

Carlo se colocó bien el cuello de la chaqueta, que le había quedado hacia dentro.

–La propietaria ha adelantado la entrega de las llaves.

–¿Y si me gusta?

–No quiero ni pensarlo.

Le hizo un gesto para que la siguiera.

–Entonces, podemos seguir de alquiler.

–Entonces, mejor que vuelvas al trabajo.

–Era broma –dijo él, y le cogió la mano. Se adentraron en el patio interior–. ¿Cuál es la entrada?

Era el edificio que tenían junto delante, integrado en el patio. Ella trasteó con las llaves, se apartó de él y abrió el portón de hierro. Se encontraron al pie de la escalera. Flotaba en el aire un olor a enlucido, subieron uno detrás de otro, deteniéndose a descansar en cada rellano.

–Sin ascensor es muy cansado –dijo ella, aferrándose a la barandilla. Cuando llegó al cuarto piso le dolía la pierna–. Entro yo primero y subo las persianas.

–Te ayudo.

–Espera aquí.

Ella entró y volvió poco después.

–Ya puedes entrar.

Carlo entró, caminaba despacio con su metro noventa, inspeccionaba el lugar casi con el olfato, rozaba los muebles sin tocarlos y luego los tocaba, el marco del espejo en una habitación, el cabezal desportillado de la cama, insistiendo en el esmerilado de una lámpara, deambulando de nuevo, con un andar que insinuaba una atención maniática y una distracción imprevista. Entraron en el comedor, había una mesa con ocho sillas de mimbre, un sofá cubierto por una tela decorada con tres estilizados elefantes.

Él la miró.

–Problemas.

–Espera a que terminemos.

–Problemas.

–¿Tú crees?

–Problemas y de los gordos.

Él se apoyó en una de las ventanas y ella observó a su marido bajo aquella luz. La turbaba la naturalidad con que se apropiaba del instinto de ser su mujer. Como Michel, el marido de Némirovsky, que la había cogido y la había llevado a la campiña parisina casi a la fuerza, después de que una mañana ella le susurrara He soñado con flores de campo azules y lilas y no había guerra.

Margherita hizo ademán de acercarse a él, se detuvo, él estaba aún junto a la ventana. Ella dejó a un lado sus dudas y en cuanto estuvo cerca de él lo abrazó por detrás. Era un cuerpo que había deseado desde la cena en la que se habían conocido, majestuoso y tímido, le había permitido superar la palabra pudor. Habían terminado en la cama una semana más tarde –lo había invitado ella a subir, tras un helado vespertino– y le había resultado extraño percibir en sí misma la rotura de un dique: oír su propia voz al gemir, gobernar la musculatura con habilidad, liberarse ante una nueva anatomía. El glande hinchado, la boca abierta para contenerlo, separar las piernas y temblar a la espera del placer. Había sabido que era «él» por el modo en que ella se había entregado. Y lo había reconocido enseguida ante sí misma. Desde aquella tarde, habían conseguido mantener vivo el sexo a lo largo de los años, aprovechando lugares anómalos, momentos inapropiados, despertando una química basada en la colaboración. Y quería que sucediera también en aquel momento, en la luminosidad de un piso demasiado caro en *corso* Concordia. El sexo salvaje aún podía arreglar el malentendido: follar con los codos apoyados en la mesa, esperando que el espasmo provocado por el fisioterapeuta se convirtiese en un «marido». Le habría gustado dejarse poseer, cuánto le habría gustado: pero a lo mejor él había poseído a Sofia Casadei. Era una infracción que la mortificaba, incluso en ese momento, cuando tenía las manos apoyadas en las costillas de Carlo. No las bajó porque a lo mejor aquella muchacha también lo había hecho. Se apartó de él y le dijo que aquella no podía ser su casa.

Él se volvió.

–¿Dónde vamos a encontrar una luz así?

–Dónde vamos a encontrar quinientos cincuenta mil euros.

–Has dicho que se podía negociar.

–Negociar significa cincuenta mil menos.

–Estamos en 2009, todo el mundo está en crisis.

–No es suficiente.

–No hay ascensor.

–No es suficiente.

–Tenemos una estrategia, ¿no?

Ella se colocó el pelo detrás de las orejas.

–Esa estrategia es el mal.

–El mal es interesante.

–No soy una de tus alumnas.

Su mujer lo atrapaba siempre. «El mal es interesante» podría haber sido una buena forma de empezar una de sus clases. Cada vez que ella lo descubría, él buscaba una forma de huir, los tics imperceptibles en los párpados, la introducción de un argumento para desorientar, un comentario amargo, un cambio de escenario físico. Así, cruzó el comedor y entró en la cocina, en la nevera había una botella de agua aún sin abrir, le entraron ganas de beber, cerró de nuevo la puerta y se dirigió a la zona de noche. Se quedó en el umbral de la primera habitación, mientras trataba de recuperar el sentido de lo que estaba haciendo. Se asomó al pasillo.

–La propietaria necesita dinero, ¿verdad?

Margherita le hizo un gesto para que bajara la voz.

–Su novio está con el agua al cuello.

–Entonces, ya tenemos la solución.

–El dinero de tus padres no es la solución.

–No te hagas la tonta: tu estrategia del mal es la solución.

Había sido ella quien le había explicado que la única posibilidad era aprovechar el desgaste de la propietaria: mentir sobre las visitas, exagerar las dificultades de la venta. De ese modo, quizá redujera un poco sus exigencias económicas y sería entonces cuando ellos entrarían en la negociación. Harían falta de tres a seis meses. El riesgo era que confiara el piso a otros, pero en ese caso cambiarían de táctica. Se lo había confesado antes de dormir; antes de dormir, su matrimonio paría excitantes premeditaciones.

–No me veo con ánimos, Carlo.

No me veo con ánimos de abrir mi propia agencia inmobiliaria. No me veo con ánimos de cuidar a mi padre. No me veo con ánimos de casarme. No me veo con ánimos, cinco palabras para decir que sí se veía con ánimos, y mucho. A lo largo de los años, su marido había comprendido que ese no verse capaz significaba, para su mujer, que temía los prejuicios de los demás. Hasta el malentendido. Desde entonces, ella había dejado realmente de verse con ánimos. Igual que pocas horas antes, cuando no había querido subir al aula –qué alivio– después de que él la invitara y se había quedado en el jardín de la universidad con la cabeza gacha. O en las semanas anteriores, cuando había dejado de preguntarle si seguía organizando clases fuera de la universidad, con quién, con cuántos. O abandonando extravagancias menores, como el rímel o los bailes desnuda los domingos por la mañana. Eran pequeños espacios de amotinamiento, incluso de noche, cuando ella buscaba el borde de la cama en lugar de acomodarse en el centro con alegre despotismo. Y a medida que el colchón iba cediendo hacia los lados exteriores, antes de dormirse, su mujer le hablaba de aquel inmueble de magnífica luz. ¿Una escritura era su gran esperanza? Había intentado no responderse, igual que había intentado no afrontar las constataciones que se amontonaban día tras día: eres rehén de una novela que no escribirás nunca. Eres profesor seis horas por semana y tu verdadero trabajo consiste en editar folletos turísticos, con una ayuda mensual de tu familia que intentas ocultar. Encarnas todos los estereotipos del macho.

En realidad, había sido muy hábil a la hora de enturbiar aquellos datos, pero ahora estaba angustiado. Lo percibía mientras seguía inspeccionando el comedor de Concordia y observaba con el rabillo del ojo a su mujer.

–Esta casa es perfecta para nosotros, Marghe.

–¿Lo crees de verdad?

Él asintió y la acompañó hasta el sofá de los elefantes estilizados, la hizo tenderse y le apoyó la nuca sobre sus piernas. Parecía más pequeña, le acarició el rostro y ella se abandonó, con la mirada clavada en el techo y una pierna rozando el suelo. Ahora, el cuerpo de su mujer era el cuerpo de su mujer:

antes, cuando ella lo había abrazado por detrás, se le había escapado. Sucedía de vez en cuando y no sabía decir si también eso era culpa del malentendido. La retuvo allí un poco más y, de alguna manera, supo que aquella mañana Margherita no había seguido a Sofia Casadei.

Ella le cogió una mano.

–Prométeme que no hablarás de esto con tus padres.

–Prométeme que lo hablarás con tu madre.

–Podrías hacerlo tú. –Cogió aire–. El jueves, ¿no es a su casa adonde vas de puntillas a confesarte?

Carlo la miró y sintió el mismo malestar que cuando se había reunido con ella en la salita, un martes de enero por la noche. Margherita estaba viendo *Regreso al futuro* y él le había dicho:

–Hay un problema en la universidad.

–¿Qué clase de problema?

–Con un estudiante.

El género masculino le había salido de forma natural.

–¿Por qué me lo cuentas?

Él se había quedado un momento en silencio.

–Porque no tengo nada que esconder.

–¿Esconder qué?

Le había contado su versión de los hechos.

Ella había cruzado los brazos.

–Parece aquella novela.

–Qué novela.

–El sudafricano, el Premio Nobel.

–Me estás acusando.

–O aquella otra novela. –Lo había mirado–. ¿Cómo era el íncipit? Luz de mi vida, fuego de mis entrañas.

Él se había sentado en el sofá.

–Confiaba en tu inteligencia.

–Y yo en la tuya.

Había visto a su mujer volverse hacia la tele, el científico de *Regreso al futuro* estaba explicando que la máquina del tiempo funcionaba con plutonio, los protagonistas estaban en un aparcamiento en plena noche y Marty se disponía a iniciar su primer viaje, destino 1955. De repente, Margherita había dicho Pero yo me fío de ti, y se había ido a dormir, dejándolo en el centro del sofá.

En este momento también estaba en un sofá, enfadado consigo mismo: Margherita lo había picado con lo de los jueves en casa de la suegra y él tenía de nuevo la sensación de que no había conseguido mimetizarse. Mantenerse oculto, esconder una pequeña parte de intimidad: había aprendido a hacerlo de adolescente, para eludir a sus padres, ¿cómo podía haber olvidado aquel aprendizaje?

Dijo que tenía que volver al trabajo –tenía que cerrar medio catálogo sobre Tailandia–, pero antes quería asegurarse de que ella deseara de verdad aquella casa.

–Oh –dijo Margherita, prestando atención–, sí que la deseo.

–¿La quieres?

–Le falta ascensor y cuesta demasiado.

–¿La quieres?

–La querría.

–¿Quieres esta casa?

–La querría.

–¿Quieres esta casa?

Ella sonrió.

–La quiero, ay, señor, sí que la quiero.

Se buscaron, se abrazaron. Carlo se apartó despacio y la miró. Era tan guapa cuando estaba así de feliz. Margherita le arregló el cuello de la camisa y le dijo que volviera al trabajo. En cambio, se quedaron allí unos minutos más, luego él se levantó del sofá y a modo de despedida la besó; cuando salió del apartamento tuvo la certeza de estar huyendo. De la casa que lo hubiera enterrado en deudas, del intento de reparación material, del sello de una madurez oficial.

Bajó los noventa y seis escalones sujetándose a la barandilla, casi corriendo, cruzó el patio y cuando llegó a *corso* Concordia se detuvo. Se quedó apoyado en la fachada del edificio, pensando en Daniele Bucchi, su amigo de la infancia con el que había estudiado primaria, secundaria, bachillerato, que ahora trabajaba en Brianza en la lavandería familiar, después de haber traído al mundo tres hijos y haber colgado las botas de fútbol. Vivía en una casa adosada en Cabiate, siete mil almas, y en la última llamada le había confesado que estaba contento. Contento, sus hijos estaban bien, su mujer estaba bien, la lavandería le daba para vivir sin preocupaciones. Se habían distanciado después de que Daniele tuviera a su primer hijo –distanciado: una llamada por semana y luego una al mes– y cada vez que intentaban hablar de nuevo sus voces sentían la necesidad de desatarse.

Se llevó a Daniele consigo, apretujado en la mente, con sus patillas como cuando eran adolescentes, mientras emprendía de nuevo el camino y decidía que a lo mejor no volvía al trabajo, que no le apetecía hacer nada, solo quería despejar la cabeza y escribirle a Sofia. Cogió el teléfono, vio una llamada sin respuesta de su hermana, la ignoró y fue bajando por la agenda hasta llegar a la S.

Escribir a Sofia, llamarla, charlar con ella de esto y de lo otro, pero en realidad de qué, le preguntaría por qué aquella mañana había recogido sus cosas del banco y había salido de repente del aula, habría podido decirle también qué pensaba de su segundo relato, ignorado tanto tiempo y tan vergonzosamente: las páginas sobre el último viaje con su madre, en el Fiat Punto, aquel día de mayo por la carretera que va a Santarcangelo, la canción de Ornella Vanoni, el segundo antes de que el coche patinase. Podía decirle la verdad: era un relato conmovedor. Al terminar de leerlo, se había entretenido en el título, «Así están las cosas», había extendido las hojas en la mesa, había cogido el cuaderno en el que nunca había conseguido terminar nada y lo había cerrado con rabia. Ahora habría podido llamarla para decirle lo mucho que le había gustado la narración y no le habría preguntado por qué aquella mañana le había dicho que Margherita la había seguido.

Pero no la llamó, se dirigió hacia el Duomo con el teléfono en la mano y antes de llegar a San Babila le devolvió la llamada a su hermana. Le comunicó que, seguramente, la madre de Margherita al final no iría al cumpleaños. A mamá le encanta, ya lo sabes, insistió la hermana, en fin para el regalo yo diría una foca malabarista de Swarovski. Lo de la foca perfecto, Simo, intentaré convencerla, bueno ¿y qué tal todo? Le respondió que iba tirando, Mamadou había hecho alguna que otra entrevista, luego le contó que los pañales poseían una tecnología asombrosa, cada vez los hacían más finos, eran casi como braguitas futuristas, son capaces de contener hasta un hectolitro de pis sin que se escape ni una gota, ¿te das cuenta? Su hermana siempre lo tranquilizaba, la escuchó mientras ella le contaba que Nico se encaramaba a los muebles y luego se caía de culo pero el pañal le amortiguaba el golpe, plof, en casa solo se oye plof, si tuvieras un bebé tan gordito y atrevido como el mío me entenderías enseguida, ¿y tú cómo estás? ¿Y Marghe? Con su hermana podía hablar por teléfono, caminar y estar en silencio, le habló de la visita a *corso* Concordia y ella le dijo que papá se alegraría mucho de poder ayudarlos. No hables del dinero de papá. No estoy hablando del dinero de papá, estoy hablando de papá que es como decir mamá, o decir nosotros, ¿a tus treinta y cinco años aún no has aceptado el hecho de que naciste en una familia burguesa? En cambio tú, Simona, lo has aceptado demasiado bien. Yo me he podido permitir a Nico sin un marido que me mantenga, ¿qué tiene de malo? Venid a cenar esta noche y hablamos de vuestra posible nueva morada. Gracias, pero tengo que corregir unos cuentos, pasó junto a la iglesia de San Babila y le preguntó si pensaba alguna vez en cuando era niña. ¿Por qué me lo preguntas? Tampoco es que seamos unos vejestorios. ¿Lo piensas o no? De vez en cuando, dijo ella, me gustaba el trayecto a pie desde el colegio cuando Valeria Pari y yo nos parábamos en la lechería a comprar chuches Haribo, los regalices y los cocodrilos de gominola, a la hora de comer nunca tenía hambre y mamá se ponía hecha una furia, supongo que tú echas de menos aquella época. Le respondió que también le gustaba su vida ahora. Y en el fondo era verdad, lo único que pedía era poder mantener unidos los distintos compartimentos. Su hermana y Margherita, Nico y su padre, sus padres y Valeria Pari, Daniele Bucchi, Sofia, todos ellos piezas de un mosaico ilimitado. Terminaron la conversación y él se encontró frente al rosetón posterior del Duomo, algunas noches parecía un cómic de Bonelli. Rodeó la catedral, atravesó la plaza sin volverse y aminoró el paso. Podía pasar realmente de la Universidad Statale, acercarse a la cafetería de Sofia, elegir la última mesa junto a la cristalera, esperar a que ella terminase el turno o hiciera una pausa larga.

Se sentó en uno de los escalones del Duomo, el edificio del Arengario estaba tapado por andamios, dos jóvenes habían accionado una polea de motor. ¿Cómo se había atrevido a ponerle las manos encima en aquellos lavabos? Lo había hecho. Al día siguiente del malentendido se había despertado con la cabeza viscosa, se había lavado a toda prisa, se había vestido con ímpetu, había bebido un café de pie con Margherita, había salido de casa, había pasado por la redacción y había programado el trabajo del día con el diseñador gráfico, antes de dirigirse a la universidad. Había obtenido el puesto de profesor porque uno de los miembros del Consejo de Administración conocía a su padre, necesitamos a un joven como su hijo, que sienta pasión por la literatura. Técnicas Narrativas, seis horas por semana. Nada más comentarle su padre aquella posibilidad había aceptado, evitando la cantinela sobre lo de convertirse en un enchufado, o quizá no.

Cuando había llegado al aula, la mañana después del malentendido –con media hora de antelación, como de costumbre–, recordaba haberse sentado a la mesa y haber esperado a sus alumnos sin hacer nada especial. Quería pedirle a Margherita que pasara a mediodía para ir a comer juntos, pero no había tomado ninguna iniciativa, como si estuviera poseído aún por un desasosiego que no le daba tregua desde que se había despertado. Luego habían empezado a llegar los alumnos, había intercambiado unas palabras con Gianluca, un joven de Lecce que sentía pasión por la literatura rusa, y con Topolino, que cumplía años ese día: lo celebraba en el Plastic, ¿quería ir con ellos? Ya soy viejo para el Plastic, cambiando de tema, ¿has acabado el cuento? Sofia había llegado de las últimas, con vaqueros claros y botas. Había elegido un banco de la tercera fila, había encendido el portátil y se le había caído sin querer el estuche de los bolis. Había dado un respingo, avergonzada por el ruido. Ya la había visto dos veces fuera de la universidad para las correcciones, una en grupo y otra ella sola para comentar su primer cuento. Ese día, mientras le explicaba por qué su relato era inconsistente, se había fijado por primera vez en que el pelo le olía a champú, desprendía una fragancia para él desconocida que había aspirado casi azorado. Le había puesto una mano en el centro de la espalda, como si quisiera consolarla, y luego la había ido subiendo despacio, un poquito cada vez, hasta llegar a la nuca.

–Perdona –le había dicho después, retirando la mano.

–Perdonarte por qué –le había respondido ella.

Se había masturbado en el lavabo del trabajo pensando en aquel «Perdonarte por qué», y también los días siguientes, tratando de entender qué impacto podían tener aquellas palabras en su matrimonio. «Perdonarte por qué» había adquirido en su mente una dimensión racional, hacia la que se había sentido más receptivo cada vez que Margherita adoptaba la forma que él llamaba «subterránea»: sucedía cuando ella se perdía de vista y se convertía en una mujer distraída a la que había que atrapar, como había que atraparlo a él en sus delirios literarios –se daba cuenta–, atraparse el uno al otro era su modo de proceder corriendo riesgos. Desde el «Perdonarte por qué» algo había cambiado y él no había hecho nada para corregirlo: se observaba la mano derecha, justo allí donde había percibido el calor de la espalda y de la nuca de Sofia Casadei, en la base de las falanges. Había percibido una temperatura corporal más alta, había intentado absorber aquel calor durante los pocos segundos que había mantenido el contacto, transformándolo en un recuerdo que pudiera volver a utilizar en los momentos de tensión laboral –perdonarte por qué–, observando a Sofia que lo escuchaba en clase –perdonarte por qué–, cuando tenía que desenterrar un eros desganado –perdonarte por qué–, golpeando los sentidos de forma inconexa. Perdonarte por qué perdonarte por qué perdonarte por qué.

Y había sentido menos miedo al comprender que aquellos pensamientos no comprometían de verdad su matrimonio. La mano en la espalda de Sofia no era una interferencia, era una dimensión paralela, era el aforismo que sacudía el imaginario adúltero: «No significa nada». O, mejor «No significa mucho».

¿No significa nada, profesor Pentecoste? Se lo preguntaba mientras admitía que tenía claras dificultades cada vez que se encontraba cerca de aquella joven de veintidós años, de movimientos suaves, voz serena y habilidad a la hora de mantenerse en su sitio. Era el mimetismo de una muchacha lo que le había hecho perder el control. La primera señal la había recibido semanas antes del episodio de los lavabos, cuando se había dado cuenta de que durante las clases dirigía la mirada hacia los bancos de los alumnos, que se detenía en cada uno de ellos pero a Sofia la saltaba. Eso, el haber alterado la liturgia de la enseñanza, lo había puesto sobre aviso: ¿aún no significa nada, profesor Pentecoste? ¿Tampoco significaba nada comprar distintos champús hasta descubrir al tercer intento que a Sofia, el día de las correcciones del relato sobre la danza, el pelo no le olía a Pantene, ni a Garnier Ultra Suave, sino a H&S? Tras descubrirlo, se había quedado bajo la ducha, inmóvil, goteando espuma. ¿Eso tampoco significa nada, profesor Pentecoste?

Luego, la mañana del malentendido, les había puesto a sus alumnos un ejercicio que debía durar cuarenta minutos. Se había quedado unos instantes en la mesa, observando a sus alumnos inquietos ante la perspectiva de un examen sorpresa, y había pensado en lo mucho que le gustaría ser uno de ellos, escribir el principio de algo que se convirtiese en una frase, luego en un párrafo y luego en una página y en otra página y en un capítulo y en otro capítulo y luego, al final, en un libro. En cambio, nunca tenía nada entre manos y siempre se preguntaba cómo había podido pasar, cómo era posible que alguien que escarbaba en la literatura nunca hubiera intentado escribir en serio, ni una historia, ni una trama que lo legitimase, tal vez un relato breve, nada. Había intentado algún esbozo, había renunciado, mordisqueando la autoestima mientras escuchaba su propia voz en clase y trataba de convencerse a sí mismo de que aquel sonido –la enseñanza– era su novela. Pero sabía que era la contradicción lo que lo ataba a sus alumnos: ellos, que gracias a un ejercicio cualquiera podían encontrarse con una historia que terminar, ellos, que le arrancaban la inspiración. Y cuanto más se presentaba tras aquella mesa, mayor era la amenaza de que cualquiera de sus muchachos lo consiguiera: publicar, tener éxito, quizá mencionarlo a él en el discurso de algún premio importante. «Nada de todo esto se habría hecho realidad sin Carlo Pentecoste, ¡gracias, profesor!». Cada vez que su empuje personal discutía con la enseñanza, le entraba una jaqueca de intensidad media, una especie de zumbido, como la mañana del malentendido, cuando había salido al pasillo a recobrar el aliento después de haber puesto el ejercicio a sus alumnos. Se había sentado en la silla que estaba junto a la máquina de café y se había apretado las sienes con ambas manos para aliviar el dolor. Diez minutos más tarde, había visto a Sofia salir del aula. Se había puesto en pie y la había visto al principio de la escalera, con una expresión absorta y el rostro vuelto hacia el vestíbulo. Se había dirigido hacia ella, sabiendo que volvería a apoyarle la mano en el centro de la espalda. Se había acercado y lo había hecho, presionando con dulzura y reanudando aquel calor que no había olvidado.

–¿Va todo bien?

Ella no se había movido.

–No soy escritora.

–¿Y lo has sabido por un ejercicio?

–Lo he sabido siempre.

–Sofia –le había dicho, apartándole la mano de la espalda.

–Tengo que aceptarlo y ya está.

A partir de aquel momento, él recordaba lo sucedido desde una perspectiva insólita, como si lo viera desde arriba: una alumna que desciende la escalera con paso tranquilo, un profesor que la observa desde lo alto de esa misma escalera, acariciándose la mano con la que ha tocado a la joven apenas un momento antes. Él que decide seguirla, que la ve girar hacia los lavabos, la jaqueca que se agrava, el latido veloz en la base del cuello, un conato de aprensión. Ese hombre que no era él y al mismo tiempo sí lo era entrando en los lavabos, encontrando a la alumna que lo observa desde los lavamanos.

–Sofia, yo te entiendo –le había dicho.

Ella había abierto el grifo y se había lavado la cara, los nudillos pegados a los ojos y goteando hasta que él había arrancado un trozo de papel del dispensador y se lo había ofrecido. Cuando ella había terminado de secarse, él le había apoyado la mano en la espalda y había presionado suavemente notando cómo la camiseta se arrugaba un poco bajo los dedos. Le había dejado resbalar la mano por la espalda mientras le preguntaba si le molestaba. Ella había hecho un movimiento casi imperceptible para decirle que no pasaba nada y él lo había captado en el reflejo del espejo. Así que había bajado la mano aún más, hasta llegar a la cinturilla y sujetarla con el pulgar y el índice. Se había apoyado en ella, despacio al principio, con más fuerza después, y había sorprendido en su rostro un gesto de placer que hasta entonces solo se había permitido imaginar. A partir de ese momento, no era capaz de recordar con claridad qué había ocurrido. La entrada en el lavabo de mujeres –¿lo había llevado ella o había sido él?–, el torpe abrazo –¿de verdad había sido tan torpe?–, la respiración a duras penas contenida, ella que dice No podemos y se pega más a él, y las bocas, de nuevo las bocas, y luego el cuerpo de ella que se queda sin fuerzas.

Se había encontrado a Sofia a los pies, se había agachado y la había sujetado, la cabeza caída hacia atrás, Sofia, la había zarandeado, la había apoyado en la pared mientras le acariciaba una mejilla, Sofia, eh. Se había recuperado enseguida, con un sobresalto, él la había sujetado y la había ayudado a ponerse en pie. Se habían quedado abrazados, apoyados en la pared, acalorados, recuperando el aliento y tomándose un tiempo. La había acompañado fuera y solo entonces se había dado cuenta de que a duras penas habían ajustado la puerta, había echado un vistazo a su alrededor antes de acompañarla a mojarse la cara. Y entonces lo había asaltado la rabia por no haberlo conseguido. Desnudarla, bajarle las bragas, desabrocharse los pantalones y sentarse en la taza, bajarla hacia él y sentir cómo la penetraba, quizá taparle la boca para contener su excitación. Eso le había dolido. Era una rabia sorda, que se confundía con un sentimiento parecido a la preocupación. Sofia se había recuperado, había intentado sonreírle al espejo. No sé qué me ha pasado, había dicho. No ha pasado nada, había murmurado él y la había visto asentir, soltarse el pelo y recogérselo de nuevo, erguir la espalda para recobrar la compostura, para después susurrar Volvamos a clase.

En ese momento, mientras estaba sentado en el Duomo observando a los dos muchachos de la polea que subía por el Arengario, se esforzó por recordar nuevos detalles. Se notaba alerta. No era solo el miedo a que Margherita lo descubriese: era la humillación que sentía al haberse confirmado que no era capaz. No era capaz de tirarse a una alumna, de controlarse después, de hacerse el tonto con el rector con el padre con la mujer con la hermana o con quien fuera, justificándose por un hecho que ni siquiera había consumado. Y que jamás consumaría. Si ella no se hubiera desmayado, él se habría inventado algo para sabotearse a sí mismo, algo que le permitiera decirse: no soy infiel. ¿Cómo lo sabía? Lo sabía. Exactamente como los dos jóvenes de la polea sabían que debían ir girando el cable de acero para evitar que se enredase durante el ascenso. Enganchaban el cubo de cemento líquido y lo sujetaban con suavidad, para después dirigirlo, a sabiendas de que sin aquellas precauciones se habría enredado. Los observó bien, podían tener veinte años o cincuenta, la piel curtida por el sol y un pañuelo que terminaba en un gracioso lazo en la nuca. Accionaban la polea y esperaban con la mirada vuelta hacia el cielo, cansados y entretenidos, como niños que juegan con camiones y excavadoras. Pensaría en ellos antes de quedarse dormido, en el pañuelo y la piel tostada, antes de quedarse dormido siempre pensaba en detalles que lo reconfortaban. Daniele Bucchi y su lavandería, la delicadeza con que separaba tejidos en función del lavado, su hermana, por la forma en que sostenía en brazos a su hijo mientras cocinaba, el compañero de la editorial, que estaba contento porque había conseguido la vajilla con los puntos del supermercado Esselunga. Sofia Casadei, que se acariciaba las manos cuando estaba nerviosa, que estaba en su sitio sin querer en realidad estar allí. Cada vez que la buscaba antes de quedarse dormido, buscaba también a Margherita: la miraba acurrucada en la cama, la silueta oscura y la respiración tranquila, y la reconocía. Habría querido disfrutar por Sofia y disfrutaba por su mujer, pero igualmente sufría por los horizontes que jamás conseguiría vivir. Y ese conflicto se aplacaba porque «En el corazón de cada hombre y de cada mujer pervive una especie de Paraíso en el que la muerte y la guerra no existen, en el que los lobos y las cervatillas juegan en paz. Solo hay que encontrar ese Paraíso»: su suegra le había dejado la novela de Némirovsky con un punto de libro hecho de tela justo en aquella página, fieras y cervatillas juntas, solo hay que encontrar ese paraíso.

Se levantó de los escalones del Duomo y echó la cabeza hacia atrás, la Madonnina era tan pequeña. Lo había invadido una certeza: que el mundo exterior –que los hechos y la actualidad y los cambios de otra época–, todo había sido barrido por el propio tiempo interior –la obsesión, la intimidad, los artificios viscerales–, como si más allá del propio ecosistema todo se difuminase. Se dirigió hacia la Universidad Statale, necesitaba hablar por última vez.

Se metió las manos en los bolsillos y caminó ligero, casi con la cabeza gacha. Cuando llegó, se asomó a la cristalera y vio al chico que atendía la caja, la espalda de Sofia se confundía entre los clientes que hacían cola. Jugueteó con el teléfono, tendría que llamar a su madre por lo de la comida de cumpleaños, hablar con su colega de la redacción sobre las maquetas. Guardó de nuevo el teléfono, se colocó ante la cristalera y se quedó allí quieto hasta que ella lo vio.

La esperó allí, había un adoquín levantado, trató de nivelarlo con el tacón del zapato y siguió haciéndolo incluso cuando ella se reunió con él.

–No puedo dejar solo a Khalil.

–Solo un minuto. –Se fijó en sus pecas–. Quería hablar contigo.

–¿De qué?

–Hablar contigo.

Pero era como si ella no lo escuchase, retorcía un bolígrafo entre las manos.

Él se acercó.

–He leído tu cuento.

–¿Por qué ha venido aquí? ¿Por qué vienen todos aquí?

–¿Todos?

–Ya no me importa el cuento, profesor. Pero le agradezco que lo haya leído.

–¿Puedes volver a tutearme?

–Tengo que entrar.

–Sofia –dijo, y dio otro paso hacia ella–. He creído cada línea que has escrito.

–¿Creído?

–El accidente, tu madre, lo que sentiste. Quiero decir –dijo, cogiendo aliento– que has sido real.

–Escribí lo que recordaba.

–Pero en literatura la verdad es lo que se recuerda.

Una mujer de unos sesenta años buscaba algo en su bolso, se le cayó el monedero al suelo. Sofia la observó mientras lo recogía y entraba en la cafetería.

–Su mujer no me ha seguido, profesor.

Se quedaron en silencio, el murmullo de la universidad los rodeó.

–Entonces, ¿por qué me lo has dicho?

–No sé por qué.

Él se aclaró la voz.

–¿Y si esta mañana, en el jardín, hubiese hablado de esto con mi mujer?

–Habría salido otra vez la vieja historia.

–La vieja historia.

–Tengo que irme, profesor.

Él le tocó un brazo.

–¿La vieja historia?

–La vieja historia, sí.

–En aquellos lavabos no pasó nada.

–¿No?

–Esa es la verdad.

–La verdad es lo que se recuerda, ¿no?

–¿Y tú qué recuerdas? Adelante.

Ella lo miró.

–¿Sabe que el día del accidente en coche mi madre y yo nos dirigíamos a la iglesia en la que se casó? Es una iglesia de piedra de Santarcangelo di Romagna, se llama la Pieve. Es austera, tiene una cruz de madera y la luz le otorga un reflejo precioso, como plateado. Mi madre me había contado que cuando se sentía triste pensaba en la Pieve. Entonces, hoy estás triste, le dije yo mientras conducía. Ella se quedó callada. Ya hacía algún tiempo que no hablaba con mi padre, él dormía en la planta de abajo, en un apartamento que había sido de mi abuela, y mi madre y yo teníamos toda la planta de arriba. Lo llamábamos el apartamento de las chicas. Una noche entré en la habitación de mi madre porque vi la luz encendida y la encontré releyendo algo que mi padre le había escrito mucho tiempo atrás: era una nota escrita en una servilleta del bar Filon, un sitio en el que solían quedar antes de ir a trabajar, tenían veinte años. Me la dejó leer, decía *A te dég me che t ci béla!*, que significa «¡Te lo digo yo que eres guapa!». ¿Y sabe qué fue lo que más me impresionó? El signo de exclamación. Mi padre y los signos de exclamación son las cosas más distintas que se puedan imaginar. Fue así como comprendí que habían sido felices. Y aquella tarde, mientras íbamos a ver la iglesia en la que se habían casado, yo estaba asistiendo al último intento de mi madre por recordárselo. La verdad es lo que recordamos, y mi madre lo estaba olvidando todo. Estaba cansada y mientras conducía, arrellanada en el asiento, se puso a canturrear una canción de la Vanoni, luego supe que era «Rossetto e cioccolato». Eso es lo último que quiero recordar de mi madre. La Vanoni con la voz ronca de mi madre. El resto, no lo recuerdo. No recuerdo el momento en que pensé que tal vez llegaría a ser como ella, el volante, yo alargando el brazo para tratar de enderezar su distracción. No recuerdo si perdió voluntariamente el control del Fiat Punto, si de verdad giró las muñecas para acabar de una vez con la tristeza. No es mi historia. Como tampoco es mi historia las manos de un profesor que me han apretado el culo.

Él torturó con el pie el adoquín levantado, algunos estudiantes salían de la universidad y se dirigían hacia ellos. Tenía ganas de sentarse y eligió el muro bajo que delimitaba la acera. Clavó la mirada en la punta de sus zapatos ingleses.

–Ahora tengo que volver, profesor.

Él siguió con la cabeza gacha y, por los pasos y la puerta de la cafetería que volvía a cerrarse, supo que se había ido.

Andrea se había quedado en el quiosco con su padre durante el resto de la tarde, la madre se había marchado antes a casa en metro. A última hora de la tarde le pidió las llaves del coche, que estaba aparcado junto al quiosco. Cuando lo puso en marcha su padre dio un golpecito en el cristal de la ventanilla.

–No corras.

–Dile a mamá que pedirás otra visita.

–Te he dicho que dejes ya el tema.

–Tú díselo. –Extendió una mano para saludarlo–. Te traigo el coche esta noche.

Cuando se marchó, notaba aún en las yemas de los dedos la contractura del padre que había conseguido eliminar. Se los frotó, luego condujo a un ritmo constante, tardaría unos veinticinco minutos en recorrer los ocho kilómetros que lo separaban del perro. Hizo el trayecto sin pensar, imaginando que conducía hasta la barrera sur de Milán o hasta Piacenza o Parma o la Toscana, y más allá, nunca había pasado de Florencia.

Llegó sin encontrar embotellamientos, la neblina solo era densa en algunos puntos y la granja a duras penas se veía. Aparcó en el lado de la carretera, abrió la cancela y entró, llamó tres veces a la puerta. La chica le abrió mientras hablaba por teléfono, le indicó por gestos que guardara silencio y que pasara. Se encontró en la cocina, en la televisión encendida emitían publicidad y olía a humo y a esmalte de uñas. Recorrió el pasillo hasta una puerta ventana que daba a la parte de atrás.

Estaba ya entornada, la abrió del todo y oyó los ladridos. El perro tensó la cadena, tiraba con el cuello, aguantándose sobre las patas posteriores.

–Eh, eh, *César*, tranquilo, tranquilo.

Pero el perro seguía.

–Tranquilo, te he dicho.

–Lleva todo el día nervioso.

La chica lo había alcanzado y fumaba en la puerta, ni fuera ni dentro. Llevaba las uñas recién pintadas de rojo.

–Es la niebla.

–Deja que te reconozca.

–No hace falta.

Se acuclilló con los brazos extendidos, el perro se tranquilizó y se acercó a él. Andrea lo acarició.

–Creo que se le ha infectado. –La chica volvió a entrar en casa.

Andrea le miró la pata al dogo, el mordisco aún supuraba. Le preocupó que estuviera hinchado el flanco izquierdo. Lo rozó, lo tocó, apoyó la palma y presionó con suavidad.

–Tranquilo, *César*.

El perro lo escuchó y él pudo explorarle los músculos y los huesos. Había aprendido que los animales esconden los lamentos mejor que las personas, cada vez que enmudecían él se inquietaba. Examinó mejor la pata mientras le contaba qué tal le había ido el día, le hablaba de la tarde libre y de su padre, que se había escaqueado de la visita para que lo llevara al parque, típico de él. ¿Quieres ir al parque? Quieres ir, ¿verdad? Mañana iremos. Ahora pórtate bien y déjame ver, lo acarició hasta la cola en forma de coma incompleta, bajó hasta el vientre y *César* dio un salto hacia delante. Andrea lo llamó y volvió a palparlo despacio. Le levantó la pata herida y cuando volvió a apoyársela en el suelo se dio cuenta de que no soportaba bien el peso. Tal vez se había acabado todo y por fin lo liberarían. Lo examinó más a fondo, pero antes de hacerlo alzó la cabeza y vio que la niebla los había engullido.

–No tengas miedo, ven.

El perro giró sobre sí mismo, la chica y los demás estaban entrando en el patio.

–¿Cómo está? –preguntaron nada más llegar.

Andrea no los miraba.

–No está listo y no puede seguir peleando.

–¿Qué significa que no está listo?

–El tendón, una inflamación.

–¿Y qué significa que no puede seguir peleando?

–La pata está fastidiada.

–¿Habéis oído lo que dice el médico?

–Ya vale, Giulio –dijo la chica, volviéndose hacia el hermano, un treintañero de mejillas rasuradas, pelo repeinado y una camisa a cuadros que le marcaba los hombros inclinados.

Andrea no había dejado de acariciar al perro.

–Habíais dicho que esta tarde traeríais otro.

–Lo tenemos en el coche. Es un perro lobo, pero hay algo que no pita.

Por algo que no pita entendían la señal del miedo. Él también había aprendido a reconocerla: las patas mal colocadas, la mirada suplicante, el aullido al recibir la primera herida, el arremeter contra los dueños que lo llevaban al cuadrilátero. Eran bestias comprometidas por un pasado dócil.

–Vamos a ver.

El hermano de la chica entró en la casa y salió con un palo de madera que acercó al lomo del dogo. El perro lo mordió y se lo arrancó. La cadena lo estrangulaba, pero el animal no soltaba su presa.

–Eh, eh, tranquilo, tranquilo.

–Sí que está listo –dijeron los demás.

Andrea se puso en pie, mirando a la chica. Había descubierto las peleas clandestinas el año pasado, cuando ella le había pedido permiso a su hermano para llevarlo y él se había encontrado, una noche de mayo, en la primera pelea en Chiaravalle. Un dogo contra otro dogo, uno de los dos propietarios había interrumpido la pelea porque un mordisco en una pata había puesto en peligro a su animal. Habían separado a los perros y el hombre había perdido dinero y se lo había hecho perder a otros. En el *ring* habían quedado tres estelas de sangre. Andrea había sentido una especie de desfallecimiento. La carne lacerada, la violencia. Al volver a casa, se había tendido en la cama y no había conseguido dormir.

–El perro no pelea. Necesita infiltraciones, se curará antes.

Andrea se había vuelto hacia la chica.

–Después de haber luchado –dijeron ellos.

Cuando él y la chica se habían conocido –en el Magnolia, durante un concierto electrónico de Prozac+–, ella ya tenía a *César*. Lo había llevado a casa su hermano. De pequeño era dócil, pero de repente dejó de serlo y ella ya no había podido tenerlo en casa, ni siquiera llevarlo al parque. *César* solo la había atacado una vez, tras un gesto brusco de ella delante del hocico, le había gruñido, pero la cadena lo había parado. Atacaba a menudo a su hermano. Lo había dejado en la vieja granja y se turnaban para ir a darle de comer, Andrea iba a cuidarlo siempre que podía. Había comprendido que lo enfurecían los palos encima de la cabeza y los gestos rápidos. Se tranquilizaba cuando le contaban algo. La chica decía que quería a *César* tal cual y que también quería a Andrea tal cual. «Tal cual» era su complicación.

Andrea se acercó a *César* y cogió un extremo del palo que el perro aún sujetaba con los dientes.

–Vamos, suéltalo –dijo, quitándoselo–. Deja el palo.

–Déjalo probar una última vez –dijo ella–. La última vez, Andre.

–¿Qué es ese rollo de la última vez? –preguntó el hermano.

–Es la última vez –repitió ella–. Si ya no puede seguir, luego te quejas porque te hace perder dinero.

–Vale –dijo el hermano, haciendo un gesto para que desengancharan la cadena–. Peleará.

Andrea dejó caer el palo, se hizo a un lado y esperó a que el hermano le pusiera el lazo al perro, lo intentó varias veces sin éxito. La chica se agachó y trató de calmar a *César*.

–Andrea –dijo al fin la chica–, hazlo tú.

Pero él se alejó unos pasos.

–Mueve el culo –dijo el hermano–. Por favor.

Andrea entró en la casa, se dirigió a la cocina y se sentó en el sofá. Los cojines raídos, el olor a viejo, el asiento deformado, allí le había dicho a la chica que a él le bastaba con las caricias, que lo demás no podía dárselo ni a ella ni a ninguna otra. Hundió la nuca en la curva del respaldo.

Ella lo encontró con la mirada fija en el techo.

–*César* está enloquecido, ¿puedes venir?

Él negó con la cabeza y ella se quedó inmóvil. Era una silueta filiforme de cabellos sueltos que le caían por la espalda.

–Tengo un hermano idiota que te quiere.

–Le ha pegado otra vez, tiene una hinchazón que antes no estaba.

–Es de antes.

–Le ha pegado otra vez –dijo, mirándola.

Luego cerró los ojos, estaba cansado.

La chica se sentó y le acarició una pierna, le pellizcó, sonrió.

–Así sacamos dinero para irnos tres días a la playa. Tú y yo.

–¿Por qué?

–Porque nos gusta la playa.

–¿Por qué seguimos?

Andrea se levantó del sofá, recorrió de nuevo el pasillo y salió por la puerta de atrás. Vio a los demás en un rincón del patio, fumando. Se acercó al perro, la cadena tintineó como un sonajero.

–*César*, ven aquí.

El perro ladró y se quedó inmóvil, ladró otra vez y cuando él se acercó giró el hocico de repente.

–Pórtate bien, soy yo.

–Está muy cabreado –dijo el hermano.

–Ven, *César*, soy yo. –Se arrodilló, separó un brazo y esperó a que el perro se acercase, dejó que lo oliera, le acarició el cuello y luego fue subiendo despacio hacia la cabeza–. Eh, amigo.

Lo dijo y giró la mano, el perro se la mordió. La chica gritó desde la puerta ventana, los otros acudieron con el palo.

–Andre, Andre.

–No es nada. –Andrea bajó la vista, lo había mordido entre el pulgar y el índice, un agujero justo en medio que sangraba–. No es nada, dejadlo en paz.

Llevaron a Andrea hasta un lado del patio, la chica entró en la casa y volvió con trapos y agua oxigenada.

–No te muevas, déjame ver.

Le lavó la herida y se la taponó.

–El trabajo –dijo él.

–Tranquilo.

–El trabajo, y ahora qué hago. –Movió el pulgar, movió el índice, el dolor era soportable–. Y ahora qué hago.

–Te llevamos a urgencias.

Pero él siguió apretándose el trapo y entró a toda prisa, la camiseta y los pantalones estaban manchados de sangre y tierra, llegó al lavabo y abrió el grifo del agua fría. Metió la mano bajo el chorro y vio que el colmillo le había desgarrado la carne en dos puntos, se tocó, los tendones estaban bien, las falanges también, pero el músculo abductor del pulgar no. Empezó a mover los dedos, primero de uno en uno, luego todos a la vez, mientras la sangre goteaba en un charco negro.

–Vamos a urgencias –dijo ella–. No seas cabezota.

–Hazle caso –dijo el hermano, desde el umbral de la puerta del cuarto de baño–. Puto perro, no podía haber elegido otra noche.

–Le has pegado. –Andrea retiró la mano del lavabo y se enfrentó a él–. Tiene un costado hinchado.

–Ahora vas de protector de los animales que tú mismo.

–Le has pegado.

–Que tú mismo explotas. ¿O no?

Andrea se abrió paso y se dirigió a la nevera, abrió el congelador y encontró el bistec de *César*. Lo envolvió en un trapo y se lo apoyó en la herida. Se sentó a la mesa.

–Que se larguen –le dijo a la chica.

–Te llevan a San Donato.

–Que se larguen, por favor. –Levantó la muñeca por encima de la cabeza, la herida sangró un poco menos–. Que se larguen.

Ella obedeció y les dijo que se fueran. El grupo guardó silencio y luego el hermano dijo que probaran en el *ring* el perro lobo que llevaban en el maletero. Pasaron por delante de él, pero no los miró, solo oyó que decían Eres un puto tocacojones.

La mano se le había puesto morada y del corte salía menos sangre, ella le puso un trapo limpio y siguió cuidándolo sin decir nada. Luego, él se puso en pie.

–¿Adónde vas?

Pero él no contestó.

–¿Adónde vas?

Iba a liberarse de sus demonios.

El patio era un cuadrado plomizo, la neblina aún era densa y *César* estaba echado bajo la marquesina. El perro trotó de un lado a otro, la cadena era como una serpiente que reflejaba la luz de las farolas de la calle.

Andrea se quitó la camiseta empapada en sangre, se le marcaban los músculos en la espalda, los hombros y el vientre, tenía la piel blanquísima. Se agachó, dejó la mano herida oculta tras una pierna y esperó. El perro se acercó. Resollaba con la mandíbula cerrada, ladró.

–Ven, amigo.

La chica retrocedió, tenía el palo en la mano y estaba preparada.

–Ven, *César*, amigo.

El dogo avanzaba a tientas con la pata herida, trazó un perímetro amplio, se detuvo en el centro. Se acercó hasta quedar a un palmo de él. Andrea empezó a temblar, luego extendió la mano buena, *César* la olisqueó y él le contó que solo le había hecho un poquito de daño y que a quien tenía que morder era a Giulio, tenían que ponerse de acuerdo para morderlo juntos, ¿no, *César*? ¿No? ¿Qué te parece si un día de estos nos ponemos de acuerdo tú y yo para darle una lección a Giulio? Le acarició el cuello y luego le pasó la mano por el lomo hasta la cola. Se interrumpió cuando se sintió mejor. *César* lo miró, la respiración le raspaba la garganta, se sentó como cuando esperaba que le dieran de comer. Andrea le dijo Nos vemos pronto y se levantó despacio. Retrocedió y la neblina los separó.

–Estás loco –le dijo la chica y entraron juntos en casa.

–Tengo que llevarle el coche a mi padre.

–Te acompaño. –Hizo una pausa–. Me quedo en tu casa.

Él aún perdía sangre y el dolor se había vuelto constante.

–Quiero estar solo.

Ella dejó caer los brazos a los lados del cuerpo.

–Haz lo que quieras.

Se sentó a la mesa y clavó la mirada en el mantel de plástico.

–Cristina.

–La antirrábica se la pusimos –dijo ella, sin dejar de mirar el mantel.

–Cristina. –Él volvió a ponerse la camiseta sucia, hizo ademán de acercarse a ella. La chica se apartó.

–Al menos deja el teléfono encendido.

Andrea la besó en la mejilla y esperó algo que ni siquiera él sabía qué era. Luego se fue.

Aquella noche echó de menos a Cristina. Cuando estaba acostado en la cama en su estudio de *via* Porpora, se acercó a la segunda almohada, en la que había apoyado la herida, la estrujó, fingió que ella estaba allí y se calmó. Cristina lo aliviaba de lo que no conseguía ser y, durante un tiempo, él también había sido capaz de acompañarla allí donde ella quería estar: huyendo del divorcio de sus padres, en la tienda de ropa de segunda mano, nadando en el mar, en Londres –habían visitado el estadio de Wembley–, contándose tonterías. Con ella había encontrado una especie de paz. Se había dado cuenta en el sofá de la granja, después de que ella lo desnudara y él la dejara hacer, después de haberse acostado juntos y de que Cristina le hubiese preguntado qué quería en el futuro. Él había respondido Un estudio de fisioterapia solo mío. Ella lo había mirado fijamente y le había vuelto a hacer la pregunta. Él se había quedado callado y no había contestado.

–¿Eres maricón o qué? –le habían dicho los demás, así por las buenas, un día.

En fisioterapia, había aprendido a inhibirse mientras trataba pectorales y cuádriceps, espaldas amplias y hombros fuertes. Eres maricón. Cristina lo distraía de la verdad. Por eso no había querido que se quedara con él aquella noche, porque le habría impedido pensar hasta qué punto el mordisco de *César* afectaba a su trabajo. En cuanto se hizo de día se quitó la venda de la mano y lo comprobó: los tejidos se habían hinchado y los agujeros aún estaban frescos, sangraban al primer movimiento. Los curó y se apretó bien la gasa en la muñeca. Tardó el doble de lo normal en afeitarse, comió un yogur y se tomó un calmante, se lo tragó con un poco de zumo de naranja bebido directamente de la botella. Tenía escalofríos y le daba vueltas la cabeza, le dolían los huesos. Se vistió despacio, dobló los pantalones y la camiseta del trabajo y los metió en la mochila. Bajó las tres plantas del edificio y lo asaltó el frío, entró en el metro mientras se preguntaba si su padre habría encontrado las llaves del coche en el buzón, consultó el teléfono y se quedó tranquilo al ver que no tenía ninguna llamada suya. Le escribió un mensaje a Cristina: «Estoy mejor, me voy a trabajar».

Se puso a pensar en lo que diría en FisioLab. Siempre podía encargarse de los tratamientos con las máquinas, cambiar de día las sesiones completas o buscar algo que hacer en la sala de máquinas. Entró en *via* Cappuccini número 6, las chicas de recepción se asustaron al verlo, pero él dijo que había sido un accidente doméstico. Cruzó la sala de espera en dirección al vestuario y oyó que lo llamaban, se volvió hacia los sillones y vio a Margherita.

Ella se puso en pie.

–Puntual, ¿has visto?

Él se quedó inmóvil, luego levantó la mano vendada.

–Ay, señor, ¿qué te ha pasado?

–Estaba cortando.

–¿Te ha visto un médico?

Él asintió, tenía los ojos amoratados.

–No deberías estar aquí.

–No debería.

Andrea bajó la cabeza y a ella le pareció que empezaba a abrirse. Finalmente lo veía. ¿Era un crío a sus ojos? No lo había sido nunca. Un hombre muy maduro para su edad, en ese momento frágil. Se había despertado muy intransigente con sus propias dudas, deseosa de suposiciones, y estaba en su derecho después de haberse pasado la velada organizando estrategias para comprar una casa que ella y su marido no podían permitirse. Luego se había ido a la cama temprano, cuando su marido se había acostado, más tarde, ella le había preguntado si era feliz. Ya habían apagado las luces y se habían acostumbrado a la oscuridad, ella había visto la silueta de Carlo apoyar la nuca en el cabecero de la cama y responder Creo que sí.

Y «creo» era lo correcto. Lo amaba precisamente por aquel creo, porque para ella también era creo. Mostrarse indecisos juntos, estar en una cama que navegaba hacia donde debía navegar –un matrimonio, un inmueble de gran valor para el futuro, profesiones dignas– y que se aventuraba por las aguas de los tiempos, cuántos cuerpos, ¿eh, Carlo? Cuántas alumnas y cuántos fisioterapeutas que hemos dejado escapar, cuántos libros soñados e interrumpidos, cuántos. Se habían quedado así y se habían dormido, el momento justo antes de que llegara el sueño ella pensaba en su padre; él, era imposible decirlo.

En cuanto Andrea salió del vestuario, lo siguió con la mirada, intercambiaron un gesto, luego él se fue a recepción, habló con las chicas y entró en el despacho del médico, el mismo en el que había entrado ella durante la primera visita. Después de un cuarto de hora, él aún no había terminado y ella ya llevaba un retraso de cuarenta minutos en la agenda del día. Se lo hizo saber a las chicas y les dijo que esperaría fuera, estudió las visitas del día apoyada en la fachada del patio interior. Tenía que anular Buzzati, avisaría a su madre. Sacó la agenda y calculó los intervalos de tiempo para llamar a la propietaria de Concordia. Contactaría con ella de manera regular, la mantendría informada de las visitas prometedoras que siempre acabarían en agua de borrajas debido al precio excesivo. La iría desgastando poco a poco, induciéndole desilusiones imprevistas pero sin llevarla nunca a un desaliento definitivo, tratando de reforzar una intimidad cordial. Empezó a apuntar en la agenda las falsas visitas, luego vio a Andrea dirigirse hacia ella. La alcanzó y le pidió disculpas, le dijo que la atendería otro chico.

–¿Y tú?

Él levantó la mano, ahora la tenía vendada de otro modo, también la expresión era distinta. Demacrado donde antes estaba pálido.

–¿Qué te ha dicho el médico?

Se obligó a sonreír mientras una de las chicas de recepción abría la puerta automática.

–Andrea, te busca el médico.

–Dile que ya lo sé.

El médico también salió y saludó a Margherita, rozó a Andrea pero él se apartó con un gesto delicado.

–Tienes que ir a que te vean esa mano y no es broma.

–Ya lo sé.

–Grazi o Cappelli te acompañan.

–Voy yo solo.

–Ya, claro.

El médico volvió a entrar con la chica, Andrea se volvió hacia Margherita.

–Habla con la administrativa para el tratamiento, te buscan un hueco.

–No te preocupes –dijo, acercándole una mano a la frente–. Estás ardiendo.

Él pareció perder el equilibrio. Se apartó.

–Perdona –dijo, y se encaminó hacia la salida.

Margherita lo siguió, se mantuvo a distancia hasta que llegaron a *corso* Venezia, esperó a que cruzara los baluartes y lo alcanzó delante de la verja de los jardines de *via* Palestro.

–Como no frenes un poco, me vas a ver en esa camilla otros diez años –dijo, casi sin aliento.

Él se volvió.

–Me voy a casa.

Se apoyó en el muro de la entrada del metro, estaba sudoroso y temblaba.

–Espera. –Margherita hurgó en su bolso y le dio un pañuelo–. ¿Dónde vives?

–En la zona de Loreto.

–Mi madre también. ¿Dónde?

–*Via* Porpora.

–Te llamo un taxi.

–¿Qué quieres?

Margherita se apartó el flequillo de los ojos.

–Quiero acompañarte y te juro que luego me voy –dijo, mientras señalaba la parada de taxis a un lado de la calle.

–Cojo el metro.

–Luego yo sigo, tengo que ir a la agencia en *via* Spontini.

–Está antes.

–Ya ves qué problema.

Llegaron al taxi y subieron, durante todo *corso* Buenos Aires él se limitó a mirar por la ventanilla, con la mano vendada sobre el vientre. La cabeza se le movía por efecto de la vibración del coche. A medio camino le dijo que tenía una posible infección, que el médico le había prescrito antibióticos.

–¿Por qué quiere que vayas a urgencias?

–Paranoias. –Tenía la sien apoyada en el cristal de la ventanilla y la piel brillante, parecía aturdido y Margherita tuvo que despertarlo cuando el taxista entró en *via* Porpora y preguntó el número.

–Ciento treinta –dijo él.

El taxista detuvo el vehículo, Margherita pagó y bajó, rodeó el coche, abrió la puerta y lo ayudó a bajar. Había salido a su madre: ayudar a las personas a hacer lo que era mejor para ellas, favoreciendo de paso las propias intenciones. Carlo lo llamaba manipulación, para ella era una alianza o algo que no quería aclararse. Hizo sentar a Andrea en el escalón del portal, le pidió la receta del médico y vio una farmacia en el otro lado de la calle, donde compró una caja de amoxicilina. Volvió y encontró a Andrea tal y como lo había dejado, le pidió las llaves de su casa. Entraron, el edificio olía a polvo, cogieron el ascensor y subieron a la tercera planta, él le cogió las llaves de las manos y descorrió la cerradura, ella lo vio irse directo a la habitación que daba al pasillo.

–La medicina. –Margherita pidió permiso para entrar y lo siguió.

Se lo encontró tirado en la cama.

–Tienes que tomarte la medicina.

Echó un vistazo a su alrededor, luego fue a la cocina y hurgó en el fregadero, hasta arriba de platos, encontró un vaso y lo lavó, lo llenó de agua del grifo y se lo llevó. Abrió la caja y le dio un comprimido, esperó a que se lo tragara y a que volviera a tenderse.

–Dime a quién puedo llamar –le dijo, pero la respiración de Andrea era ya la del sueño.

Solo entonces se dio cuenta de que estaba allí.

El tictac del reloj de pared, el aliento viscoso del muchacho, la esquina dura del colchón en la que se había sentado. Contempló aquel cuerpo fuerte y enfermo, las almohadas, una de las cuales estaba manchada de sangre. Quería quitarle los zapatos, taparlo hasta los hombros. Las paredes estaban desnudas, a excepción de una litografía de haikus japoneses junto a tres estantes abarrotados de libros. Vio volúmenes de anatomía y cómics de Marvel, en la portada del primero aparecía la Antorcha Humana. La ropa estaba amontonada en una silla, la puerta del armario revelaba dos perchas solitarias. Tenía la sensación de que el corazón le pataleaba y sabía que ese pataleo habría podido llamarlo juventud.

Se puso en pie y le quitó los zapatos, lo tapó, él se movió y luego adoptó otra vez la misma posición. Ella buscó su bolso y cogió el móvil, se lo guardó en el bolsillo y salió al pasillo, entró en la cocina. Había un sofá de dos plazas y un mueble con un televisor minúsculo, un perrito de peluche encima de la nevera. Era un pastor alemán de pelo reluciente, llevaba un lazo rojo a modo de collar con una etiqueta que decía: AL MUDO QUE HACE CONTAR HISTORIAS, C. Le acarició el lomo, era suave, luego lo colocó de manera que vigilase la casa. Se fue al fregadero, lavó las tazas, los vasos y los platos, los ordenó en el estante. Cuando terminó se secó las manos con el trapo que colgaba de la manija de la ventana, buscó en la agenda del teléfono Domenico Pentecoste –las consultas médicas eran un buen punto de contacto con su suegro–, pero desistió, buscó el nombre de su madre, desistió. Se quedó inmóvil: delante de la ventana se recortaban dos edificios, en uno de los balcones habían colocado un molinete de colores. Se cogió las manos, se las llevó a la boca y se dijo que podía hacerlo. Volvió a la habitación de puntillas, se dirigió a la parte vacía de la cama y se sentó despacio. Luego se tendió.

Mantuvo la mirada fija en el techo, luego se volvió hacia él y lo miró. La musculatura y el rostro velado por el sueño. Así que era eso. Un hombre distinto a su lado. El colchón inclinado bajo un nuevo peso, un olor más acre, poco tiempo para disfrutar. ¿Lo hubiera hecho? Acercó la cabeza a la de él. Se quedó allí, lo escuchó mientras dormía y acompasó su respiración a la de él. Luego se puso en pie, sí, lo hubiera hecho, salió de la habitación. Se encerró en el cuarto de baño, una habitación alargada con baldosas de color nata y una cortina de plástico en la bañera, se apoyó en la pared y llamó a su madre.

Cuando sonó el teléfono, Anna estaba en el balcón sacudiendo la alfombra persa.

–Cariño, no me digas que cancelas la visita de Buzzati –dijo, mientras apoyaba la aspiradora en la silla–. ¿Qué significa un problema? ¿Sabes lo que me ha costado conseguir que me dieran hora? Es tu futuro, por Dios. –Se calló de golpe–. ¿Qué clase de problema? No, no, no, ahora me lo cuentas, no puedes llamar a tu madre, soltarle la palabra problema y luego cambiar de tema. –Guardó silencio otra vez–. Vale, vale, pues dime algo, ya me apaño yo con Buzzati y compañía, pero tú júrame que estás bien. ¿Me lo juras?

Se había agarrado a una cortina y la estaba arrugando. Saludó a su hija y se quedó con el teléfono pegado a la oreja, luego lo dejó sobre la mesa.

–Ya me parecía a mí –susurró.

Volvió al balcón, entró la alfombra, la dejó al lado del sofá y corrió al cuarto de baño. Redefinió las cejas, se retocó las mejillas con los polvos compactos y se colocó bien los pendientes de perlas. Se parecía a Jessica Fletcher y estaba orgullosa de ello, se lo había dicho Franco en una ocasión mientras veían *Se ha escrito un crimen.* Eligió una blusa masculina y unos pantalones cómodos y metió en su bolso una vieja camiseta de tirantes de Margherita. El trayecto hasta el metro lo dedicó a pensar en lo que tenía que hacer. La calle estaba en los Navigli, el barrio de los canales, tardaría unos veinte minutos: llegaría con un cuarto de hora de retraso respecto a la hora de la visita, Franco, tu hija me ha metido en un buen lío. Ella y su marido siempre habían sido muy puntuales. Un ferroviario de carácter suizo y una modista que siempre entregaba los pedidos al menos un día antes de lo estipulado. Habían tenido a Margherita con treinta y seis años, el único retraso en su matrimonio.

Salió de casa con paso ligero, entró en la parada de Pasteur, cerca de las casas de los murales y las tintorerías chinas. Sacó el libro cuando bajaba por la escalera mecánica. Empezó a leer nada más subir al vagón, era una recopilación de cuentos que habían recomendado en un programa de radio. El escritor se llamaba Andre Dubus y había perdido las piernas tras detenerse a ayudar a dos hermanos a los que se les había parado el coche en el arcén de la carretera: otro coche lo había atropellado. Luego su mujer lo había abandonado, más tarde había dejado de ver a sus hijos y otros escritores habían hecho una colecta para mantenerlo. Lo había comprado en la Libreria del Corso. Andre Dubus, un nombre francés en un cuerpo estadounidense atrapado en una silla de ruedas, escribía relatos sin golpes de efecto. ¿Quién ha dicho que los golpes de efecto son necesarios? Lo había discutido con su hija, pero ella se aburría enseguida de todo, en el fondo una madre siempre sabe cuándo trae al mundo tan poca paciencia.

Cuando subió de nuevo a la superficie, la estación de Porta Genova estaba desierta. Recorrió el principio de *via* Vigevano, hizo un esfuerzo por ignorar la tienda de anillos de plata batida, se apresuró, el edificio daba a un aparcamiento que en otros tiempos había sido una dársena. Años atrás le había dado la dirección una mujer que trabajaba con ella en el taller de costura, había anotado el nombre «Landi» y un teléfono en la agenda, pero no lo había usado hasta después de la muerte de Franco.

Dos meses después del funeral había pedido hora, la lista de espera era de al menos tres semanas. Cuando finalmente había ido, le habían preguntado si quería saber cómo estaba su marido en el otro mundo. Pero no era eso lo que ella quería saber. Quería conocer su futuro, qué narices. Y cada vez que pulsaba aquel timbre –ya había estado allí por lo menos una docena de veces– se electrizaba.

Le había insistido mucho a su hija porque en la última visita Landi había preguntado específicamente por ella: quería comunicarle ciertas intuiciones. Para convencer a su niña, después de que esta la hubiera llamado inocentona durante meses, le había hablado de Dino Buzzati: le había dicho que siempre visitaba a Landi cuando esta era una joven vidente. ¿Y qué le preguntaba Buzzati a las cartas? No lo sé, hija, en mi opinión quería saber de amores. Y fíjate, allí le vaticinaron que se casaría con Almerina. ¿De verdad se lo vaticinaron? Sí señora. Pero en realidad era una mentira, para ella las mentirijillas creaban los buenos destinos, siempre lo había hecho, hasta con su marido.

Cogió el ascensor y subió hasta la quinta planta, la puerta estaba entornada y esta vez la chica la recibió en el umbral.

–A mi hija le ha surgido un contratiempo, lo siento muchísimo, pero lo hemos sabido en el último momento. –Estrujó su bolso–. He venido yo en su lugar, siento mucho el retraso.

La chica la invitó a sentarse en la salita con papel de flores en las paredes, de ellas colgaban tres dibujos a tinta china de Milán –patios interiores y la Conca del Naviglio–, además de un puzle enmarcado de *La dama y el vagabundo*. En un rincón habían colocado una radio de los años cuarenta, con el mando de raíz de nogal y acabados dorados, siempre se imaginaba que cantaba Tenco. Esperó de pie, cuando la llamaron acababa de intentar telefonear de nuevo a Margherita. Siguió a la chica por el pasillo hasta la minúscula cocina: la señora fumaba, sentada a una esquina de la mesa, junto al cenicero había un vaso de quina y un platillo lleno de monedas de céntimo. La mujer llevaba un fular que le tapaba hasta la barbilla.

–Mi hija ha tenido un contratiempo en el trabajo. Gracias por recibirme.

La nevera ronroneaba y los imanes de la puerta llegaban hasta los bordes.

–Bueno, ¿entonces una tirada larga?

–Una tirada sobre mi hija, por favor.

Sacó la camiseta de tirantes del bolso y se la dio.

La señora la dejó sobre la mesa, apoyó un codo encima y mezcló la baraja de cartas.

–¿Sabe que no me ha dicho cómo se llama?

Siguió mezclando las cartas con el cigarrillo entre los dedos, luego lo dejó en el cenicero.

–Se llama Margherita.

–Usted, no la niña.

–Me llamo Anna.

–Se lee igual de izquierda a derecha que de derecha a izquierda –dijo con los ojos entornados–, es un nombre cómodo.

–Sí –dijo, con una mueca azorada.

–¿Qué tal las manos?

–Así así –dijo.

Se las acarició y luego las bajó al regazo.

La señora la observó, después le ofreció la baraja. Anna la cortó con la izquierda y se acercó a las cartas, la señora empezó a extenderlas en forma de pirámide, doce más la última en el vértice. Esa vez salió la sota de oros.

–¿Significa dinero?

Le hizo un gesto para que guardara silencio.

Anna se mordió la lengua y escuchó el ronroneo de la nevera, se acordó del año anterior, cuando la señora había sacado un cuatro de espadas y le había dicho que veía tristeza. ¿Me lo puede explicar?, le había preguntado con un nudo en la garganta. La señora le había dicho que su vida había ido como tenía que ir, pero que ella no se había sentido realizada porque algo se lo había impedido. Anna no había podido contener las lágrimas. Sabía que ese «algo» era el haber cuidado de todos, el taburete y el rincón de la cocina, las telas recortadas como si fueran impulsos a los que dar forma, el gruñido masculino. Era eso, y en cambio había «algo más» que insistía en largarse de *via delle* Leghe, presentarse a la sección de los radicales y afiliarse sin que Franco encontrara la forma de chantajearla. Y dejar ya de coser en casa, porque lo que ella quería era tener su propia tienda con el nombre en el escaparate. Y San Petersburgo, aunque solo fuera pasear por la cuna de la revolución y de los amores prohibidos, y Milán, ir a cantar a los locales de Brera y a tomar una copa de vino. ¿Era idealismo? Puede ser. Era ¿qué?

La señora se aclaró la voz.

–Margherita está bien, pero veo que algo va a cambiar. –Acarició las trece cartas, una a una–. Un lugar. Quizá el trabajo.

–Están buscando casa. Han visto una muy bonita.

–Es la que necesitan. –Cogió el cigarrillo y le dio una larga calada–. Esa casa va bien.

–¿Y la salud va bien?

–¿Por salud entiende convertirse en abuela?

–Eso no me importa.

–Les importa a todas las madres que tienen hijas.

–Lo que me importa es que sea feliz.

–Lo es.

–Pues entonces ya está. –Cogió aire–. ¿Y la pierna de mi hija? ¿Se acuerda? Le dije que se había hecho daño.

–Una pequeña molestia –dijo la señora.

Separó el as de copas, lo dejó en el centro de la mesa, volvió a barajar y repartió otras doce cartas alrededor del as de copas.

–Una última cosa sobre Margherita, Anna: si tiene animales, que se deshaga de ellos. Gatos, perros, cotorras.

–No tiene animales.

–¿No?

–Que yo sepa no, ¿por qué?

–Incidentes, vamos a decirlo así.

–Ay, señor, ¿incidentes en qué sentido?

–Usted dígale que no acepte animales y todo irá bien.

Asintió.

–¿Y mi yerno?

La señora apagó el cigarrillo y observó mejor, señaló el as de espadas.

–Está bien. No es él quien me preocupa.

–¿Y qué le preocupa?

–Tienen que formar una familia, es una pareja que lo necesita, ¿ve? –dijo, y con la punta del dos de bastos levantó la sota de espadas.

Anna se apoyó en el respaldo.

–Lo decidirán ellos.

La mujer la observó, acariciaba las cartas como si fueran las teclas de un piano.

–¿Usted reza, Anna?

–No rezo, no.

–Rezar de vez en cuando no hace daño.

–Haré lo que pueda. –Rebuscó en su bolso, sacó el monedero y cogió cincuenta euros y un céntimo. El céntimo lo dejó en el platillo–. Disculpe de nuevo por el retraso. –Se levantó, hizo ademán de marcharse, pero después se quedó quieta–. Señora Landi –dijo, cogiendo aire una segunda vez–, ¿es cierta la historia de Buzzati? Lo de que Dino Buzzati venía aquí.

La señora asintió.

–¿Y cómo era?

Cogió el cigarrillo.

–Un hombre muy guapo que amaba el rey de copas.

–¿El rey de copas?

–La improvisación.

Anna retrocedió sin volverse, salió de la minúscula cocina, se dejó acompañar por la chica y abandonó la casa tras lanzar una última ojeada a la vieja radio. Mientras esperaba el ascensor, recordó la escena de *Ladrón de bicicletas* en la que el protagonista está tan desesperado que va a visitar a una santona para que le lea el futuro. Él que se salta la cola de mujeres que esperan, la santona que invoca a Dios, la desesperación del hombre que no obtiene un oráculo claro. Sacó el móvil del bolso y llamó a su hija. Oyó que respondía justo cuando estaba llegando a la planta baja, dijo Tu madre es una tonta y quería comunicártelo. ¿Hola? ¿Hola, cariño? ¿Me oyes? Pero ¿dónde estás? Salió del ascensor. ¿Cómo que en el Fatebenefratelli? ¿El hospital? Se detuvo en mitad del vestíbulo. ¿Estás bien? Salió a la calle. Voy para allí, no no no, voy igualmente aunque sea un amigo, dime en que área, no no, luego te cuento, soy una tonta y ya está, enseguida llego.

Colgó el teléfono, recordó que había una parada de taxis bajo el roble de *piazza* 24 Maggio y se dirigió hacia allí con el corazón en la garganta. El rey de copas y la improvisación. Margherita y Carlo tienen que formar una familia. Nada de animales domésticos. Buzzati era guapo. Tengo que rezar. Mi hija está en el Fatebenefratelli. Los pensamientos la asaltaban, siempre había sido una mujer de elucubraciones cuando se sentaba a coser, ahora las atajaba siempre con una imagen frívola: la exposición de dulces de repostería de la pastelería Cova. El brillo del glaseado, la consistencia del mazapán, las gelatinas que para ella eran como joyas: en casa los comían en las fiestas solemnes, Franco acaparaba los cestitos de fruta y Margherita los petisús de crema. A ella le quedaban los diplomáticos, ah, sí, cómo disfrutaba con los diplomáticos. Una vez por semana, si salía a hacer algún recado en el centro, se iba a Montenapoleone, entraba en la pastelería Cova llena de señoras con abrigo de piel, y pedía un café y uno de aquellos pastelillos con doble capa de alchermes. El mostrador olía a azúcar, ella se quedaba en un rincón, un mordisco de pastelillo y un sorbo de café, luego pagaba con un billete y metía el cambio en el bolso.

Se arrepintió de haber llamado a Margherita y ahora acudía pese a saber que no era su hija quien se encontraba mal: una vez más, había antepuesto ese «algo» a sus propios deseos. Así, mientras el taxi la llevaba al Fatebenefratelli, se entregó a sus sueños de aquel día, tres como de costumbre, en orden creciente de satisfacción. Tercer puesto, una charla con Carlo. Segundo puesto, evitar el cumpleaños de su consuegra. Y, siempre en primer lugar, tirar todas las fruslerías de su marido. Encontrarlas no había sido fácil. Solo llevaba un día enterrado cuando ella había abierto los armarios y lo había sacado todo, Margherita y Carlo habían intentado distraerla, luego la habían dejado hacer hasta bien entrada la noche. Se había ido a dormir con la casa patas arriba y cuando se había despertado, tres horas más tarde, y había visto que a su lado el colchón antidecúbito estaba vacío, se había vestido y lo había bajado todo al trastero. Los jerséis y las camisetas, el abrigo y los zapatos, los álbumes de Panini, todo menos los *Tex*, los discos, la pipa y el reloj. Había hecho nueve viajes y había apilado la mayor parte de las cosas sobre la mesa de trabajo, había guardado la bolsa de las herramientas y había tropezado con una caja de fruta envuelta en una sábana. Tras desenvolverla, había encontrado antiguos cómics, sobre todo *Diabolik* y *Capitán Miki*, y entre las páginas de un *Capitán Miki* había descubierto veintiuna postales enviadas a la dirección de trabajo de su marido. Milano Marittima, Viareggio, los Alpes, y Madrid, y Budapest, y una frase siempre distinta, ella las recordaba todas pero solo repetía una: «Cuánto te habrían gustado los refugios que huelen a pino, tuya, Clara». Sellada el 8 de agosto de 1976, llegaba de Bormio, Margherita tenía entonces dos años. En cada postal aparecía la misma firma, la última era del 7 de julio de 1986. Después de haberlas leído se había quedado en el trastero durante cuarenta minutos, sentada en el suelo. Luego lo había ordenado todo y había subido a su casa, esforzándose por ignorar que cinco metros más abajo había una caja de fruta que debía tirar. Lo había retrasado un día, luego otro y poco a poco había aprendido a convivir con aquellas tablas de madera que contenían veintiún secretos. Había sentido la tentación de averiguar más, preguntando al amigo de toda la vida de su marido o llamando al Hotel Doge de Milano Marittima que aparecía en la postal del 6 de julio de 1979. Pero de qué servía saber. También había intentado indagar en la memoria: aparte del curso de reciclaje en Turín, Franco no había estado nunca fuera de casa. ¿Y el teléfono? Las facturas llegaban regularmente y siempre eran discretas excepto cuando Margherita, ya en secundaria, se pasaba horas riéndose al teléfono y tapando el auricular con una mano. ¿Qué más? Franco era un hombre de caricias escasas, a la hora de hacer regalos siempre evitaba los excesos. Los domingos iba al fútbol, a veces a dar una vuelta en bicicleta. Como máximo pasaba dos horas a la semana fuera de casa, ¿eran para su Clara? Ella había llorado poco después de su muerte. Y aunque todos creían que las lágrimas desesperadas llegarían –pues claro que llegarían–, nadie podía intuir hasta qué punto había ayudado a retrasarlas el descubrimiento de las postales. Se había mantenido alerta por si aparecían otras, abriendo cajones, vaciando del todo los armarios y limpiando a fondo la casa, tratando de visualizar los asistentes al funeral: mujeres desconocidas, ni una. Se había casado con un hombre bueno y «bueno» era un adjetivo que la sosegaba. Se lo repetía. La tal Clara no había sido más que una evasión, si es que lo había sido. Como quizá lo era la alumna para su yerno, o a lo mejor para su hija, o a lo mejor para cualquiera, a ella no se le había presentado nunca la ocasión. Los años de matrimonio, el parto, los vestidos confeccionados con el mayor esmero, las comidas servidas con entusiasmo, la política abandonada pero seguida con un amor atento, en conjunto tenía suficientes antídotos para la nostalgia.

Cruzó las puertas del Fatebenefratelli y preguntó dónde estaba el área de Observación.

–Anna. –Se giró. Carlo estaba junto a las máquinas del café con el teléfono en la mano–. Pero ¿por qué has venido?

–¿Y tú?

–No entendía qué había pasado –dijo, se acercó a ella y la abrazó.

Le gustaba que su yerno la abrazara, se preparaba arqueando un poco la espalda.

–¿Dónde está Margherita?

–Ven –dijo, la cogió por el brazo y se dirigió al ascensor–. Es su fisioterapeuta. Mordedura de perro, infección y no sé qué más. Lo ha traído ella.

Anna se llevó una mano a la boca.

–Mordedura de perro. Pero ¿vosotros os relacionáis con animales?

–¿En qué sentido?

–Pues dejad de hacerlo.

Salió del ascensor y siguió a su yerno hasta el área de Observación, luego entraron en la segunda sala a la izquierda. Había seis camas, Margherita estaba sentada junto a la que quedaba más cerca de la ventana, bajo la sábana dormía un muchacho con la mano vendada.

–Has venido de verdad –le dijo, sonriendo.

Ella se encogió de hombros.

–Siento lo de la visita, mamá.

Anna la acarició y le dejó una mano apoyada en el brazo. Se colocó detrás de los demás, con la espalda apoyada en la ventana y observó a su yerno, que escribía algo en el móvil, y a su hija, que contemplaba a aquel muchacho desconocido. Le preguntó qué había pasado, Margherita dijo que se lo contaría todo cuando salieran, que la novia estaba a punto de llegar.

–¿Y sus padres?

–No ha querido avisarlos.

Anna se acercó al muchacho, había entreabierto los párpados y en sus ojos vio la mirada desesperada de un niño. Los observó a ella y a Carlo, antes de volver a cerrarlos.

Carlo también lo miraba, se apartó un poco por timidez. Cogió de nuevo el móvil, terminó de escribir «Si te apetece» y envió el mensaje. Luego se puso en pie y dijo Me tengo que ir, mi padre dice que lo mantengamos al corriente. Y después de dar un beso a su suegra y a Margherita, bajó corriendo la escalera: el hambre de Sofia se estaba convirtiendo en una inquietud que la intimidad familiar le impedía vivir, como si una mitad de sí mismo se mostrara hostil con la otra mitad. Quería averiguar hasta qué punto podía empujarse a sí mismo. ¿Qué era aquella obsesión? El culo. ¿Y qué más? La voz, escucharla en un momento de lujuria. ¿Y qué más? La píldora anticonceptiva, le había visto un blíster en el estuche: la idea de liberarse en su interior lo turbaba. ¿Y qué más? Disponer de un cuerpo nuevo, un cuerpo experto. Saber si esta vez sería capaz de hacerlo. Se había evaporado el terror a que lo descubrieran, como si se hubiera convertido en un derecho. Podía concederse un vaso comunicante, cumplir con una esposa y cumplir con una amante. Amante, qué palabra tan equivocada. Traición, qué palabra tan equivocada. ¿Qué era lo que traicionaba? ¿Qué arrebataba al entregarse a otra chica, al acaparar un placer momentáneo y tal vez proporcionar un placer momentáneo? Levantarse, volver a vestirse, sin instaurar rituales románticos ni afectuosos, preservando la liturgia que él y su mujer habían consolidado a lo largo de los años y que jamás habría sometido a discusión. Cuidar el pacto, construir la relación, expresar devoción: un léxico que en literatura era síntoma de ingenuidad pero que lo crucificaba a la prueba de los hechos. Sospechaba que era el sentimiento de culpa, también para él, lo que le impedía traspasar la frontera. Cuántas veces había imaginado que entraba en casa, tres o cuatro horas después de haberse entregado a otra mujer, después de haber aturdido a los corpúsculos de Krause en el propio glande, espabilados por la novedad y aún pálidos por el coito inédito, mientras abría la cerradura del hogar doméstico, mientras besaba a Margherita y ganaba unos minutos para acostumbrarse de nuevo a la idea del propio matrimonio.

Acostumbrarse de nuevo, esa era la expresión que lo sumía en la duda. Quien se acostumbra de nuevo ha estado en otro sitio, subvirtiendo el equilibrio. Subvirtiendo, equilibrio: el legado de una educación firme, los Pentecoste, los colegios católicos, abrir los regalos en Nochebuena a la luz de las velas encendidas por una madre vestida con traje de chaqueta. Era un hombre que buscaba coartadas familiares, cuando su propia hermana le había dicho que traicionar había sido para ella una oportunidad de volver a encontrarse a sí misma. ¿Quieres decir que te habías perdido? Quiero decir que deseaba disfrutar de la vida. Pero ella había tenido un hijo con el primero que había pasado y sobrevivía alegremente con los fondos de los Pentecoste. Él también quería una parte de ese disfrute.

Así que aquella mañana, delante del muchacho al que había mordido un perro, le había escrito tres veces a Sofia. Ella no respondía, él insistía. Le había preguntado si podían hablar del cuento, que no le parecía bien dejar las cosas a medias. En el segundo mensaje la había invitado a tomar una caña y a charlar un rato. En el tercer mensaje había usado el «Si te apetece» y había añadido una línea para contarle que estaba atendiendo, junto a una cama de hospital, a un muchacho al que no había visto en su vida. Cuantos más silencios obtenía, más impaciente se volvía. El trasero de Sofia Casadei libre de vaqueros, blanco y proporcionado, el vientre plano hasta el pubis, qué pequeño debía de ser su sexo y qué acogedor. Era cierto, él era el hombre de todas las novelas que amaba, demasiado previsible, Margherita tenía razón. Dejó atrás el Fatebenefratelli, consultó el reloj y se dio cuenta de que le faltaban diez minutos para tener que volver al trabajo, notó vibrar el teléfono en el bolsillo, lo sacó y leyó «Dejo el máster. Muchas gracias por todo, profesor. Estoy volviendo a Rímini».

Tras haber enviado el mensaje, Sofia apoyó la cabeza en la ventanilla del Frecciabianca. Milán, el máster, la escritura y la idea de que en el norte se hubieran encallado sus trayectorias: un mensaje de móvil lo sellaba todo. Había vivido una aventura, así se lo había explicado a sí misma, y había aclarado sus ideas: era una joven sin talento que había dicho así están las cosas en un cuento. Era un templo en construcción, como le había sugerido Khalil, al despedirse en la cafetería después de que ella le dijera que había tomado una decisión en caliente. Él había intentado que entrara en razón, ella le había confesado que echaba de menos a su padre. Khalil había guardado silencio y se había ocupado de la máquina de café, había expulsado el vapor de la lanza y la había limpiado bien. Luego se había acercado a ella y la había abrazado. Al terminar el turno, ella se había quitado el delantal, había llamado al encargado y le había contado la verdad, quería volver a Rímini. Se había dirigido a su casa y Milán la había acompañado, sabiendo que era la última vez. Los edificios de Missori, las gárgolas que asomaban entre las agujas, los tranvías de hierro que avanzaban por sus raíles hacia el Duomo, las almas apresuradas, la posibilidad de esconderse en una calle cualquiera, todo eso echaría de menos. Se había dado cuenta más tarde, mientras preparaba la maleta en su habitación de Isola, metiendo cuatro trapos, el portátil, intentado hacer sitio también a los libros que había comprado durante todos aquellos meses. Los había dejado, ya volvería a recogerlos antes de que terminara el contrato de alquiler. Se había sentado en la cama. Su habitación desangelada: ahora que estaba a punto de abandonarla, sabía que lo hacía para no ceder. Empezar a amar la gran ciudad, olvidarse de un día para otro del Adriático y de las zapatillas rozadas de su padre en el comedor. Ser vulnerable al encanto de un profesor, cayendo en el cliché. Y luego todas aquellas complicaciones, como encontrárselo en la cafetería después de haberse encontrado a su mujer en la cafetería, cómo era posible que se hubiese *metido* en aquel jaleo.

Tenía el cuento, sin embargo. Haber escrito lo que había sucedido aquella tarde en el Fiat Punto con su madre, con las palabras más precisas que había podido elegir: esa era su recompensa, se había dicho la última noche en su Milán, tratando de conciliar el sueño, guardando las siete hojas de «Así están las cosas» en el cuaderno, arrastrando la maleta hasta el metro, comprando el billete para el Frecciabianca de las 10:35, sentándose junto a la ventanilla y respondiendo a un último mensaje del profesor. Escuchando de nuevo la grabación de su encuentro, cuando Pentecoste le acariciaba el cuello y ella le ofrecía la nuca. El contacto de su mano en la base del pelo, la inclinación de los músculos cervicales. Le hubiera gustado hacerle llegar aquellos cincuenta y un minutos y treinta y siete segundos, la prueba de que algo habían sido.

Dejó de rumiar después de Bolonia, en el tramo de la campiña emiliana, con sus caseríos y sus ordenadas eras. Ya en Faenza recibió un nuevo mensaje. «¿Es broma?». Y enseguida otro: «Te llamo, por favor cógelo». El móvil empezó a vibrar y lo guardó. Lo oyó vibrar de nuevo. Lo metió en el bolsillo de la mochila y se quedó adormilada, en el duermevela notó que le dolían los huesos, se tocó brazos y piernas y los notó calientes, le costaba moverlos. Se irguió en el asiento y miró por la ventanilla, reconoció la Romaña. Después de Imola cambiaba el aspecto de los campos, eran más dulces, los cultivos eran más irregulares y tenían una cadencia distinta, casi se fundían unos con otros, como si los campesinos quisieran estar cerca unos de otros mientras sembraban o recogían la cosecha. Luego, el Frecciabianca pasó por encima del muelle de Rímini y ella contuvo el aliento, volver a casa era difícil.

Pidió ayuda con la maleta y cuando bajó del vagón supo que había huido de Milán. Le dolió la calma que de repente la invadía y le revelaba hasta qué punto se había sentido asediada. Recorrió el paso subterráneo y salió de la estación, consultó el teléfono y encontró tres llamadas perdidas y cuatro mensajes de Pentecoste, uno de ellos decía «Llámame cuando puedas, solo necesito un minuto. Gracias». Se dirigió a la parada de autobuses y esperó el 1, que la llevaría hasta Ina Casa. Era un barrio construido para las familias en los años cincuenta y sesenta, arquitectura inteligente por unas pocas liras, abuelos, hijos y nietos en las plazoletas, entre la lechería y los bares y las partidas de cartas en improvisadas mesitas, junto al colegio Lambruschini y la guardería municipal. Ahora los abuelos se iban muriendo y los sustituían los forasteros, pero la dulzura del barrio no se había perdido. Cada vez que Sofia volvía lo hacía con el terror de no encontrarla, pero la encontraba siempre. El autobús dejó atrás los baluartes, se adentró en las primeras calles de la periferia y a medida que se acercaba, ella notaba el corazón más impaciente y nervioso.

La ferretería estaba abierta, le molestaba pasar por delante desde que la habían traspasado. Alargó un poco el trayecto y bajó delante del bar Zeta, subió por las calles adoquinadas del colegio, llegó a la plazoleta y al edificio en el que había vivido siempre, se dio cuenta de que en su balcón había flores. Retrocedió un poco y vio que eran amarillas. Cogió las llaves y se acercó al portal, subió la escalera arrastrando la maleta por los escalones, abrió, se dirigió enseguida a la cocina, abrió de par en par la puerta ventana y vio que en las tres macetas ahora crecían violetas.

–Sofia.

–¿Quién las ha puesto? –dijo, sin apartarse del balcón.

–Yo. He comprado las plantas aquí delante.

Se giró y vio a su padre. Un hombre en camiseta que fumaba, con bermudas y zapatillas, sostenía el cigarrillo en vertical para que no le cayera la ceniza.

–Hubiera ido a buscarte.

–Es una sorpresa.

Su padre tenía bolsas bajo los ojos y el pelo recién cortado, de un blanco apagado. Sacudió el cigarrillo en el fregadero y llevó la maleta a la habitación.

–¿Ha pasado algo?

Sofia no veía flores en el balcón desde que su madre plantaba tulipanes. Se sentó, el calendario del padre Indovino marcaba el mes de marzo, lo adelantó a abril. Echó un vistazo a su alrededor. La alacena de la pared volvía a estar recta, en las baldosas ya no había manchas de pintura y los radiadores estaban repintados. El cajón de la persiana, encima de la puerta ventana, era nuevo. Al lado de la nevera estaba el cerdito de porcelana con su cucharilla de madera.

Se puso en pie, salió de nuevo al balcón. Había siete violetas en cada maceta, algunas estaban demasiado cerca unas de otras. Tocó la tierra con una mano y notó que estaba húmeda, olía a bosque, bajó la cabeza y vio que en un rincón había un cubo con las herramientas de su madre. El rastrillo en miniatura, la paleta, las tijeras y los guantes.

–He ido al trastero a buscarlo todo. –Sonrió el padre.

Ella asintió.

–¿Ha pasado algo en Milán?

Sofia observaba las herramientas del cubo. No ha pasado nada, repitió despacio, mientras se acercaba al padre. Cuando lo tuvo delante hizo ademán de pasar junto a él, vaciló, le apoyó una mano en el hombro y se quedó así, una niña que se agarraba mal a su padre y él, que no era capaz de abrazar, respondió como pudo, le acarició a su hija los omóplatos y la nuca.

–Va, que te llevo allí –susurró, y se dio cuenta de que su hija estaba llorando–. Te llevo allí.

–No quiero ir a verla.

–Te llevo al faro amarillo –dijo, y la apartó un poco para mirarla–, me va bien para los pulmones. Voy a cambiarme que no estoy guapo.

Únicamente cuando se quedó sola, mientras se secaba los ojos con las mangas de la sudadera, se dio cuenta de que había vuelto. Pensó en cuando estaban aún los tres, cuando aún tenían la ferretería y su padre se ofrecía como mano de obra incluida en el precio, y su madre, que estaba tras el mostrador, anotaba en un cuaderno amarillo los servicios que su marido tenía que hacer por las nuevas compras. «Espejo de la señora Assunta, montar dentro de dos días. Taladro y pintura para Ceschi, cambiar posición de cuadro». Él siempre estaba fuera y la tienda funcionaba bien incluso después de que les abrieran un Obi en *via* Marecchiese, que ofrecía una variedad mucho más amplia de productos. Qué feliz había sido su padre en la ferretería. Y su madre, qué oculta había permanecido en aquella vida.

Sofia fue a su habitación, abrió la maleta y rebuscó entre la ropa. Encontró las páginas del relato dobladas por la mitad. Había reescrito cuidadosamente el título, «Así están las cosas», en la parte superior izquierda. Fue al cuarto de baño a buscar a su padre y lo encontró con la camisa de color beis y unos vaqueros, se estaba arreglando el pelo y rozaba con el peine los mechones rebeldes. Se dio cuenta de que ella estaba allí.

–Vamos.

Ella le entregó las hojas.

–¿Qué es?

–Para ti.

Andrea firmó el alta voluntaria en el hospital y le pidió a Cristina que lo acompañara a casa. La mano le palpitaba y la fiebre le había bajado, los médicos le habían dicho que era mejor que se quedara una noche ingresado. Tenía una infección, no le había afectado a los huesos, pero había un problema con los tendones. Eso, sin embargo, él ya lo sabía. Se había marchado del Fatebenefratelli después de rellenar un formulario en el que explicaba lo sucedido: un perro abandonado –pelaje claro– lo había atacado en las inmediaciones del parque Sempione, sin provocación ni contacto anterior.

Esperó a que Cristina fuera a buscar el coche, estaba empezando a atardecer y le pareció oír golondrinas. Cuando ella llegó, subió al coche, se abrochó el cinturón y siguió mirando el cielo a través de la ventanilla.

–Gracias –dijo luego, y la miró.

–Podías haberme llamado enseguida.

–No era grave.

–Quiero decir que estabas con todas esas personas que no pintan nada.

Él se contuvo, últimamente se contenía incluso con ella. Cuando tenía una respuesta que ofrecerle, renunciaba, aumentando aún más las dificultades entre ellos. Esta vez habría querido confesarle algo: me ha gustado estar con esas personas que no pintaban nada. Despertarse en una cama de hospital y encontrarse con la familia de Margherita lo había reconfortado. Margherita, la madre vivaz, esas dos presencias junto a la cabecera de la cama habían convertido el entrometimiento en una vigilia natural. Incluso el marido, durante un momento había descubierto en él un indicio –la postura, o el atractivo cansado o quién sabe– que lo hacía merecedor de su esposa.

Llegaron a Porta Romana, pasaron junto al arco, en el parterre habían plantado jacintos, ella se dispuso a girar hacia *via* Crema, pero él dijo:

–Vamos primero a ver a *César*.

–¿Cómo?

–Quiero ir a ver al perro.

Cristina paró el coche en un lateral.

–No tiene sentido.

–Quiero verlo.

–Reacciona mal.

–Quiero verlo.

–Está oscuro.

Andrea guardó silencio, había bajado la ventanilla para que entrara el aire fresco, al salir del hospital lo había respirado y se había sentido mejor.

–Quiero verlo aunque esté oscuro.

Ella puso los intermitentes de emergencia y se quedó mirando el volante.

–Se lo han llevado –dijo al fin. Se volvió hacia él–. Dijeron que podía pelear, han esperado hasta hoy porque habrá latinos con pasta.

Andrea tenía la mano sobre el regazo, era una especie de hatillo que había aprendido a proteger. Le indicó con un gesto que quería ir igualmente.

–Andre.

–Vamos.

–Pero no hagas estupideces.

No volvió a mirarla hasta que llegaron a San Donato, había un coche del grupo aparcado en el arcén de la carretera, los chicos habían ido con los otros dos coches. Andrea entró por la verja, le dijo a Cristina que le abriera la puerta y cruzó la casa hasta llegar al patio, la cadena de *César* estaba en el suelo. Estudió la arena allí donde el perro había escarbado y no le pareció ver manchas de sangre.

–No le ha pegado –dijo ella.

–¿Cómo lo sabes?

–Porque he estado delante todo el rato.

Andrea no encontró el palo, faltaba también la maza con clavos.

Subieron otra vez al coche y llegaron al paso elevado en diez minutos, se hallaba a unos quinientos metros de una zona en construcción, en mitad de excavaciones y columnas de cemento a medio terminar. Aparcaron en una explanada y siguieron a pie. Antes de empezar a caminar, él se abrigó bien, las piernas lo sostenían y consiguió mantener el paso. Se acercó y rodeó al grupo, dos ecuatorianos le hicieron un gesto, él les correspondió y se apostó en un resquicio para observar. El *ring* estaba vacío, los dueños estaban preparando a sus perros en dos de los rincones y los compresores ya estaban encendidos y conectados a la luz. Para delimitar el *ring* habían clavado planchas de chapa en el suelo y las habían asegurado con ladrillos por la parte exterior. Se acercó un poco más, dos muchachos tapaban con tierra el rastro de la pelea que acababa de terminar, el *ring* estaba manchado en un punto.

Uno de los ecuatorianos lo observaba fijamente.

Había algunos tíos nuevos y los italianos estaba en un rincón, apostando dinero. Observaban a los perros que en ese momento estaban siendo azuzados. Unos de los propietarios le pasaba la cadena por el lomo a un rottweiler y la hacía tintinear. El rottweiler empezó a tirar, pero la cadena lo frenaba por el cuello, se levantó sobre las patas traseras, el otro perro –un american bully– también se levantó sobre las patas traseras. Los llevaron al *ring* y Andrea pudo verlos mejor. El rottweiler tenía el pelo sucio y dos cicatrices en un costado, en forma de estrías blancas. El american bully, en cambio, tenía el pelo bien cuidado, de un tono gris insólito, le habían cortado las orejas hasta la raíz y tenía los ojos acuosos, indicio de infección.

–Mi hermano no coge el teléfono. –Lo sacudió Cristina, por detrás.

Andrea siguió contemplando el cuadrilátero, lo cierto era que no conseguía apartar la mirada. Se recogieron todas las apuestas en un bote y lo llevaron fuera, lo escondieron en un agujero entre las hierbas para protegerlo en caso de redada. Uno de los dos ecuatorianos recordó las reglas de la pelea: animal retirado antes de tiempo es pago de un tercio de la cuota por parte del propietario, animal ganador es un tercio de la cuota más un fijo de trescientos al propietario, animal muerto es entregar el total al propietario.

Cuando soltaron a los perros, el rottweiler se mostró silencioso y se quedó encogido, el american bully se le echó encima y falló por muy poco, luego terminó aplastado contra el suelo y la garganta le empezó a borbotear. Bajo los dos cuerpos, las antiguas manchas de sangre afloraron como brazos negros de un río. Andrea los observaba, se alejó del gentío y se dirigió al ecuatoriano, que estaba detrás del *ring* y no había dejado de observarlo. En cuanto se acercó a él, el ecuatoriano inclinó el cuello para señalar la salida del paso elevado más alejada.

Andrea se encaminó hacia allí y Cristina lo siguió, lo mismo que el eco del american bully derrotado. Ya estaba preparado para la muerte de *César* desde hacía cuatro meses, cuando lo habían salvado pagando un tercio de la cuota después de que un mastín italiano prácticamente lo degollara. Le habría gustado liberarlo, pero no lo había hecho porque le encantaba verlo en aquel cuadrilátero. En una pelea, *César* le había arrancado un trozo de cuello a un pitbull y lo había inmovilizado en el suelo, apenas habían transcurrido quince segundos desde el inicio del combate.

Andrea se sujetó la mano vendada y no aceleró el paso, se sentía ligero por la fiebre que acababa de pasar y tenía la sensación de no notar el corazón.

–¿Te ha dicho dónde está? –dijo ella, pisándole los talones.

Él seguía avanzando en la dirección que le había indicado el ecuatoriano, encendió la linterna del móvil para ver mejor.

–¿Te ha dicho dónde está?

Lo encontraron en un pequeño vertedero, unos metros más allá del canal de desagüe. Estaba en una especie de hoyo, el cuerpo medio oculto bajo la tierra y unas cuantas bolsas de plástico. Andrea se arrodilló y empezó a excavar con la mano buena, ella lo ayudó y se echó a llorar. Lo desenterraron y lo sacaron del hoyo, lo arrastraron unos pocos metros más allá. Él le limpió el hocico, lo acarició despacio y vio que lo habían mordido en un costado, en el lomo, en un músculo femoral. *César* tenía los ojos abiertos y la lengua le colgaba a un lado de la boca. Andrea se la metió dentro y le apoyó una mano en el muñón de la cola.

Le pidió a Cristina que fuera a buscar el coche, cuando se quedó solo con su perro se agachó junto a él, aún estaba tibio. Llegó Cristina y él se colocó al animal sobre los dos antebrazos y, haciendo un esfuerzo, lo depositó en el maletero. Se había manchado de sangre el vendaje, los pantalones y la camiseta.

–Quiero enterrarlo en el campo –le dijo.

Ella asintió, se secó la cara, subieron al coche y condujeron hasta la granja. Luego quiso encargarse él. Apoyó firmemente los pies en el suelo, cogió a *César* y empezó a dirigirse al campo. Las piernas le temblaban y tuvo que pararse. Cristina lo alcanzó, con las palas, y lo ayudó sosteniéndole el hocico al animal. Continuaron juntos hasta un claro en el que crecía un nogal y pasaba un canal de riego seco. La noche era débil y las farolas y la luna perfilaban el contorno de las cosas. Tardaron más de una hora en conseguir la profundidad adecuada, él cavaba con el brazo malo, que empujaba torcido. Acomodó a *César* en el agujero y juntos le colocaron la cabeza de forma que mirara hacia la granja. Ella lo acarició, él también lo estaba acariciando y presionó con los dedos en las heridas. Lo cubrió con gran cuidado. Aplanaron la tierra con el dorso de las palas y él volvió enseguida a la granja. Ella lo alcanzó cuando estaba en el jardín, Andrea ya había desenganchado la cadena y la había dejado en la caseta, había tirado los recipientes del agua y de la comida y con el pie había borrado la forma de *César* del suelo, justo debajo de la marquesina. Se dejó abrazar y dijo:

–Llévame a mi casa.

–Quédate.

–No quiero verlos.

–Entonces nos quedamos en tu casa.

Fueron a casa de él, se lavaron juntos, ella lo ayudó a quitarse el vendaje cuando hubieron terminado de ducharse. La herida se había reabierto en dos puntos y el antiséptico había formado grumos. Andrea lo retiró y le dijo que no lo mirara mientras tenía la mano descubierta. Así, ella salió del baño, pero antes le dio la medicina que tendría que haberse tomado ya hacía horas.

En cuanto se quedó solo, extendió el brazo bajo la luz, abrió y cerró el puño y vio que la mordedura aún supuraba líquido. Sopló sobre la herida, terminó de curarla, se vendó despacio y se dirigió a la habitación. Encontró a Cristina tendida en la oscuridad y se acostó junto a ella.

–Mi hermano no contesta. Mañana me encargo yo.

Andrea ya había dejado escapar la voz de Cristina y dejó escurrirse también a *César*, sabía que por la mañana todo sería distinto. En ese momento necesitaba una imagen que le proporcionase paz y le sorprendió que esa imagen fuese Margherita. Ella velándolo en el hospital. Invocó la imagen, Margherita hizo lo mismo.

Buscó a Andrea en cuanto se metió en la cama, sus hombros fuertes que asomaban bajo la sábana del hospital. Y la forma de dormir, como si le diera miedo molestar. Después de salir del Fatebenefratelli y nada más llegar a la agencia, había anotado en la agenda el número de teléfono de Andrea –que le había pedido antes de marcharse– recalcando bien el 3 y el 8 mientras decidía poner en marcha la representación de la compraventa de Concordia. Pero en lugar de llamar a la propietaria se había quedado sentada a su mesa sin hacer nada. ¿Qué habría dicho su padre? Habría utilizado aquella palabra, «*Scharfenberg*», que indicaba un enganche de tracción ligero para trenes –ligero, pero según su padre no tan estable como los que se fabricaban antes–, gracias al cual se acoplaban dos vagones. Ella era la señorita Scharfenberg, así la llamaba su padre cuando la veía con la cabeza en las nubes delante del póster de Andrea Giani, o perdiendo el tiempo en lugar de estudiando. Gracias a su padre, ella se daba cuenta de que estaba arrastrando un vagón con «ligereza». Y entonces se ponía las pilas, dejaba de lado las distracciones –esta vez, el término era de su madre– y se aferraba a lo concreto. Pagar las facturas de la compañía eléctrica A2A, hacer la compra en el Pam, comprar una casa para su familia. Así pues, había llamado a la propietaria de Concordia y se había mostrado brillante y obstinadamente natural. Eso era lo que esperaba de sus colaboradores, espontaneidad, y daba igual si era fruto del entrenamiento. Le comunicó que había iniciado las visitas, que tenía ya once citas programadas en la agenda, y que en dos casos los interesados habían renunciado al saber que el precio no era negociable.

–¿En qué sentido, Margherita?

Era por el ascensor, noventa y seis escalones pesaban. Le había gustado la expresión «pesar», porque era elegante e inequívoca. Y luego había añadido Pero confíe en mí. ¿Cómo se había sentido? Se había sentido con fuerzas de arrastrar el siguiente vagón, o sea su proyecto familiar. Aquella tarde en Sevilla, cuando había aceptado la proposición matrimonial de Carlo: después de que él se lo pidiera, ella se había sentado en un muro bajo del patio, en el barrio de Santa Cruz, y le había preguntado si era verdad al tiempo que admiraba el anillo de plata que él le estaba poniendo en el dedo. Ahí era una mujer como «todas» y en este caso no le molestaba en absoluto. Después había ocurrido algo, cuando se lo habían comunicado a las familias: ella se había sentido molesta porque los Pentecoste habían empezado con sugerencias para la ceremonia. A ella le habría bastado con casarse en una iglesia pequeña, con diez invitados y un vestido de flores que el año anterior había comprado en Twinset, yendo a comer faisán a orillas del lago de Como o en cualquier restaurante del campo. Se lo había confesado a su madre, una noche que había ido a cenar, y ella enseguida le había dicho que quería colaborar en la boda con lo que pudiera, quizá confeccionando un chal y una pajarita. Margherita había apartado el plato y parte del arroz había caído sobre la mesa. ¡Tú también, ya basta! Se había puesto a llorar y su madre se había acercado, arrastrando la silla hacia ella. Luego le había susurrado: a mí me salió un sarpullido, no se me curó hasta un mes después de la ceremonia, pero a fin de cuentas una no acaba de curarse nunca.

Ahuyentó a Andrea de su mente y se abandonó a la habitación inmersa en la noche, el techo alto, Nueva York en las paredes, el ajetreo del vecino insomne, la luna que se filtraba a través de la persiana. Dejó resbalar una mano bajo la sábana y le acarició una cadera a su marido, siempre sabía cuándo no dormía. Él se la cogió. Carlo se volvía muy impetuoso en cuanto olía la posibilidad de poseerla. Y ella también se volvía impetuosa en cuanto decidía poseerlo. Cada vez que se lo llevaba a la boca –y ocurría siempre antes de hacer el amor–, quería notarlo empujar contra la garganta, con la absoluta convicción de que se hincharía hasta casi impedirle respirar. Chupaba hasta que lo notaba estremecerse, paraba antes de que Carlo se corriera y luego dejaba que él se dedicara a ella. Cuando tenía la cabeza de su marido entre las piernas se abandonaba a la imaginación. Lo llamaba así, la imaginación, adoptaba la forma de hombres esculturales y fantaseaba que los tenía encima o al lado, unas veces juntos y otras por separado, una especie de círculo que la protegiera y la arrebatara. A veces, también alguien de su pasado: cómo la habían tocado, cómo la habían besado, cómo sabían moverse dentro de ella, recuerdos a los que llegaba con una inmediatez sorprendente. Estar encima de su marido al final de aquel día en el hospital con Andrea ponía las cosas en su sitio. Verlo gemir debajo de ella, después de que ella hubiera deseado a otro, destapaba su complicidad. Él le ordenó que le contara sus fantasías. En los momentos que precedían al orgasmo, Carlo le preguntaba lo que jamás habría osado preguntarle y ella le contaba cosas que jamás había imaginado poder contarle.

Ella empezó a moverse más despacio, él insistió. Margherita aceleró de nuevo, él la sujetó por las caderas.

Y entonces, Margherita dijo:

–El fisioterapeuta.

Mientras lo decía, trató de ver a su marido en la oscuridad, su perfil, su respiración acelerada, la forma salvaje en que la agarraba con las manos, la tentativa erótica y el malestar de aquella revelación. Siguió moviéndose.

–El fisioterapeuta –repitió y lo montó con brío, llegaron al clímax y se quedó encima de él hasta que se relajaron los dos.

Después se mostraban discretos acerca de lo que se habían dicho, como si hubiera sido la lujuria quien les hubiera puesto en los labios palabras que en realidad no pensaban. Ella se excitaba mucho al darse cuenta del poder que tenía sobre él. Era un riesgo que había traído consigo alianzas, y la vaga idea de que su relación era especial. Desde el malentendido, sin embargo, todo resultaba más difícil.

Se apartó de él, pero no se arrepintió de haberle hablado de Andrea. Lo miró y se dio cuenta de que su marido la estaba observando.

–¿Qué pasa? –le preguntó mientras se dirigía al cuarto de baño.

Cuando volvió, él seguía en la misma posición.

–¿Tú sabes en qué momento terminó tu juventud? –dijo, Carlo, tapándose con la sábana–. Me refiero al momento exacto.

–Ay, señor, ¿cómo puedes hacer esas preguntas después de haber follado? –Ella también se tapó y buscó las piernas de él–. ¿Al terminar bachillerato?

–No no no, me refiero al momento preciso.

Ella entornó los ojos, la respuesta podría haber sido: cuando le dijeron a mi padre que se iba a morir. En lugar de eso dijo:

–Creo que el día en que abrí la agencia.

–O sea, hace tres años y medio.

–Solo había mesas, tú trajiste un par de cajas grandes y yo empecé a vaciarlas. Elegí mi sitio y puse encima la tortuga de plástico con el cuello torcido, ¿te acuerdas?

–Estabas asustada.

–Un poco.

Él se acomodó sobre la almohada.

–Yo iba en bicicleta, estaba yendo del trabajo a la piscina Mincio. Justo sobre el paso elevado que baja hacia Porta Romana. El último día de septiembre de hace cinco años.

Guardaron silencio y, poco después, él la oyó dormirse. Permaneció despierto y recordó el momento en que estaba pedaleando y se había fijado en la magia. En aquella bicicleta, casi sin aliento por el paso elevado de Ripamonti, aún no tenía un trabajo fijo –pensaba entonces que el empleo de redactor sería temporal–, tenía la presunción de la escritura y aún no había renunciado a ella, vivía con Margherita sin estar casados y aún no era un profesor recomendado por su propio padre. «Aún» no era. Habría podido ser cualquier cosa. Sobre aquellos pedales, de pie en la bicicleta como si estuviera a pocos metros de la meta, había sentido detrás del esternón una explosión de alegría. Había recorrido la bajada con la certidumbre de que aquello era la cima, el adiós a una etapa, que dentro de poco entraría en su nueva vida de hombre. Se durmió con la misma melancolía, aunque tal vez hubiera podido considerarla satisfacción.

Al despertarse, la primera imagen fue de Margherita y el fisioterapeuta. Ella tendida en la camilla, con las piernas separadas, el chico que le daba un masaje en el interior del muslo. El placer sofocado de ella, el muchacho que no conseguía contenerse –¿cómo iba a contenerse?– y la acariciaba un poco allí donde no era lícito acariciarla, la erección silenciosa que tal vez explotaba después, en el vestuario. Salió a hurtadillas de la habitación y fue al cuarto de baño, se lavó a toda prisa, fue después a la cocina y preparó la cafetera para Margherita. La dejó a un lado y le hincó los dientes a una tostada integral, masticó con calma, mientras observaba la esquina de la mesa, las últimas facturas pagadas que había que guardar en la carpeta, las gafas de leer, el frasco de los antihistamínicos, una planta crasa, el móvil de su mujer conectado al cargador. El móvil de su mujer. Se distrajo elaborando una posible lista de la compra, guardando en la mochila las pruebas corregidas de las maquetas de Marruecos, y luego salió de casa: ¿cómo habría reaccionado de haber leído en el teléfono de Margherita los mismos mensajes que él le había enviado a Sofia? Caminó despacio por *via* Montevideo, bordeó el parque Solari, repleto de perros eufóricos tras una noche encerrados y de sus dueños, que los seguían medio adormilados, y contempló con alegría aquellos animales sueltos y, sin embargo, fieles.

¿Cómo habría reaccionado si hubiera descubierto que Margherita tenía a otro? Dejó atrás el parque y ahuyentó el interrogante, se dejó llevar por la certidumbre de que su inquietud por Sofia estaba adoptando una forma distinta. Su regreso a Rímini y el no volver a verla en clase dentro de tres días era una derrota que ahora podía asimilar. Con la condición de no encerrarse en Margherita. Había extendido el deseo más allá de su matrimonio, si hubiera intentado volver a confinarlo habría terminado por convertir a su mujer en una especie de parche. Margherita era la felicidad, de eso tenía la certeza. Pero ahora percibía también una zona franca que se delimitaba de forma sólida, caprichosa, irrefutable: esa parte de su mente emanaba energía cada vez que acariciaba la idea de Sofia. Sofia ahora, quién sabe quién en un futuro. La otra felicidad. Se había preguntado si el factor desencadenante era quizá el cansancio del matrimonio, había llegado a la conclusión de que quería acabar de una vez con la historia esa de la compensación afectiva. Su mujer le proporcionaba felicidad, una felicidad maravillosa. Sofia le proporcionaba felicidad, una felicidad maravillosa.

Cuando llegó al Naviglio cogió el teléfono y escribió «Por lo menos dime si vas a volver a Milán». Se metió las manos en los bolsillos y subió por *corso* San Gottardo, la redacción estaba en el edificio de color marfil que hacía esquina con *via* Lagrange. Le hizo un gesto a la chica de secretaría, Manuela le sonrió y sacudió la melena castaña, él la saludó y se adentró por el pasillo. Carlo trabajaba allí desde hacía seis años y conservaba la misma silla con brazos de cuando había firmado el contrato de obra: mil cuatrocientos limpios al mes y nada de fichar. Era el segundo empleo que había encontrado, después de su licenciatura en letras, antes había trabajado en una agencia publicitaria. Lo había dejado porque no servía para eso y porque le bloqueaba la escritura. Todo le bloqueaba la escritura. Así pues, su padre se había «movido» –Ahora me muevo yo– y le había ofrecido que se encargara de gestionar el personal de su clínica privada. Él se había negado y habían dejado de hablarse durante un verano entero. Ahora, cuando le preguntaban a Domenico Pentecoste de qué trabaja su hijo, él respondía Da clases de literatura. A veces recordaba aquella noche en que su padre le había preguntado: ¿piensas escribir una novela algún día?

Carlo cogió una botella de agua del *pack* que tenía debajo de la mesa, bebió un sorbo y esperó a que el ordenador se encendiera. Desde siempre compartía despacho con Michele Lattuada, un diseñador gráfico de cuarenta años que hablaba poco, vivía en Bérgamo y todas las mañanas llegaba a las seis a la estación, por lo menos una hora antes de que saliera el tren: había pocas plazas de aparcamiento y los policías eran muy estrictos con las multas. Aparcaba, bajaba el asiento, ponía el despertador y se echaba una cabezadita. Durante meses, Carlo había pensado en la posibilidad de escribir una novela sobre su compañero y el asiento reclinable, la colección del supermercado Esselunga, el táper con la comida y el cariño que sentía por él. Michele Lattuada le había enseñado a conformarse con una silla de brazos cómodos, las botellas de agua debajo de la mesa, una mujer, puede que un hijo.

Se acercó el teclado del ordenador y espió a Michele de reojo: estaba trabajando sobre Japón, se colocaba bien las gafas y clicaba con el ratón, de vez en cuando hacía alguna mueca por la concentración. Se dedicaron al monte Fuji, prepararon una doble página sobre los *onsen* termales de Hokkaido, se pusieron a investigar sobre el *okonomiyaki*, luego le vibró el teléfono. Michele lo oyó y se volvió, Carlo cogió el móvil y leyó: «Vuelvo mañana para recoger las últimas cosas, ¿he asistido a las clases suficientes para pedir el certificado del máster? Gracias. S».

Se levantó de la mesa y se dirigió a la ventana, los tranvías de San Gottardo chirriaban en el cambio de raíles. Apretó el móvil. Releyó el mensaje y esperó a que el alivio le subiese hasta los omóplatos. Cuando levantó la cabeza, se dio cuenta de que Michele lo estaba observando. Regresó a su sitio, le escribió a Sofia: le dijo que no se preocupara por el certificado y volvió a pedirle que se vieran. Dejó el teléfono sobre la mesa y se puso a trabajar en la doble página sobre el *okonomiyaki.*

«Voy muy justa de tiempo, profesor, lo siento».

Intentó completar la parte sobre Osaka y reservó el último recuadro para los hoteles de lujo a orillas del río Yodo.

«Solo un café, ¿qué me dices?».

«Quizá mañana, si he terminado de enviar los libros, pero no se lo aseguro».

Empezó a ocuparse de Nara, los ciervos y el recorrido nocturno de los farolillos.

«Intentémoslo, Sofia. ¿Me dices algo?».

«Hablamos mañana, que tenga un buen día, profesor».

Le gustó que ella hubiese terminado el mensaje con ese «que tenga un buen día». Le dijo a Michele que había terminado y que volvería enseguida, salió a comer, sabía que volvería tarde. No era jueves y no le gustaba sorprender a su suegra, pero de todos modos subió al tranvía que iba hacia Porta Venezia, luego cogió el metro hasta Pasteur y entró en la pastelería Scaringi. Compró un diplomático y un borracho, lo hacía todos los jueves. Antes de llamar al timbre de *via delle* Leghe, comprobó que las persianas estuvieran subidas. Llamó al timbre y esperó más de lo habitual, estaba a punto de desistir cuando oyó responder a Anna.

–Soy yo.

–¿Quién es yo?

–Carlo.

Su suegra lo esperó en el descansillo retorciéndose las manos.

–¿Qué ha pasado?

–Estaba por aquí –dijo.

La abrazó, siempre le apoyaba una mejilla en la mejilla y olía su perfume a rosas. Se dio cuenta de que no llevaba maquillaje y de que tenía el vestido arrugado.

–Me has asustado.

–No me ha mordido ningún perro abandonado –dijo, y le dio los pastelillos.

–¿Has comido?

Él negó con la cabeza y la siguió al interior del piso. La televisión estaba apagada y sobre el sofá había una manta.

–Estabas durmiendo.

Ella estaba junto a la nevera y trasteaba con un plato.

–Una suegra siempre guarda un poco de *vitello tonnato.*

–Igual que mi madre, siempre tiene *vitello tonnato* en la nevera.

–Por cierto.

–No vengas.

–Tu madre se ofenderá –sonrió–. Y, además, no sé qué regalarle.

–Participas en la foca de Swarovski.

Se sentó en el taburete de Anna mientras ella terminaba de preparar el plato. Le sirvió el *vitello tonnato* y un vaso de vino tinto.

Él se llevó el tenedor lleno a la boca.

–Yo en tu lugar desertaría.

–Eso mismo les decían a los Aliados antes del desembarco en Normandía –sonrió, mientras mordisqueaba una esquinita del diplomático.

Luego permanecieron en silencio, él saboreó el *vitello tonnato* con la mirada fija en el plato. Masticó despacio y bebió un sorbo de vino. Le habló de Concordia.

–Me preocupa que no tenga ascensor.

–Somos jóvenes.

–La pierna de Margherita.

–No es más que una inflamación.

Carlo intentó llevar el plato al fregadero, pero ella se lo arrebató y empezó a lavarlo, junto a una taza y los cubiertos.

–¿Sabes que aún estoy leyendo a Dubus? Es un autor que me hace pensar en hijas taciturnas que van a ver a su madre, y en yernos que van a ver a su suegra, y en suegras que lavan los platos ya estén de parte de la hija o de parte del yerno.

–Deberías estar de parte de la hija.

–Hablas como un cura.

–Estoy en un momento complicado, Anna.

–No hace falta que me lo cuentes.

Él se puso en pie y se dirigió a la puerta ventana, la alfombra colgaba sobre la barandilla, al lado de la cajita con el alpiste para los pajaritos. La neblina había descendido también sobre *via delle* Leghe.

–Qué quieres contarme, adelante.

–Que me he vuelto idiota.

–A todos los hombres les pasa lo mismo en un momento determinado. –Anna se sentó en el taburete y se concentró en el diplomático–. A mí también me habría gustado nacer varón.

Él la miró.

Anna daba mordiscos pequeñitos, se alisó las arrugas del vestido con la mano.

–De niña, Margherita no creía en Papá Noel, ¿lo sabías? Una vez se fue a su padre, tendría por entonces cinco o seis años, y le preguntó si podía abrir los regalos antes de Nochebuena.

–Había intuido la historia.

–Había intuido que tenía que pasar por ahí.

–Es una equivocación.

–La palabra *equivocación* tiene muchos significados ocultos.

Le entraron ganas de poner un disco. Se dirigió al estante y eligió uno al azar, lo sacó de su funda, encendió el tocadiscos e intentó tres veces colocar la aguja sobre el vinilo, luego permitió que Carlo la ayudara.

–Modugno –anunció.

Los jueves, a veces, ponían discos, y aunque ese día no fuera jueves y hubiesen hablado de cosas molestas, podían ser libres. Modugno o Aretha Franklin o Camaleonti, los discos sonaban y ellos seguían charlando, a veces su yerno inspeccionaba la estantería de libros o se ponía a trabajar en la mesa redonda, mientras ella leía, o cocinaba o planchaba. A veces cerraba los párpados, encaramada al taburete, y fingía que la silueta del sofá no era Carlo, sino un marido. ¿Cómo era? ¿Más bajito? ¿O muy alto? ¿Un hombre rico o un artista? Tal vez francés, o de Piacenza, los de Piacenza comen carne de caballo y son poderosos y amables. A veces imaginaba a un hombre al que acababa de conocer, le gustaría ser una mujer en salto de cama con un desconocido en el comedor. Le daba miedo tener fantasías, siempre llevaba a Franco en el corazón. El anochecer ratificaba la ausencia. La cama vacía, sentarse en el sofá y distinguir la forma hundida del rincón en el que él se relajaba. Al otro lado de la pared vivían los Soldati, madre, padre y dos adolescentes, que crecían y discutían y se querían mucho, ella se apoyaba en la pared del cuarto de baño para escucharlos, el hijo mayor, Fabio, acababa de sacarse el carné y la familia al completo lo había celebrado brindando con *prosecco* caliente porque al padre se le había olvidado meterlo en la nevera. En una ocasión, ella se estaba bañando y había oído llorar a la madre por algo grave, era un llanto desesperado: había salido de la bañera con un nudo en el pecho, porque ella también había sido aquellas lágrimas. ¿Y quién no? Todo matrimonio puede llegar a ser desagradable.

Contempló a su yerno, que tecleaba algo en su teléfono mientras Modugno cantaba «Come stai». Carlo era un muchacho que no sabía llevar el baile. A sus setenta años, Anna había aprendido a reconocerlos, a los hombres intachables que son capaces de hacerlo y a los hombres tachables que no. Él era de estos últimos, se ponía rojo si se emocionaba y tenía un porte muy poco arrogante. Eso la preocupaba, que hiciera una chapuza con su Margherita y consigo mismo. Le dolía verlo delante de su padre, con las orejas gachas y la voz débil, como aquella Navidad en que Domenico Pentecoste lo había reprendido en la mesa, a la hora del postre, lo había sometido a un interrogatorio sobre sus proyectos, ¿qué intenciones tenía para cuadrar el círculo? ¿Qué significa cuadrar el círculo?, le había preguntado Carlo. Entonces Pentecoste se había vuelto hacia ella y le había preguntado En tu opinión, Anna, ¿qué podría hacer Carlo para hacerse valorar? Ella había respondido Lo que ya hace. ¿O sea? O sea, ser un hombre de fiar. Se había mordido la lengua: un hombre de fiar era un eufemismo para hombre aburrido. Los adjetivos nunca se le habían dado demasiado bien.

–¿Qué te parece si te llevas alguno de mis libros? –le dijo, en cuanto lo vio apartarse del teléfono.

–No tengo ganas de leer.

Ella se dirigió a la estantería y del tercer estante cogió el *Tex* plastificado.

–Esto te despeja la mente.

–Franco se va a cabrear.

–Franco está bajo tierra. Y los pistoleros siempre dan buenos consejos.

Se dirigieron a la puerta, era otra de las cosas que adoraba en su yerno: que se quitaba de en medio antes de convertirse en un adorno más de la casa. Lo vio bajar la escalera con el cómic bajo el brazo, ella y su marido habían encontrado aquel *Tex* en un tenderete de Bérgamo. Ir a los mercadillos era una de las cosas que solían hacer juntos, cuando Franco lo había encontrado se había quedado desconcertado, le había dado vueltas entre los dedos y le había preguntado el precio al vendedor ambulante, luego había comentado con ella si gastar o no sesenta mil liras por un número que valía ciento treinta mil. Ella no estaba acostumbrada a verlo con aquel aspecto de niño, los ojos avispados, el cómic entre las manos.

Cogió la manta del sofá y la dobló, acercó los taburetes y limpió las migas y las sobras de la comida, apagó el tocadiscos mientras Modugno cantaba «Musetto» y abrió el mueble de la salita en el que guardaba el costurero enrollable. Lo desplegó y contempló sus agujas, los carretes y los valiosos hilos de canilla, el azul y el rojo satinados, los tres pares de tijeras para cortar tela, las muestras de tela, sus instrumentos de cirujana. Aunque ya casi no trabajaba y los nudillos de las manos le dolían, sabía que aún conservaba la imaginación y la rapidez de ejecución: manipular el ante y la lana, la seda –jamás doblarla por la mitad–, atreverse con incrustaciones decorativas en los vaqueros, la organza, el brocado –los tejidos más difíciles para sus dedos minúsculos–, lo había adaptado todo a la vanidad de las señoras. Sus clientas se dejaban caer por *via delle* Leghe también para charlar un poco, le pedían consejo para alguna compra en *via* Montenapoleone, le hablaban de los hijos, de castigos y delitos. Ellas sí habían sido sus novelas.

Cogió la aguja del ojo ancho, eligió el carrete azul, cortó el hilo con los dientes –nunca hacerlo delante de nadie–, encendió la luz de la campana, encima de los fogones. Cerró los párpados y enhebró la aguja a la primera, siempre levantaba una comisura de la boca mientras lo hacía. Fue al armario de la habitación, cogió la tela de raso y el encaje *rebrodé* que no había usado nunca, se sentó en el borde del colchón, observó los extremos que quería hacer coincidir y luego desvió la mirada hacia la fotografía que estaba sobre la mesilla de noche. Cosió sin bajar la mirada, sujetando la tela con las yemas de los dedos mientras observaba los rostros de su joven matrimonio: Franco deslumbrado ante la cámara fotográfica, ella que lo coge del brazo con una mueca divertida. Colocó la tela del derecho, sin perder de vista a aquellos jóvenes de veinte años que se amaban, en el lago de Como. Bajó la cabeza y observó la labor: las dos telas se habían convertido en una sola y ella aún era una modista muy hábil. Se levantó despacio, suspiró, se dirigió al fondo del pasillo, se detuvo delante del mueble que usaban para dejar llaves y demás. Tenía tres cajones pequeños, abrió el último y rebuscó hasta encontrar las llaves con el anillo esmerilado.

Abrió la puerta de casa, descendió a la planta baja y luego siguió bajando hasta los trasteros. El suyo era el penúltimo a la derecha, en la penumbra tuvo que intentarlo dos veces antes de acertar con la llave en la cerradura. El olor a humedad le hizo cosquillas en la nariz, se tapó la cara con una mano y buscó el interruptor de la luz, bajo los estantes en los que guardaba los tarros de conservas. Encendió la luz y se quedó inmóvil, la habitación estaba patas arriba y hacía un año y medio que no entraba allí. Apenas se veían los estantes del fondo, pero recordó que contenían garrafas llenas de botones ordenados por colores y carpetas con los manuales de instrucciones de los electrodomésticos. Echó a andar y, a medida que se acercaba, se convenció de que quería hacerlo: coger la caja de fruta, retirar la sábana que la envolvía, arrastrarla hasta el centro del trastero, justo debajo de la luz, agacharse y hojear el primer cómic de la pila, *Capitán Miki* número 217, toparse con la postal escrita en Bormio en 1976, escondida tras la portada, «Cuánto te habrían gustado los refugios que huelen a pino, tuya, Clara».

Se la encontró delante, la releyó y supo que podía continuar. Pasó a la segunda, luego a la tercera, hasta completar las veintiuna postales y sintió rabia otra vez porque él no había sido capaz de deshacerse de ellas. Las reagrupó, se puso de nuevo en pie y las sujetó pegadas al regazo mientras volvía atrás y apagaba la luz. Salió del trastero, subió de nuevo la escalera y entró en casa. Las dejó sobre el escritorio, le pareció raro y se emocionó: así pues ¿eso era la libertad?

Sofia observaba a su padre, que leía el cuento con la espalda encorvada sobre la mesa de la cocina mientras el humo del cigarrillo ascendía desde el cenicero. La neblina había llegado desde el norte y había engullido Rímini. Él terminó de leer, dobló las siete páginas y se las llevó a su habitación. El cigarrillo siguió humeando sobre la mesa, como si su estela quisiera unirse a la bruma, al otro lado de la ventana.

Su padre volvió y dijo:

–Vamos al mar.

Salieron a la calle. Ina Casa estaba envuelta en blanco. Sofia se pegó a su padre, llegaron al coche, aún tenían el viejo Renault SCENIC en el que habían cargado las existencias de la ferretería durante el último traslado, antes de traspasarla. Había sido poco después de la muerte de la madre.

Se dirigieron despacio hacia el casco antiguo, rodearon los baluartes, donde se celebraba el mercado semanal los sábados por la mañana, y pasaron junto al Puente de Tiberio. Atravesaron el paso subterráneo de las vías del tren, se adentraron por la avenida de las mansiones y los jardines ocultos, y desembocaron en el paseo marítimo a la altura de la caseta de baño número 9, aparcaron delante de la playa pública.

Descendieron y se encaminaron hacia la última lengua de cemento de Rímini, había dos pesqueros atracados y un hombre fregaba la proa de uno de ellos. Los pasos de su padre eran ligeros y le pareció estar caminando sola, iba un palmo por detrás de él. Nada más llegar al malecón sintieron el rugido del Adriático al batir contra los escollos, se sentaron en la base del faro amarillo. El padre le rozó la barbilla y contempló el mar.

Ella también contemplaba el mar. Luego le preguntó qué le había parecido el cuento.

Él llevaba la bufanda de algodón sobre la chaqueta vaquera, se abrochó dos botones.

–¿Es verdad que mamá cantaba Vanoni aquel día en el coche?

Ella asintió.

Él sonrió.

–¿Por qué te ríes?

–En el 87, Vanoni dio un concierto en *piazza* Cavour. Estábamos con tu tío y tu madre nos obligó a saltarnos las vallas.

–¿Tú saltándote las vallas?

–¿Sabes que eligió la bata de la ferretería después de aquel concierto?

Sofia negó con la cabeza.

–Antes tu madre llevaba una negra, pero aquella noche, en el escenario, la Vanoni llevaba un impermeable azul que se parecía mucho a una bata.

Ella lo miraba.

Su padre se aflojó un poco la bufanda.

–Tu madre también fue feliz, Sofia.

–¿Y conmigo?

–Sobre todo contigo.

Le entraron ganas de sentarse más cerca de su padre y abrazarlo, en otros tiempos era un gesto habitual, pero ahora ya no recordaba cómo hacerlo. Lo oyó respirar, el aliento largo y profundo, el olor de la loción para después del afeitado que impregnaba la niebla, olió a su padre como solía hacer en la ferretería. Tendría ella siete u ocho años cuando percibía el perfume de su padre, encaramado a la escalera mientras le decía ¿Te ocuparás tú de la tienda cuando yo sea viejo?

Andrea respondía:

–Tú no serás viejo nunca, papá. –Y seguía coloreando el álbum de He-Man y comiendo la *focaccia* que le había sobrado en el recreo.

Incluso ahora, cuando se sentaba en el taburete del quiosco, se acordaba de su padre joven.

Lo observó mientras volvía a guardar las publicaciones bimensuales en la vitrina que tenían justo detrás. Con dedos precisos, reordenaba los libros ilustrados de manera que se leyera bien el título mientras la madre charlaba junto a la puerta.

Andrea apoyó en el regazo la mano vendada y con el brazo libre atendió a un cliente. Había salido de casa al amanecer.

–¿Adónde vas? –le había preguntado Cristina desde la cama, él le había respondido que no se preocupara–. De mi hermano me encargo yo –le había dicho ella.

Él había guardado silencio.

–Andrea, júrame que no irás.

Había asentido, luego se había dirigido al cuarto de baño y se había lavado la tierra de debajo de las uñas hasta despellejarse. Se había tomado el antibiótico y se había cambiado la venda con cuidado, había metido en una bolsa la ropa manchada de sangre y la había arrojado al contenedor que estaba en el exterior del edificio. Luego había echado a andar, sin dejar de pensar en *César* en ningún momento.

Ayudó a sus padres hasta el mediodía, luego se turnaron para ir a comer al bar Rock, él fue con su madre, le dijo que se acomodara en el banco y él se sentó delante, tuvo miedo de que lo intuyera porque ella siempre lo intuía todo. Su madre, con aquellas mejillas sonrosadas de montañesa, aunque era de Vigevano, la preocupación por el corazón del marido –mira que es cabezota tu padre, y tú eres igual que él–, le preguntó por qué no los había llamado desde el hospital.

Le dijo que estaba Cristina.

–Me conformo con saber que estás bien. ¿Estás bien? –le preguntó, mientras dejaba el bocadillo en el plato.

Él también dejó el bocadillo en el plato, le hubiera gustado tanto comprarle un vestido de noche y verla guapa y decirle que se lo merecía. Se puso en pie, rodeó la mesa y se sentó junto a ella en el banco.

–Estoy bien –dijo, dejándose abrazar.

Le habría gustado pedirle el coche a ella y marcharse enseguida, pero volvió al quiosco cuando terminaron de comer, colocó los cómics cerca de las revistas de motor, ordenó las cajas de libros usados, la mano le palpitaba con un dolor sordo, atendió a un cliente y ayudó a su padre con los paquetes de periódicos. Le preguntó a él si podía coger el coche. El padre le dijo que había puesto gasolina el día anterior, le preguntó cómo iba a cambiar de marchas con la mano vendada, él respondió que no era un problema y cogió las llaves del cajón.

Hizo el trayecto hasta Corvetto cambiando de marcha como podía, en los semáforos abría y cerraba la mano para acostumbrarse al dolor, dejó de hacerlo cuando entró en la carretera de circunvalación. Salió del cinturón en San Donato, aminoró la velocidad y vio que el campo de fútbol estaba vacío. Siguió y llegó hasta la granja, allí tampoco vio ninguno de los coches. Llamó a Cristina, le dijo que estaba a punto de entrar para que el médico le echara un vistazo a la herida, aunque ya no le dolía tanto, y que luego se iba a cenar a casa de sus padres.

–¿Qué les has contado a tus padres?

–Accidente doméstico.

–¿Y se lo han creído?

–No lo sé, puede que no.

–Mi hermano no contesta.

–Entro en el médico.

–Hablaré con él antes de esta noche.

Se despidieron, él bajó del coche y se dirigió rápidamente hacia la granja, saltó la alambrada por un punto en el que estaba medio caída y llegó al patio interior. Era un cuadrado de polvo, aún estaban allí las palas con las que habían enterrado a *César* y unos cuantos cubos. Miró dentro de la caseta y encontró la cadena enrollada en espiral. En realidad, eran dos cadenas unidas por un mosquetón de montaña, lo desenganchó y cogió la cadena más corta. La arrastró al exterior y se la enrolló en la mano fuerte. Volvió a la carretera y subió de nuevo al coche, arrancó, puso la marcha atrás y aparcó antes de la curva. Encendió la radio y esperó, no sabía si el hermano de Cristina pasaría por allí. Solía quedarse a menudo en casa de su padre, pues era ya muy mayor y se turnaban para cuidarlo. Se dio tiempo hasta el atardecer y empezó a escuchar un informativo en la radio, y luego una canción de Carboni, le gustaba Carboni desde el concierto de Assago. Releyó el mensaje de Margherita, se habían escrito, luego ella lo había llamado y así por las buenas lo había invitado a tomar un café el sábado o el domingo. Luego apagó la radio y reclinó un poco el asiento.

Cuando más tarde vio el Ford Fiesta estaba medio adormilado y la mano le palpitaba, tenía dos llamadas de Cristina a las que no había respondido. Esperó a que el Ford Fiesta estuviera aparcado y el chico bajara del vehículo, lo vio entrar en la granja. Luego bajó del coche, la cadena le colgaba junto a la pierna.

Llamó tres veces con el pie y se le echó encima en cuanto abrió la puerta. Sabía cómo hacerlo, en realidad ya lo había hecho antes, lo cierto es que su cuerpo contemplaba el delito. Los músculos resistentes, la velocidad de las articulaciones, los reflejos precisos, había algo que lo ayudaba en la crueldad. Le dio un empujón al chico y este cayó al suelo en la entrada de la cocina, dejó que se levantara y lo oyó decir Pero qué coño y lo golpeó con la cadena en un costado. En cuanto cayó de nuevo, lo golpeó en las piernas. Lo vio echar espuma por la boca, girarse, apoyarse en los brazos y desplomarse. Le dio de lleno en la tibia y se quedó allí mirándolo, a aquel muchacho de su edad que a duras penas se movía, que contenía un grito y trataba de tocarse una rodilla al tiempo que levantaba la cabeza para echar un vistazo a los huesos rotos. Lo golpeó de nuevo y se apoyó en la mesa.

La venda estaba intacta y la mano buena le escocía por la presión de la cadena. El otro gemía y se sujetaba la tibia destrozada. Antes de Cristina, había estado él: conocerse en un concierto en el Magnolia, traficar con cocaína en los días posteriores para sacarse unas pocas liras, tomarse unas cervezas mientras investigaban en internet sobre combates de artes marciales mixtas, repartirse las apuestas, acostumbrarse a las heridas de los animales.

–Me has roto la pierna.

El otro había conseguido incorporarse y había apoyado la espalda en la pared, resollando.

Andrea dejó la cadena en el suelo y echó un vistazo al sofá, sobre el brazo había colillas y un cenicero vacío, sobre el cojín una baraja de cartas y el envoltorio arrugado de un paquete de galletas.

–Me has roto la pierna.

La luz le oscurecía las órbitas. Se arrastró hasta el mueble, se aferró a la superficie, primero con los dedos, luego con el antebrazo y se levantó, aguantándose en una sola pierna.

–Tú has matado al perro tanto como yo.

Andrea no lo miraba.

El otro seguía apoyado en el mueble, como un flamenco en equilibrio, se dejó caer con un estremecimiento.

–Tú lo has matado tanto como yo.

Andrea pasó junto a él, salió de la casa. Cristina estaba sentada en el primer escalón. Tenía la mirada clavada en la carretera y el pelo recogido a un lado, levantó la cabeza pero no lo miró, se concentró en la rendija de la puerta entreabierta. Él no dijo nada, siguió andando hasta la valla. Estaba cansado, antes de llegar a la carretera buscó a Cristina, estaba entrando a ver a su hermano y él tuvo miedo, como cada vez que se despedía de algo.

Margherita calculó la pérdida de su marido cuando se disponía a entrar en la agencia. Estaba convencida de que si hubiera seguido con Andrea habría expuesto su matrimonio a la infracción. Embriaguez, habría dicho Némirovsky. Abrió la puerta, desactivó la alarma y fue al lavabo. Lo recalcó delante del espejo.

–Eres una seductora de chicos de veintiséis años.

Se sintió distinta, más fuerte, y supo que su verdadero temor era perder a Carlo poco a poco dentro de sí misma. Por eso le había hablado de Andrea poco antes del orgasmo, con la esperanza de que la confesión comunicara sus compartimientos estancos. Por lo demás, ¿qué le habría arrebatado a su matrimonio un cuerpo nuevo? A lo mejor ni siquiera le habría gustado. A lo mejor habría hecho fluir por sus sentimientos una nueva savia milagrosa. Qué poco le gustaba la psicología barata: atribuir la traición a la infelicidad. Ella habría traicionado por los hombros anchos de Andrea. Por su culo. Porque era joven. Porque era tímido y ella podía ayudarlo a descubrir algo de sí mismo. Y, sobre todo: por la forma en que él la deseaba. Saberse deseada de un modo primordial, como antes de los noviazgos, de los altares, de las hipotecas para comprar casas. Su derrota no era la admisión de la agitación, lo estaba admitiendo, era más bien la admisión de no aceptar el acuerdo: que ella pudiera tocar al fisioterapeuta pero su marido no pudiese tocar a otras. Se había revelado como una mujer déspota y no tenía la más mínima intención de retroceder ni un solo paso. Había suavizado el enfado por el malentendido de los lavabos, pero no lo había aparcado ni mucho menos. ¿Andrea era la recompensa? Andrea era un capricho.

Le había escrito y él le había contestado en tono formal, excepto por los puntos suspensivos que cerraban la frase en la que le decía que se verían el lunes en fisioterapia. Carlo le había dicho en una ocasión que los puntos suspensivos son una debilidad: los escritores los usan cuando vacilan en la página. Luego había leído *Travesuras de la niña mala* y se había dado cuenta de que los puntos suspensivos significaban otra cosa. Las almas de Vargas Llosa los usan como preludio de las revoluciones. Tres puntitos para una alianza amorosa. Tres puntitos para una revuelta política. Tres puntitos para seducir al otro. Así que había llamado a Andrea. Habían hablado de la herida en la mano, de la pierna de ella, lo había invitado a tomar un café el sábado o el domingo, él le había dicho que de acuerdo...

Abrió el bloc de notas, arrancó una hoja y redactó la lista de las prioridades del día. Número uno: Concordia. Número dos: coordinar tres visitas (atención al piso de *via* Morgagni). Número tres: ponerse con el cumpleaños de su suegra, al día siguiente. Repasó las notas sobre Concordia que había escrito la noche anterior: era un truco inocente con ventajas para todos. Se lo había expuesto a Carlo y le había resultado reconfortante saberse audaz y saber que él la apoyaba sin moralismos. Buscó en la agenda el nombre de la propietaria, se sentó en el borde de la silla, obtuvo respuesta al tercer tono, saludó con entusiasmo pero percibió frialdad en la voz de la mujer. Cambió de estrategia, en lugar de enumerar la lista ficticia de visitas que no habían dado fruto mintió y dijo que tenía buenas noticias: una pareja estaba muy entusiasmada con la casa.

–Oh, qué buena noticia, Margherita, tenía un mal presentimiento.

–¿Por qué no se fía de nosotros?

–Sí que me fío. –Hizo una pausa–. Lo que pasa es que cuanto antes lo venda, mejor. ¿Quién es esa pareja tan interesada?

Le contó que era una pareja sin hijos, él abogado y ella maestra de primaria –¿cómo se le había ocurrido lo de maestra de primaria?– y que se habían sorprendido, como de costumbre, por la falta de ascensor y por el hecho de que estuviera bajo terraza –temían que el aislamiento térmico no fuera adecuado–, pero la luz del piso les había encantado. A mitad de la visita, la maestra había dicho «Es esta, esta es mi casa». Nada más pronunciar la frase temió haber exagerado, la propietaria dejó escapar un gemido de satisfacción.

–Pero no le aseguro nada, sobre todo por el precio.

–No bajo de los quinientos treinta.

–Haré lo que pueda, piénselo bien.

–Ya lo he pensado.

Antes de despedirse, Margherita se arriesgó a hacer un comentario sobre Mallorca, ¿la isla también estaba cubierta por una extraña neblina? Nada de niebla, solo un viento tremendo que barre la costa de este a oeste.

Colgó, se apoyó una mano en la frente y decidió quitarse de encima también el otro fastidio. Buscó el número de su suegra. Al primer tono, se sentó de nuevo en el borde de la silla.

–Marghe. –Oyó al otro lado del auricular.

La llamaba Marghe desde el primer día, quién se lo iba a imaginar de una señora que vestía cachemira, de alguien por cuyas venas corría un cuarto de sangre inglesa. Su suegra era capaz de conversar sobre ostras bretonas y restauración de edificios, o sobre la ternura que le inspiraban las señoras que cogían un carrito en el supermercado y se daban cuenta de que una rueda no giraba. Tanta vivacidad le infundía sospechas. Cuando estaba con ella, nunca dejaba de desconfiar.

–Estamos listos para la celebración, ¿qué tal se encuentra, Loretta?

–Me han dicho lo de tu madre.

Margherita guardó silencio.

–Acabo de hablar con Carlo y me lo ha dicho. Pero no sé si lo he entendido, ¿qué quiere decir que «no sabe» si va a venir?

Margherita estiró la pierna bajo el escritorio, de vez en cuando le daba pinchazos.

–No está muy fina.

–¿En qué sentido?

–Un poco de gripe y creo que un poco de nostalgia.

–Le irá bien estar rodeada de gente para distraerse.

–Veré qué puedo hacer.

–La llamo.

–Mejor que pruebe yo, Loretta. Las madres también hacen caso a las hijas.

Su suegra se echó a reír.

–Sí, mira la mía el caso que me ha hecho con el hombre ese.

–Mamadou es buen chico.

–Bueno, ¿y tú cómo estás, querida? Me han dicho también lo de la casa de Concordia.

Margherita se disculpó y le dijo que tenía que colgar porque había entrado alguien en la agencia. Le prometió que al día siguiente llegaría puntual a la fiesta –aunque estaba segura de que no llegaría puntual–, y le aseguró que la llamaría por la tarde –aunque estaba segura de que no la llamaría–. Y ahora con más razón, después de haber descubierto que Carlo seguía informándola sobre cuestiones de las que no debía ser informada. La incontinencia de Carlo ante su madre era la incontinencia de los lavabos universitarios y también la incontinencia que había hecho que ella se enamorara de él: un hombre invadido por desprendimientos y cambios de ruta. Las contradicciones de Carlo, siempre se había fiado de las contradicciones. Después de la muerte de su padre, las había visto también en su madre: había arrinconado la Singer y había bajado del taburete de la cocina, inaugurando así una etapa de pequeñas revoluciones, aprendiendo a decir que no, a resoplar, a poner los pies sobre la mesita de la sala. Tendría que probarlo ella también, a sus treinta y cinco años: era una buena forma de invertir en la vejez.

Cuando llegaron los colegas, se reunieron todos en la sala para organizarse, luego Gabriele salió a hacer dos visitas e Isabella se encerró para hacer llamadas, mientras ella volvía con la cabeza gacha al ordenador. Empezó a escribir la descripción de dos propiedades que les habían entrado recientemente, abrió Facebook y curioseó un poco aquí y allí –lo consultaba poco y tenía un perfil sin fotografía–, ella y Carlo habían acordado no dar demasiada importancia a ese mundo. Entró en el perfil de Sofia Casadei. El último *post* era una fotografía de los tejados milaneses publicada una semana antes, en total había conseguido veintisiete Me gusta. Cerró todo y paseó de un lado a otro, le aliviaba el dolor de la pierna. Se sentó de nuevo, entró en los anuncios *online* y estudió los detalles para la visita en Morgagni. Era un piso amplio de tres ambientes, noventa metros cuadrados, si era como en las fotos podía venderlo por trescientos sesenta mil, a ojo de buen cubero unos doce mil brutos para la agencia. Si el 2009 seguía como estaba previsto, tenía garantizado un sueldo neto de dos mil cien euros al mes. Carlo traía a casa mil cuatrocientos, más los pellizcos que los Pentecoste le ingresaban a escondidas y que ella se negaba a incluir en los ingresos familiares. Para la casa de Concordia habrían podido conseguir una hipoteca de ochocientos-novecientos al mes, dando de entrada los treinta y dos mil que tenían ahorrados.

Se comió un bocadillo sentada a la mesa y a primera hora de la tarde se preparó con antelación para la visita. Se puso el abrigo bajo el brazo, tenía ganas de notar el aire de abril y de dejar a un lado la economía familiar, saludó a Isabella y salió a *via* Spontini. Se metió en los jardines de la calle Morgagni y bordeó la pista de petanca con sus jugadores. Se paró a observarlos, la ponían de buen humor. Se apoyó en el tronco de una acacia y expuso el cuello al sol, Cómo estás, Margherita, se lo preguntaba en los momentos en los que la dirección podía desviarse, como el cambio de agujas operado por su padre cuando decidía la ruta de un tren. Su padre que la advertía: haz el cambio de agujas adecuado para ti. Para ella, el cambio de agujas adecuado había sido siempre seguir la dirección de los demás.

El jugador lanzó el boliche y ella echó a andar de nuevo y cruzó los jardines. Luego vio al propietario de Morgagni, que la esperaba en el portal del número 9. Era capaz de crear alianzas inmobiliarias en el primer encuentro, dejaba que el propietario se desfogara, que la guiara en todos los frentes y solo intervenía para garantizarle que estaba en buenas manos. En el momento en que pactaban la petición económica, ella desarmaba ilusiones, reformulaba la cotización real más el margen de negocio y añadía su frase, Confíe en mí. Lo importante era el tono de voz: sereno, espontáneo, nunca excesivo en las exclamaciones. Tardó media hora en concluir la visita, el apartamento valía los trescientos sesenta y el propietario era un setentón pacífico. Le confesó que con el dinero quería irse a vivir a Liguria y ayudar a su nieto con la universidad. Se pusieron de acuerdo para formalizar los trámites en la agencia, se despidió de él y pensó que lo ayudaría a irse a Liguria y a pagarle la universidad al nieto, presagiaba los éxitos con una discreta seguridad. Tener entre manos un buen negocio le alegraba el día, ya no tenía más compromisos esa tarde, así que llamó a la agencia para asegurarse de que hubiera alguien en la oficina y luego pasó junto a los jardines sintiendo un cosquilleo que le nacía en el corazón y le llegaba hasta la cabeza. En otro momento lo habría llamado inconsciencia.

Se puso el abrigo, subió hasta *piazzale* Bacone, dejó atrás la piscina a la que iba a nadar antes de aficionarse al gimnasio, se adentró por Buenos Aires y los escaparates le recordaron los sábados por la tarde de su adolescencia, cuando salía con sus amigas. Qué había sido de sus amigas, las veía muy de vez en cuando, como si a todas las hubiera engullido el noviazgo o el matrimonio. Entró en el bar de *piazza* Argentina y tomó un café, compró chicles y luego se dirigió a los edificios de *piazzale* Loreto con sus relojes de neón rojo, giró en *via* Porpora y solo entonces se dio cuenta de que estaba yendo a casa de él.

A casa de él, a casa de él, con aquel aliento a goma arábiga y menta, le entraron ganas de frenar el paso y no por la pierna ni por miedo, observó a los mensajeros que entraban en los edificios para entregar los últimos paquetes del día, las luces que empezaban a encenderse en los portales, los restaurantes de las plantas bajas, el hormiguero que era Milán: aquellas almas perseguidoras de una normalidad que ella estaba a punto de alterar. Se sorprendió ante su propia serenidad y ante la impaciencia que le afloraba en el estómago.

Llegó al portal, miró el lugar en el que él se había sentado mientras ella iba a comprar el antibiótico. Se acuclilló y esperó: encontrarse con él mientras entraba habría hecho que la situación resultara más normal, pero él no apareció en los diez minutos siguientes, ni siquiera al cabo de veinte. Tendría que haberse desanimado, tendría que haberlo llamado, pero no, se quedó allí compuesta, con las piernas juntas y la nuca apoyada en la puerta. Se retorcía las manos, giraba el anillo de compromiso y la alianza, luego se puso en pie. Buscó su nombre en los timbres, algunos estaban marcados con números, el único posible era el que tenía las letras AM escritas con bolígrafo en un trozo de papel pegado debajo del plástico transparente.

Llamó y se quedó de puntillas con la mejilla pegada a la rejilla del interfono, no contestaba nadie. Bajó los talones, una voz respondió y ella se acercó de nuevo con un saltito.

–¿Eres Andrea?

–¿Quién es?

–Margherita.

–Margherita –repitió él.

–La de la pierna, la del hospital, la del café sábado o domingo que ha decidido adelantarse sin decir nada –habló sin prisas–. Esa misma.

El interfono emitía un zumbido y se oía el tráfico de *via* Porpora, Andrea pulsó el botón para abrir la puerta. Volvió a la habitación, se puso una sudadera y unos vaqueros, recogió los andrajos de aquella tarde y los metió en la lavadora. Le pesaba la cabeza, observó la venda y se dio cuenta de que había aparecido una mancha. En la muñeca de la otra mano tenía la marca de la cadena. La granja estaba borrosa, el hermano de Cristina y Cristina eran sombras, abrió la puerta y se asomó, esperó en el rellano: Margherita apareció en el tramo de escalones del piso de abajo, estaba sin aliento y llevaba el abrigo doblado sobre el brazo.

–Hola –le dijo.

Él le hizo un gesto para que entrara y se dirigió a la cocina, sacó las tazas del fregadero, las enjuagó y empezó a preparar la cafetera. Se dio cuenta de que ella estaba justo detrás, la oyó apartar una silla mientras él llenaba la cafetera y la ponía al fuego. Se giró, Margherita se había sentado, con el bolso abandonado en el suelo y el abrigo sobre una pierna, el flequillo le tapaba un ojo. Le estaba observando el vendaje y el rostro, y él creyó que los dos se sentían igual de incómodos.

Luego, ella se puso en pie, se acercó, le acarició el pulgar marcado por la cadena, y la boca, él levantó un brazo, la estrechó y por un momento creyó que Margherita era su novia.

Cuando Carlo se metió bajo las mantas, la respiración de su esposa era ya la del sueño. Durante la cena la había notado taciturna, pero también él lo había estado, la perspectiva de comer con los Pentecoste al día siguiente los apagaba, como si necesitaran hacer acopio de las fuerzas necesarias.

Esperó a que los ojos se le acostumbraran a la oscuridad, la silueta de Margherita era pequeña y estaba encogida, le hubiera gustado contarle que aquella mañana había hablado de Concordia con su madre, habría querido hablarle de la visita a Anna de aquella tarde: últimamente, escondía demasiado. También el *Tex* de Franco, oculto bajo dos colecciones de fotos en la mesita de noche. Se giró como si lo buscara, el móvil estaba allí e imaginó que se iluminaba, que finalmente Sofia escribía «Nos vemos a tal hora en tal sitio». Así al menos se habría dormido satisfecho, se habría preparado para las pequeñas variaciones en la agenda del día siguiente: una ducha más larga, elegir la ropa con especial atención, inventarse una excusa que le permitiese estar fuera durante un par de horas.

Nada más despertarse, a eso de las ocho, vio que no había recibido ningún mensaje. Se quedó en la cama, remoloneando. Quería escribirle a Sofia, desistió, se fue a la cocina y llamó a su hermana para recordarle que llevara el regalo y que llegara puntual.

–Seré puntual, pero Mamadou no viene.

–Tiene que venir.

–Dice que a lo mejor se escapa un rato después de comer.

–Pásamelo.

–No, déjalo.

–Simona.

–Anna tampoco quería venir, ¿no?

–Pero viene.

–Déjalo, Carlo, de verdad.

Al enterarse Loretta Pentecoste de que su hija se había dejado preñar por un africano –había usado esas dos palabras, «preñar» y «africano»– había acudido corriendo a su hijita para hacerla entrar en razón, sin éxito, para después retirarle la palabra, para después volver a restablecer el diálogo tras haber abrazado a su nieto –Es café con leche, ¿habéis visto?–, a partir de entonces se había tomado muy en serio la relación, al darse cuenta de que el marido estaba cronificando el rencor hacia su disoluta segundogénita.

Terminó la llamada y esperó a que Margherita se levantase de la cama y empezara a prepararse. Desde que se habían despertado, solo se habían mirado de refilón, ella había canturreado una canción de Cesare Cremonini en el cuarto de baño, siempre se ponía de buen humor cuando oía canturrear a su mujer. Salieron e hicieron el trayecto hasta la floristería con la radio puesta.

–¿Cómo estás? –le preguntó mientras esperaban el ramo de lirios.

–Bien –le dijo con una sonrisa ella–. ¿Y tú?

Él asintió, cogió los lirios, subieron de nuevo al coche y llegaron hasta Città Studi con las ventanillas bajadas. Milán tenía un cielo azul cobalto y en la radio solo emitían publicidad. Bajó el volumen y le contó que Mamadou no iba a venir.

–¿Quieres que llame yo a Simo?

–No, dejémoslo así.

Margherita bajó delante de la casa de los Pentecoste, con los lirios en la mano, y él se fue a aparcar a *piazza* Aspromonte. Encontró sitio en el lado corto de la plaza, apagó el motor y la radio. Escribió en su teléfono «Entonces, ¿nos vemos o no?» y envió el mensaje mientras se dirigía a casa de sus padres. Cuando llegó, vio a su suegra que bajaba del taxi. Anna los saludó, con una mano sujetaba el bolso pegado al regazo y con la otra se protegía el peinado.

–Estos taxistas van como locos, pero esta vez le he dicho que tenía miedo. –Besó a su hija y se dirigió hacia él–: Se me ha ocurrido añadir un detallito para tu madre.

Hurgó en su bolso y sacó un paquete envuelto en papel de seda, lo desenrolló: era una pulsera de ganchillo con un cierre antiguo.

–No tenías que molestarte.

–Pues claro que sí –asintió ella–, a la salud de quien quiere llegar a los setenta sin baratijas.

Margherita ya había llamado al timbre y sujetaba la puerta con un pie para que no se cerrara. Entraron en el ascensor, Anna le colocó bien el guardapolvo a su hija y luego se colocó bien el suyo.

–Lista –murmuró.

La madre los recibió, en la salita ya estaban la hermana y Nico, Carlo se sentó en el sofá y justo entonces notó que el teléfono le vibraba en el bolsillo. No lo miró, se distrajo contemplando la alfombra de formas geométricas en bajorrelieve, le cogió los tobillos a su sobrino y fingió mordérselos, tiró de él para colocárselo encima. ¿De quién es este hombrecito? ¿De su tío o de su mamá? ¿De quién es, eh? El niño empezó a protestar, lo cogió en brazos y le besó los rizos de la nuca, luego se puso en pie y empezaron a dar vueltas juntos por el piso, se sentía feliz porque quizá lo estuviera esperando una respuesta en el teléfono, se detuvieron delante de la mesa de cristal rojo, la gelatina con gambas ya estaba preparada, la ensalada de *nervetti* también, ¿Sabes adónde vamos ahora tú y yo, Nico? Vamos a la habitación, de cuando tu tío era pequeño, el niño lloriqueó, se dirigieron hacia la zona de noche y entraron en la penúltima habitación, Ya hemos llegado, dijo, y le mostró el escritorio empotrado entre dos armarios, ¿Sabes qué pasó aquí? Aquí tu tío estuvo a punto de morir para hacer feliz a tu abuelo, que quería que fuera abogado. Meció al niño y se sentó en su cama de adolescente, se colocó al niño sobre las rodillas y lo hizo dar saltitos. Nico arqueó la espalda, él lo dejó en el suelo y le cogió una mano, lo ayudó a caminar entre aquellas paredes vacías. De pequeño no había colgado ningún póster, excepto el mapamundi, aún estaba allí, lo observó y con la mano libre sacó el teléfono. Ella lo había citado en la cafetería dentro de tres horas.

Miró a su sobrino, le infundía paz. Nada más saber que su hermana estaba embarazada le habían dicho: ya sabes lo que tienes que hacer. Pero ella no lo había hecho y entonces le habían dicho: peor para ti. Y él también le había dicho: peor para ti. Las mismas palabras que su padre, el médico Domenico Pentecoste, hombre alto de voz dulce, mirada apacible, imperativos irreversibles. Y, sin embargo, había sido un padre atento: montar los trenecitos hasta tarde escenificando viajes en el Orient Express, las clases con el Lancia Delta para preparar a Carlo antes del examen del carné de conducir, alguna que otra cena de bocadillos a la plancha después de un partido del Inter en el Giuseppe Meazza. Había votado a Bettino Craxi, a Occhetto y a D'Alema, coleccionaba pipas pero no las fumaba. De su nieto, una vez pasada la tempestad, había dicho: dada la situación, será un niño temerario.

Nico se acercó al primer cajón del escritorio, intentó abrirlo, él lo ayudó y dentro encontraron rotuladores de colores y una grapadora, Vamos al salón, Nico, ¿qué te parece? Yo diría que tú tienes hambre.

–Ha comido ya tres veces.

Se giró y vio a su hermana en la puerta.

Ella se acercó.

–Tendrías que tener un hijo tú también.

Nico vio a su madre y le tendió los brazos, ella le dio un beso pero lo dejó con su tío.

–Pero tenéis el trabajo, los libros, las casas, la carrera.

–No es el momento.

–Miedo, ¿eh?

–Siempre.

–Tu mujer no tiene miedo nunca. –Su hermana se acercó a la colección de pitufos, en un estante, tocó la figurilla del Filósofo y la tiró sin querer.

–En el salón, les está plantando cara a todos.

–¿Sobre qué?

–Concordia.

–Manda huevos.

–Estaban esperando la ocasión.

Carlo acercó la nariz a su sobrino.

–Será mejor que vuelva.

–No le des pie a papá, por favor.

–Yo ya tengo mis preocupaciones, Simo.

–¿Otra vez? –Colocó de nuevo en pie al pitufo Filósofo y sacudió la bola de cristal con la Torre Eiffel, la nieve se esparció–. No la hagas sufrir, Carlo.

Él la miró.

–Tú siempre lo ves todo muy fácil.

–Lo veo fácil. –Se apartó el pelo de derecha a izquierda, la boca pequeña le restaba atractivo–. A menos que.

–¿A menos que qué?

–A menos que te estés enamorando.

–No.

–Repítemelo.

–No.

Ella cogió en brazos a su hijo.

–No la hagas sufrir.

–Precisamente tú me vienes con sermones.

Se miraron fijamente y a los dos les entraron ganas de sonreír. Ella se dirigió con el niño hacia la puerta, se detuvo de golpe, seguía mirando fijamente a su hermano. Él también seguía mirándola, se puso en pie y se dirigió hacia ella, la abrazó por detrás como cuando eran niños, encajaban perfectamente y él la estrechaba con fuerza. Más fuerte, dijo ella, él la estrechó con más fuerza y luego la siguió al salón. Margherita estaba sentada junto a Pentecoste, Anna estaba intentando abrocharle la pulsera a Loretta.

–¿Se puede saber dónde estabais? Vaya modales –dijo Loretta, contemplándose la muñeca–. Mirad qué pulsera tan bonita me ha regalado.

–Es preciosa –dijo Margherita. Observó fijamente a Carlo–. Tu padre se ha ofrecido gentilmente a financiarnos Concordia, pero ya he hablado.

–Todos a la mesa: he hecho una variante de la salsa de gambas que es una maravilla –les dijo Loretta, levantándose del sofá.

–A comer –dijo la hermana, mientras se dirigía al comedor con el niño.

–Solo he dicho que podemos ayudaros. ¿Te acuerdas, Carlo, de aquel fondo de inversiones indio? –dijo Pentecoste, mientras se colocaba bien las gafas sobre la nariz.

–No, no me acuerdo.

–He puesto una pizca de picante en las gambas.

–Es un fondo que aguanta, pero me da miedo que el dólar empiece a bajar. Invertir en el ladrillo también es bueno para nosotros.

–Y la ensalada de *nervetti,* claro.

–Ya le he explicado a tu padre que queremos intentarlo nosotros solos, aunque la hipoteca sea alta –afirmó Margherita, como si hablara sola.

Pentecoste se dirigió a la puerta ventana.

–Noventa y cinco por ciento de hipoteca no es una hipoteca alta. Es una hipoteca para toda la vida.

–Y yo te digo lo mismo, papá: queremos intentarlo nosotros solos.

–Es un orgullo estúpido. –Su padre contemplaba *piazza* Aspromonte–. No es culpa vuestra si tenéis trabajos de poca importancia.

–A mí me encanta mi trabajo –dijo Margherita, que se había puesto en pie– y no me parece de poca importancia.

–Tú tienes perspectivas. Carlo no tantas.

–A mi marido le encanta dar clases.

–Me estáis empezando a cansar: yo soy la homenajeada y os pido que vengáis a la mesa.

Loretta cogió a Anna de la mano y esta se soltó con elegancia.

Pentecoste se acercó a su hijo.

–Ya sé que te encanta dar clases, pero seis horas por semana de algo que te encanta no son suficientes. Y los catálogos de viajes, ¿qué rendimiento pueden darte? Quiero decir –añadió, mirándolo fijamente– que aceptéis vuestra situación. Eso es todo.

Desde el comedor les llegaron los grititos de Nico, Simona los llamó y Loretta fue hacia allí.

Carlo se sentó en el sofá.

–¿Y cuál es mi situación? Adelante, papá.

Pentecoste extendió los brazos y los dejó caer a los costados.

–Anna, ¿tú qué dices? ¿Cuál es la situación de nuestros chicos?

–Libres –respondió de inmediato, sorprendiéndose a sí misma–. Tenemos hijos libres.

–De convertirse en esclavos del banco.

–De hacer hoy esto y mañana lo otro –dijo, mostrándole los dedos–. Ellos pueden evitar ser modista y médico toda la vida.

–Ellos son capitales de alto riesgo. –Pentecoste se quitó las gafas y se frotó los párpados–. Nosotros también teníamos tonterías en la cabeza, pero al menos las llevábamos hasta el final, mira lo que te digo.

Anna dio un paso hacia él.

–Y mira lo que te digo yo, Domenico: a una mujer nunca hay que hacerla esperar el día de su cumpleaños.

–Ve a la mesa, papá, ve –dijo Carlo, mirándolo desde el sofá.

Pentecoste también lo miró, volvió a quitarse las gafas y se las puso otra vez, se dirigió hacia el comedor. Anna lo siguió, pero antes miró a su yerno y curvó hacia arriba las comisuras de los labios. Carlo no se movió. La cuestión eran las gafas, que su padre se había quitado y vuelto a poner: era la señal de que tenía razón. Quita y pon: para sugerirle que con un título de abogado también habría podido dedicarse a la literatura. Quita y pon: para aconsejarle que no dijera a nadie que le hubiera gustado escribir una novela, porque así estaría protegido en caso de fracasar. Quita y pon: aquella noche, cuando aún era adolescente, en la que el Inter había ganado dos a cero la Copa de la UEFA contra la Roma, y delante del televisor su padre había dicho En lugar de marcar, tú la hubieras mandado fuera para no herir a los adversarios, pese a tener el pie de Matthäus. Un hijo con el carácter de la renuncia: el capital de alto riesgo.

Margherita dijo que tenían que sentarse a la mesa y trató de sonreír. Él extendió un brazo y le cogió una mano, le dio a entender que quería estar solo unos momentos. Fue entonces, nada más quedarse solo, cuando contempló el tilo de *piazza* Aspromonte, que se veía al otro lado de la ventana. El árbol bajo el que esperaba encontrarlo su madre cuando lo llamaba desde el balcón, las tardes en que no había colegio y él salía a jugar con los demás niños del barrio.

Se puso en pie y se reunió con los demás, estaban picoteando de pie: su madre imprimía dos ritmos distintos a las comidas de las celebraciones, primero el bufé, de pie, y luego todos sentados a la mesa. Ella misma asignaba los sitios, con gran sensibilidad. A él le reservó la esquina exterior, la que quedaba más cerca de la puerta, al lado tenía a Margherita y delante a la propia Loretta, casi oculta tras los lirios colocados en un jarrón. Era su madre, una mujer sometida por los buenos modales que se concedía insubordinaciones mínimas: el pie nervioso bajo la mesa, girarse el reloj en la muñeca, guiñar el ojo a uno de los hijos con la esperanza de frenar potenciales insolencias, servir manjares para interrumpir discursos incendiarios. Tenía el don de sedar los conatos de revuelta. Lo hizo durante buena parte de la comida, asegurándose de que fuera un cumpleaños sin sobresaltos, sobre todo con el mutismo del marido, y Anna a su lado, y Margherita, y la hermana y Nico, que acaparaban las atenciones.

Lo único que le importaba a Carlo era el teléfono en el bolsillo y el tiempo que iba transcurriendo. Llegaría puntual a la cita, le diría a su mujer que quería estar solo, pasear, no era la primera vez que lo hacía al salir de casa de sus padres. Mientras dejaba que le llenaran el plato de arroz, mientras brindaban por los próximos cien años de Loretta Pentecoste, la idea de Sofia le provocaba una aguda presión en el esternón. Si hubiera renunciado a ella, si le hubiera escrito que no podían verse porque de repente le había surgido un imprevisto, si hubiera borrado su número de la agenda, si la hubiera imaginado en Rímini para siempre, si hubiera limitado el cosquilleo al frenillo y la taquicardia al cuello, si hubiese encauzado esas energías hacia su mujer, follándosela salvajemente como solo ellos sabían hacer, yendo al cine o a cenar fuera, legitimando sus proyectos de familia, quizá un hijo, sí, un hijo desde luego, si hubiese hecho todo eso. La verdad era que había comprendido hasta qué punto transmigraba el impulso erótico: era de un cuantitativo exacto, dárselo a una significaba quitárselo a la otra, dárselo a las dos significaba una parte para cada una.

Ayudó a su madre a recoger los platos hondos del arroz, trajo a la mesa el cocido y las salsas y el helado de mostaza, luego se dirigió al cuarto de baño. Margherita lo siguió con la mirada y él se dio cuenta, eligió el lavabo de los azulejos grises, se encerró, se quedó delante de la pila de granito, se desabrochó el cinturón, se bajó los pantalones. Quería comprobar que estaba todo en orden, el olor, observar la forma adormecida pero impaciente, esconderla de nuevo bajo el algodón, bajo los vaqueros, contemplarse en el espejo las ojeras pronunciadas, el pelo revuelto, el rubor que se insinuaba en las mejillas. Y luego el pastel y su madre que soplaba las velas entre aplausos, veinticinco minutos más tarde: el momento en que decidió que ya no aguantaba más.

Buscó a Margherita con la mirada mientras recibía su porción de chantillí de frambuesas. Estaba sentada medio torcida, una horquilla le apartaba el flequillo de la cara, se reía con Nico de aquella manera infantil y sensual, Dios, cuánto la amaba. Comió despacio el pastel, luego su hermana le dejó a Nico sobre las rodillas y se dirigió al salón, volvió con el regalo y se lo dio a la madre. Loretta lo desenvolvió con dificultad, con manos indecisas, resopló y cogió las tijeras para ayudarse. Todos aplaudieron y en mitad del jaleo de las felicitaciones, él respiró junto al cuello de Nico y le susurró El tío se tiene que ir.

Calculó que llegaría un poco tarde, decidió no avisar y dejar las cosas en manos del azar, en el ascensor le dijo a Margherita que necesitaba ir a dar un paseo.

–Solo –concluyó ella.

Él asintió.

Anna metió una mano en su bolso, la sacó enseguida y cerró la cremallera, se volvió hacia su hija.

–¿Tú te vienes conmigo a dar una vuelta?

Margherita sujetó el portal abierto.

–Y si tu padre tuviese razón.

–Mi padre tendría que ser secretario de partido.

Anna cogió del brazo a su hija.

Margherita se colocó bien la mano de la madre.

–¿Cuánto vas a tardar, Carlo?

–Me aireo un poco y vuelvo.

Ella se quedó allí un momento, pensando, luego se dirigió al coche con Anna.

Él se encaminó hacia las casas bajas con la fachada en tonos pastel, aquel barrio de familias y estudiantes le pareció el mismo en el que se había criado, con los zapateros y las mercerías de entonces, las calles largas y los rincones insospechados, de noche se apagaba todo y se convertía en el Milán taimado que no le gustaba. Se había dado cuenta durante el primer traslado, cuando se había instalado en un apartamento de Porta Venezia, disfrutando de una arquitectura nueva, estar debajo de casa mientras los demás duermen, asistir al bullicio de una fiesta, las últimas copas, apoyarse en una esquina de su propia calle y contemplar una ciudad tan inquieta como él.

Tardó diez minutos en llegar a la estación de taxis de *piazzale* Piola, a medida que se iba acercando notaba una agitación que era melancolía, no podía evitar ser lo que era. Le dijo al taxista que lo dejara antes de la basílica de San Nazaro, cruzó el callejón que estaba junto a la tienda india de comida para llevar y se encaminó hacia la Statale, la cafetería estaba allí al fondo. Las cristaleras estaban en penumbra, no había nadie delante. Se acercó y la vio, estaba dentro, sentada a una mesa leyendo una revista. Tenía el pelo de color ámbar y los vaqueros, ceñidos, terminaban en botas de tacón alto. Dio unos golpecitos en el cristal.

Sofia salió, él le pidió disculpas por el retraso y le dio las gracias por haber venido. Ella le contó que tenía que coger el tren a las seis y que aún tenía que pasar por su casa para enviar los libros con Mail Boxes, ya los había empaquetado en dos cajas, luego tenía que dejarle las llaves al propietario, por suerte había encontrado otro estudiante, así solo perdía un mes de alquiler. Con la punta de la bota trazaba un semicírculo, de vez en cuando levantaba la mirada. El pelo le caía a un lado, quiso olerlo como cuando la había cogido por la cintura en los lavabos. Le preguntó si podía ayudarla con las cajas. Se sintió incómodo al hablarle y le salió una voz con un acento extraño.

–Ya haré dos viajes yo sola.

–Como quieras.

La invitó a pasear. Desembocaron en la plaza, le preguntó de nuevo si podía ayudarla con las cajas.

Ella se rio.

Él también se rio.

–Tengo los brazos fuertes –dijo, mostrándoselos.

Recorrieron un trozo de calle sin decir nada más, uno junto al otro, en el semáforo de *piazza* Diaz ella lo había precedido y él la había observado mientras caminaba, habría hecho cualquier cosa por poseerla. Se sacó el paquete de chicles del bolsillo y le ofreció uno, le preguntó si quería coger un taxi. Ella se paró, estaba pensativa, luego asintió y nada más subir al taxi le dio la dirección al taxista, *via* Pollaiuolo 2, barrio Isola, lo repitió, *via* Pollaiuolo 2, en el barrio Isola, luego se acomodó en el asiento y cruzó las piernas. Hablaron poco durante todo el trayecto, él miraba por la ventanilla, en la frontera con el barrio chino le pareció ver el Polo y, dentro, a Margherita y a Anna, pero al fijarse mejor vio que era un Lancia Y y que dentro iban desconocidos. Cuando llegaron, él pagó, ella intentó impedírselo, él fingió empujarla fuera del coche, le salió bien y Sofia se rio. Bajaron del taxi y se encontraron delante de un edificio de color paja.

–Es la primera casa que encontré.

–El Frida era uno de mis bares preferidos –dijo él, indicándole un patio interior enfrente del edificio, había una fachada de cristalera amplia y oscura.

–No hay ascensor.

–Ves como sí necesitabas ayuda con las cajas.

Subir un escalón, otro escalón y otro escalón, admirar las caderas, las pantorrillas embutidas en los vaqueros ceñidos, las botas que apoyaba de punta, saberse indeciso y dejarse llevar por ella: se ayudó con la barandilla, en el segundo rellano se pararon a recobrar el aliento, esta vez fue él delante y le tendió una mano para arrastrarla, ella se la cogió y llegaron así a la puerta, cogidos de la mano. Luego ella se soltó y rebuscó las llaves en el bolso, abrió la puerta y le dijo Pasa.

Se encontraron en un distribuidor con un perchero en forma de árbol de cuyas ramas no colgaba ninguna chaqueta, un mueble encima del cual había un recipiente de hierro batido para dejar llaves y demás, y una minúscula cocina.

Ella pasó a la otra habitación, desde la ventana se veían los tejados de Isola y entraba la luz de abril, en una maceta había plantado preciosas prímulas. Las dos cajas estaban a los pies de la cama, abiertas, justo al lado vio un rollo de cinta adhesiva y unas tijeras.

–Vamos a cerrarlas –dijo él.

Se agachó y empezó con la cinta adhesiva sin pensar en nada que no fuera hacer un buen trabajo. Vislumbró Fenoglio, *La paga del sábado*, y otros libros del curso, sabía que ella lo estaba observando desde el centro de la habitación.

–Relee a Fenoglio de vez en cuando.

Cerró las cajas, luego se sentó en el borde de la cama y se desabrochó la chaqueta, Sofia seguía inmóvil y lo observaba.

–Gracias –dijo ella.

–Ven aquí –dijo él.

Sofia seguía mirándolo.

–Ven.

Ella se aproximó, con la cabeza ligeramente inclinada y el pelo que le caía sobre la cara, él extendió un brazo y le buscó la mano, como había hecho en la escalera. La acercó, ella permaneció en pie y él siguió sentado, abrazándola. Le acarició la nuca y dejó resbalar la mano hacia el cuello, la otra mano estaba entre los omóplatos y la sujetaba, ella se acurrucó en el pecho de él, No podemos, le dijo. Pero él hundió la nariz en su pelo, olía a limpio, dejó caer la mano hasta la cintura, se la rodeó, aquella cintura estrecha y firme, la hizo girarse de modo que le diera la espalda, como en los lavabos, le ciñó mejor las caderas, ella se levantó la camiseta unos centímetros y él pudo tocarle la piel tibia y lisa y notar su respiración agitada, le cogió el culo, qué consistencia, qué forma, lo atrajo hacia sí y fue entonces, justo cuando la notaba apoyarse en él, cuando ella susurró No podemos, y se quedó quieta.

–Sofia.

Ella se volvió.

–No podemos.

Él acercó la boca, ella entreabrió los labios y pudo saborearla de nuevo, la boca y la lengua suave, la estaba besando, pero entonces ella se apartó despacio.

–Es un lío, Carlo.

Se había ruborizado, se apartó el pelo de un hombro a otro y acercó una mano hacia él, hacia la mejilla que ardía. Se la acarició. Él volvió a intentarlo, pero ella retrocedió. Permaneció sentado con las piernas separadas, apoyó las manos en la cama. Luego se puso en pie, ahora la miraba desde arriba. Ella también lo miraba.

–Es un lío –dijo ella.

–No es un lío.

–Es un lío.

–Vámonos –dijo él, y echó un vistazo a los tejados de Isola, al otro lado de la ventana, y a la maceta de prímulas–. He dicho vámonos.

Cogió una caja, pasó junto a Sofia y ella le apretó el brazo con fuerza, no olvidaría aquel apretón. Se soltó y se dirigió a la puerta, la abrió como pudo y oyó que ella lo llamaba, empezó a bajar la escalera con los libros, los malditos libros, estaba forzando los brazos, llegó a la planta baja y abrió el portal, todo inútil, todo inútil otra vez. Cuando ella lo alcanzó, él le indicó con un gesto que pasara delante y echaron a andar, él la siguió hasta que llegaron a *via* Pepe, entre el chirrido de trenes que llegaba desde Garibaldi. Ella aminoró el paso y él la adelantó, entraron en Mail Boxes, una persona atendía la oficina. Él dejó la caja en un rincón y la ayudó a ella a apilar la suya en el mismo rincón.

Luego salió del local sin volverse, se encontró en la calle, se alejó, recorrió de nuevo *via* Pepe, giró a la altura de la boca de metro, cruzó y llegó a la otra acera. Apoyó la espalda en la fachada de una casa, eso era él, detenerse el momento antes, eso, disfrutar con la imaginación, lamer el ajuste de cuentas y refugiarse enseguida en la intimidad familiar, sacó el teléfono, buscó el número de su mujer e hizo la llamada, se aclaró la voz, el teléfono sonaba.

Anna le dijo a Margherita que era Carlo quien la buscaba.

–Luego lo llamo.

Se arrepintió de haberle dicho a su hija que la acompañara, ya se había arrepentido de participar en el cumpleaños, se había arrepentido de haberse sacrificado una vez más por la paz familiar. Estrujó las asas del bolso.

–Quiero entrar sola en el cementerio.

Margherita se adentró por el paso subterráneo de la Estación Central.

–¿Y yo?

–Entra tú antes.

–¿Va todo bien, mamá?

Dar explicaciones, a sus setenta años cumplidos. Se quedó encogida en el asiento con toda aquella conmoción interior que la reconfortaba. Iba a ver a un muerto a un lugar de muertos y quería un poco de paz. Los finales también son principios, le había dicho un cliente que le había encargado un abrigo de astracán y durante un segundo creyó que su hija había sufrido aquella sabiduría más que ella. La miró. Margherita conducía con una mano en el regazo, la cabeza un poco apoyada en el asiento: era como si aquel día la viese de verdad por primera vez. Más guapa, no por los pendientes largos, ni por la luz en los ojos cansados, era otra cosa: tenía la luz de quien se abandona a sí mismo, como cuando era joven y fantaseaba escuchando casetes en la cama. Le habría gustado confesárselo, Estás más guapa, pero en lugar de eso no dijo nada y disfrutó de su niña con algo distinto. Le tocó un pendiente, le acarició un mechón de pelo, el resto del trayecto permanecieron en silencio. En cuanto llegaron, le devolvió el teléfono y el bolso de mano y se quedó en el coche esperando su turno.

Bajó la ventanilla y pudo oler el perfume de los cipreses y de las flores marchitas, levantó un poco la cabeza y vio la verja de hierro forjado y el carmín de la fachada. Esperó hasta que vio aparecer a su hija de vuelta por el sendero del cementerio. Se cruzaron en la puerta, ella se adentró por el sendero de grava, pasó entre las casetas, bordeó el césped y recorrió el sendero exterior de piedras hasta llegar a la antepenúltima lápida, se detuvo delante de la fotografía, Aquí estoy, Franchin.

Se quedó en silencio, lo echaba de menos y ambos lo sabían. Se acercó, extendió una mano hacia el ramo de rosas de imitación, lo sacó del cono de acero, algunas hojas se habían puesto amarillentas, las arrancó como pudo, tuvo que usar también la otra mano, apartó a un lado las hojas descoloridas y dejó el ramo en el suelo. Echó un vistazo al interior del cono, era grande y estaba vacío, lo habían elegido Margherita y ella para poder meter flores de tamaño medio, habían quedado satisfechas de aquella elección poco refinada pero práctica. Se acercó el bolso y sacó las postales, en lo alto de la pila había colocado la de Bormio, las dejó allí y se dirigió a la fuente para coger una de las regaderas. La llenó hasta una tercera parte y volvió, regó las postales.

Esperó a que quedaran empapadas, las regó otra vez, y otra, y cuando se convenció de que estaban completamente mojadas, las empezó a desmenuzar hasta convertirlas en una pasta. Cogió la pasta y la metió en el cono. Lo hizo de forma minuciosa, tuvo que agacharse varias veces para no dejar rastro alguno. Luego recogió el ramo de rosas y lo introdujo de nuevo en el cono, ahora sobresalía casi un palmo más que antes, lo hundió con rabia y luego se calmó, Ahí tienes a tu Clara.

Contaba los noventa y seis escalones de Concordia cada vez que iba a ver a su hija. Ya un mes después de que se hubieran mudado había empezado a descomponer el precio de aquel apartamento por cada escalón, con la ayuda de la calculadora le había salido cuatro mil euros y pico por cada paso, más el interés de la hipoteca a treinta años que habían firmado Margherita y Carlo con el Deutsche Bank. La cifra ascendía a casi cinco mil cada vez que apoyaba el pie en el suelo. Anna subía hasta la cuarta planta con las piernas atadas por la soga económica de Margherita, de Carlo, de todos ellos, era su forma de colaborar en los esfuerzos de una familia que había puesto ladrillos, como diría Franco. Lo cierto es que los había animado a comprar y ahora expiaba el peso de la culpa: cuatrocientos sesenta y cinco mil euros por casi ciento veinte metros cuadrados y ni un triste montacargas que los ayudase al menos con las maletas o el cochecito, había visto a su hija tan entusiasmada con la luz del comedor que no se había atrevido a oponerse. Subir a Concordia la ponía de mal humor, la bajada le proporcionaba alivio, le parecía liberar a Margherita y a Carlo, restando deudas y tiempo a cada escalón: cuando llegaba a la planta baja los imaginaba al principio de su historia de amor, frívolos y atrevidos en un estudio. Adiós a los cien mil euros aceptados a los Pentecoste, adiós a los treinta y cinco mil que ella había podido ofrecerles, por lo menos los había ayudado con los muebles y las cortinas, poniéndose a coser con aquellas manos que le dolían.

La adivina le había vaticinado que 2018 sería un buen año para todos, sobre todo para su nieto: tendría fortuna gracias también a su carácter taciturno. Le encantaban los niños que sabían estar en su sitio, creía aún que Lorenzo había salido a su marido, pero en el fondo deseaba que no fuera del todo verdad. Superó el penúltimo tramo de escalones, se apagó la luz de la escalera y ella no tenía ganas de volver al rellano para encenderla otra vez, se aferró a la barandilla y pensó en lo que le dejaba su nieto después de haber pasado con él las dos horas del mediodía: era felicidad, pero no una felicidad añadida, era una felicidad casi obvia, palmarla sin haberla probado hubiera sido como vivir la Revolución francesa renunciando a la toma de la Bastilla. Sonrió en la oscuridad, apoyó mal la punta del pie y creyó que podría mantener el equilibrio, sin embargo no fue así y cayó. Trató de frenar el golpe con la palma de la mano, cuando volvió a abrir los ojos supo que a sus casi ochenta años la atenazaba el dolor más desagradable de su vida.

Con la cabeza hacia abajo, se contemplaba en la penumbra las piernas extendidas sobre los escalones, tenía la nuca apoyada en el felpudo, al pie de la escalera. Intentó moverse, los pinchazos eran lacerantes. Notaba la pierna izquierda y el brazo derecho inertes, se apoyó con la mano buena para deslizarse sobre el felpudo. No estaba dispuesta a gritar por nada del mundo. Se esforzó y consiguió deslizarse unos centímetros, ahora tenía el barandal del pasamanos a un palmo, habría podido agarrarse para incorporarse un poco, quizá sentarse, el dolor la hizo gemir. Le salían lágrimas, pero no la voz. Apoyó el codo en el felpudo, se empujó y se movió hacia la pared, luego apoyó la palma de la mano en el suelo y consiguió arquear la espalda, hizo más fuerza y se encontró con un hombro apoyado en la pared, se irguió un poco más y quedó sentada.

La pierna le palpitaba, se levantó la falda y se dio cuenta de que la pierna no estaba alineada, tampoco el brazo lo estaba, se lo apoyó en el regazo y se puso a escuchar, solo había silencio. Era como estar en una casa de campo, había hecho aquella misma reflexión cuando Margherita y Carlo la habían llevado a visitar Concordia por primera vez, un edificio rodeado de caserones en el centro de Milán. Constaba de cuatro pisos, uno por planta, calculó cuál de los inquilinos podía bajar en breve y entonces se acordó del móvil: el bolso se había quedado a mitad del tramo de escalones. Trató de moverse, se dobló sobre sí misma y dijo Ayuda con un sollozo.

–Ayudadme.

Le molestó su voz de vieja, que resonaba en aquel inmueble de lujo.

–Ayudadme.

Apoyó la nuca en la pared, cerró los ojos y estuvo tranquila durante un tiempo que le pareció largo. Cuando oyó abrirse la cerradura del portal estaba atontada, alguien encendió la luz, el abogado de la tercera planta. Intentó sonreírle, él se agachó para ayudarla y ella sintió vergüenza. Le dijo que su hija estaba en casa, el abogado subió a toda prisa mientras ella trataba de incorporarse. Se colocó bien la falda y el suéter de lana, le entraron ganas de toser debido al dolor. Oyó pasos, el timbre, voces, poco después Margherita estaba en lo alto del último tramo de escalones y la observaba con una mirada petrificada.

–Estoy bien. Solo es la pierna.

Margherita estaba muy guapa. Llevaba el pelo largo como cuando era pequeña y las preocupaciones le suavizaban los rasgos. Los kilos que aún conservaba del embarazo le sentaban bien, después del niño habían empezado a contarse chismes y a beber té como dos amigas.

–También me he hecho daño en el brazo.

–Yo me ocupo, mamá.

Su hija se acercó y la acarició, echó un vistazo a la pierna, cogió el móvil y pidió una ambulancia.

–Puedo yo sola.

–No se mueva, señora –dijo el abogado.

–Me duele la espalda.

La ayudaron a tenderse y ella se acordó de cuando habían colocado a Franco en el antidecúbito, las mandíbulas apretadas y la mirada vuelta hacia un lado mientras lo movían: no pudo contener las lágrimas.

–Tranquila, mamá, no es nada.

Ella asintió y se aferró a la mano de su hija, que le pareció tibia y fuerte. A Margherita también le sorprendió que la mano de su madre fuera tibia y fuerte. Tenía una madre valiente que ocultaba sus miedos. Temblaba, le acarició la cabeza y dejó de acariciarla solo cuando la colocaron en la camilla, la subieron a la ambulancia y ella tuvo que dejarla marchar para organizarse con Lorenzo.

Subió rápidamente a casa, estaba aterida por el frío agobiante que paralizaba Milán en aquel febrero ya avanzado. Se aferró al pasamanos, estaba otra vez furiosa por la fallida construcción del ascensor. Los vecinos del bloque contiguo se habían opuesto a causa de las distancias arquitectónicas y ella lo había interpretado como una especie de pena del talión por el engaño a la antigua propietaria de Concordia. La había manipulado con tal maestría que, nueve años después, aún sentía una punzada de satisfacción, incluso en ese momento, mientras subía la escalera a toda prisa y cruzaba la puerta blindada de su mentira. Encontró a Lorenzo en el rincón, coloreando un libro de Pimpa, le dijo que la abuela se había hecho daño y que tenían que ir al médico. El niño la miró, tapó el rotulador y se levantó. Ella lo ayudó a ponerse el abrigo y la bufanda y él la esperó al principio del pasillo, con su mochila en forma de conejito. Bajaron deprisa por la escalera, mientras ella sacaba el móvil y llamaba a Carlo.

–Cariño, mi madre se.

–Estoy a punto de entrar, te llamo en cuanto termine.

–Mi madre se ha caído por la escalera.

Se mordió la lengua por habérselo revelado justo antes de la entrevista. Tuvo que insistirle para que no fuera inmediatamente al hospital, temía que su marido no consiguiera el trabajo. Tenía la costumbre de subestimarlo. Cuántas veces se había mostrado fuerte y capaz de decidir también por ella. Su desenvoltura cuando los médicos habían dicho que había que observar los mutismos de Lorenzo. Para ella se habían convertido en una obsesión, seguían siéndolo, aunque la compostura de su hijo le infundiera una paz secreta. Cogieron un taxi para ir al hospital y vio a su hijo acercar la cabeza al espacio entre los asientos delanteros para observar el salpicadero del coche híbrido, mientras el taxista le contaba qué significaba la luz azul o la luz roja y él asentía como si lo hubiera entendido todo, Lorenzo lo entendía todo. Las tensiones entre sus padres, la posibilidad de refugio que era la abuela Anna, el modo en que lo veían los demás niños del colegio.

Llegaron al Fatebenefratelli, un enfermero les dijo que tenían que aguardar en la sala de espera.

–¿Puedo hablar con algún médico?

–Enseguida los avisaremos, siéntense.

Encontró un sitio junto a la máquina de café, Lorenzo sacó lo necesario para pintar y se organizó apoyándose en las rodillas. Ella permaneció de pie, con la mirada fija en la puerta de urgencias. Se apoyó en la pared y rebuscó en su bolso para distraerse, se dio cuenta de que no llevaba ningún libro –ya hacía mucho tiempo que no llevaba ningún libro en el bolso–, abrió la agenda mientras se preguntaba cómo reorganizar aquel día de visitas. Le escribió un correo a su jefe y observó el teléfono hasta que le llegó la respuesta: los colegas se ocuparían de sus visitas. Apretó el teléfono entre las manos.

Lorenzo la miró.

–No es nada, cariño.

Se arriesgaba a perder un par de ventas, en un día como máximo tenía que estar de vuelta en su mesa. Se sentó y le acarició la nuca a su hijo, tenía unos rizos detrás de las orejas que sabían a pudin de crema. Se puso en pie, dio un par de pasos, luego buscó el número de Pentecoste, desistió. No le apetecía usar el carril preferente del suegro, obtener un servicio sanitario más eficaz, adquirir una nueva obligación de gratitud. Había sido ella quien había aceptado el dinero de los Pentecoste para Concordia, porque era ella quien quería la casa. Se había reconocido a sí misma como una mujer corrupta. Y también eso debía de haber dado como fruto la fractura ósea de su madre: cuando la vio en el área de Ortopedia, dos horas más tarde, se quedó muda.

–Mamá.

Anna abrió los ojos.

–Es una fractura complicada.

Margherita le apoyó una mano en la mejilla, estaba fría.

–Ahora tienes que estar tranquila.

–Me han puesto esa cosa –dijo, señalando el tubito de plástico que terminaba bajo la cama– y también el.

–Tranquila.

–El pañal.

–Todo tiene arreglo.

–Eh, tú, jovencito –dijo Anna, volviendo la cabeza hacia el nieto–, la abuela ha intentado volar como Superman pero no lo ha conseguido.

Él estaba muy serio y le rozó el brazo escayolado.

Margherita se volvió hacia las otras camas, eran cinco en total y solo la mujer que estaba al fondo tenía a alguien que la velaba. Al entrar había pensado en aquella vez que habían ingresado a Andrea, cuando lo había mordido el perro: miró por la ventana y recordó la misma imagen, pero tres pisos más arriba, las obras del edificio de enfrente ya habían terminado y ahora el segundo tramo de la calle era peatonal. Con los años habían llegado a ser algo, ella y Andrea, casi sin darse cuenta, aún no sabía por qué. Y, sin embargo, recurría a él para muchas de sus confidencias. Sacó el teléfono y le escribió, «Mi madre se ha caído en MI escalera y tiene una fractura, ¿cómo era aquello del karma muscular?».

El mensaje le llegó mientras esperaba para entrenar al último alumno del día, lo releyó, recordó vagamente haberle dicho a Margherita que el engaño de Concordia podría causar contracturas inesperadas. De los músculos había aprendido que los movimientos forzados exponían todo el organismo a repercusiones. El cuerpo como tribunal, había corroborado ella.

Andrea vio al alumno cruzar la entrada del parque Ravizza y acercarse a él, se notó las piernas rígidas por el frío y los ojos cansados por el ritmo del quiosco. Estaba impaciente por liberar aquellos ochenta kilos con un diez por ciento de masa grasa. Giorgio tenía corazón de ciclista y respetaba el papel de entrenador de Andrea, a él le gustaba llamarlo alumno como a todos los demás.

Lo observó mientras se quitaba la chaqueta y se recogía los rizos en una cola.

–¿Qué tal el trabajo?

–Estoy agotado.

–Empieza a calentar.

Terminó de decirle a Margherita que la llamaría más tarde, le hizo a Giorgio un gesto para que aumentara el ritmo. Cada vez que lo veía en movimiento entendía por qué se había enamorado. Le hizo ponerse el chaleco lastrado y empezaron las flexiones con un minuto de recuperación entre serie y serie, le apoyaba una mano en la espalda para oponer resistencia, era siempre la derecha y podía verse la cicatriz que desde el pulgar subía hacia el índice. Jamás había vuelto a visitar a *César* bajo el nogal. Algún tiempo después de enterrarlo había empezado a dar vueltas en coche por la noche, a las afueras de Rozzano y de Barona, las calles largas con las puertas metálicas cubiertas de grafitis, los patios llenos de fumadores insomnes, había sido mejor así, escuchaba a Carboni y a veces se acercaba al casco antiguo, donde las obras de la Expo eran monumentos vivos, tomaba direcciones que no conducían a ningún lugar, luego había sentido crecer la curiosidad y había llegado hasta las curvas delante de la Triennale. Las había recorrido despacio, fijándose en los coches aparcados a los lados, algunos ocupados, otros vacíos y oscuros. Una noche se había acercado mientras Radiohead tocaba «Reckoner», había aparcado, había dejado las luces encendidas, casi enseguida alguien había llamado a la ventanilla. Había observado a aquel desconocido de mediana edad, con la camisa un poco abierta, la barba cuidada y la sonrisa amable. Había desbloqueado la puerta y lo había dejado subir, había bajado el volumen de la música y había echado el asiento hacia atrás. Se había acomodado en el respaldo mientras el desconocido le metía una mano bajo la camiseta y le desabrochaba los pantalones, qué bonito era Milán incluso a través de la ventanilla de un coche, las noches despejadas en la estación calurosa. Desde entonces, cuando iba a la

Triennale, solo se la dejaba chupar. Alguna vez, con la presencia de alguien entre las piernas, había pensado en Margherita y en como había sido con ella, los labios diestros, la vergüenza de descubrirla tan inusitadamente experimentada.

Dejó la mano en la espalda de Giorgio mientras terminaba la última flexión de la quinta serie, empujó un poco más, Giorgio cayó sobre la esterilla y mientras caía lo arrastró también a él, se echaron a reír, las frivolidades siempre le costaban aunque poco a poco iba mejorando. Se encontraron los dos en el suelo, envueltos en la noche de febrero y en el invierno que les cortaba el rostro. Había dejado FisioLab de la noche a la mañana, se había cansado de reparar cuerpos y había decidido potenciarlos. Cobraba cuarenta euros por hora y tenía la agenda a tope porque por las mañanas trabajaba en el quiosco. Su padre le había dicho Véndelo ahora que me jubilo, y él había contestado Me lo quedo yo.

Sofia accionó el motor de la persiana de la ferretería en el crepúsculo matutino, desde que había empezado el invierno había adelantado a las siete y media el horario de apertura. Fue a empujar la puerta, la vio y se quedó inmóvil: la bolsita de la panadería estaba atada a una cinta roja y colgaba del expositor que estaba delante de la vitrina. Se volvió hacia el aparcamiento de *largo* Bordoni, esperando ver allí el Golf de color gris metalizado: en una ocasión, Tommaso se había quedado en el coche para disfrutar de su reacción al ver la sorpresa.

Cogió la bolsita y la llevó dentro, la abrió después de haber encendido las luces, era un petisú relleno de crema de avellanas. Pensó que se estaba habituando al asombro, como Rímini acostumbra a sus habitantes al aire de fiesta. Tuvo miedo de que fueran sus treinta años cumplidos, la edad de la adaptación o de las revoluciones tardías: a modo de revolución, ella se había concedido un corte de pelo de estilo masculino y un hombre que a escondidas le dejaba el desayuno en el trabajo. Saboreó el petisú en la penumbra, con los ojos cerrados, la ferretería olía siempre a madera por la mañana.

Le escribió a Tommaso para darle las gracias –le enviaba un signo de exclamación, la señal entre ambos–, luego encendió las luces y la radio, echó un vistazo general para comprobar que todo estuviera en orden. Repuso platos para macetas y regaderas en los expositores, hacía frío y el mar empujaba una niebla que no despejaría hasta el mediodía, comprobó los escaparates llenos de artículos para el hogar que no se habían vendido durante las fiestas, pensó en rebajarlos un treinta por ciento sin desmontar nada. Nunca le apetecía desmontar los escaparates de Navidad. Se colocó tras el mostrador, la bata azul la observaba desde el perchero, su madre la había llevado durante diez años y ya hacía algún tiempo que su padre la había dejado allí colgada. Él llegaría a media mañana y le diría que una buena ferretería necesita siempre un uniforme, ella lo escucharía sin hacerle demasiado caso.

Tres años después de haber vuelto de Milán, había insistido para reabrir la tienda. Cuando la utilizaba para Instagram –el mueble de cajones o una esquina del mostrador, en primer plano siempre una novela– nunca bajaba de los doscientos cincuenta Me gusta. Como si allí fuera percibieran su emoción: que los libros arraigaban en ella solo si los vivía desde detrás de aquel mostrador. Algunos días le bastaba con leer FERRETERÍA Y MENAJE DEL HOGAR CASADEI en el toldo de la tienda para experimentar una sensación próxima a la felicidad.

A las ocho menos diez entró el primer cliente, un trabajador que quería masilla, veinte clavos alemanes y cuatro tacos metálicos. Ella se subió a la escalera para llegar a los pisos más altos del mueble de cajones, tenía las piernas fuertes y era ágil, bajó de nuevo y envolvió clavos y tacos en papel de periódico. Devolvió el cambio y cuando la puerta volvió a cerrarse supo que era el momento. Sacó de su bolso un libro, *Sylvia*, de Leonard Michaels, con su portada rojo ladrillo y la imagen de una mujer en la cama enseñando un pecho, la historia de un regreso a casa después de la universidad. Este chico y esta chica y la inocencia, Nueva York y el destino que se cierne sobre ellos.

Hizo varias pruebas para fotografiarlo con el corte de luz que ella quería, luego lo envolvió en el mismo papel de periódico que usaba con los clientes, lo metió en un sobre acolchado. Cerró el sobre y escribió la dirección en letras de imprenta, cada vez que lo hacía notaba un estremecimiento.

Carlo cogió las bolsas y recorrió la calle que se adentraba en el Naviglio, cuando llegó a Il Libraccio estaba casi sin aliento. Entró, saludó, sacó los libros usados, los apiló en el mostrador y esperó a que vinieran a contarlos. Podían darle ochenta y cinco euros. Dijo que de acuerdo, le daba vergüenza negociar. Echó un vistazo a su alrededor, le daba vergüenza estar allí, pero había acordado consigo mismo que los beneficios de la venta serían para Margherita: una cena, un ramo de flores, la última vez se había quedado treinta y cinco euros para comprarse un corbatín de lana. Dio su carné para registrar la transacción, rellenaron la solicitud y se lo devolvieron con los billetes. Dio las gracias y preguntó si necesitaban a alguien.

–De momento creo que no, puedes dejar el currículum.

Saludó con un gesto y salió, cruzó el puente de hierro, apretujaba los billetes en el puño y contemplaba el agua que humeaba debido al frío. No había nadie, de vez en cuando tenía la sensación de que Milán era suyo. Consultó el reloj y caminó mientras doblaba las bolsas de tela, llegó al bar con las bolsas todavía en la mano, ella aún no estaba. Eligió una mesa del fondo y pidió un café, clavó la mirada en la puerta hasta que se lo sirvieron. Luego entró ella, con dos catálogos y un aire atribulado.

–Hola –dijo, mientras se desenrollaba la bufanda.

–Te he hecho venir hasta aquí.

–Hoy la cosa estaba tranquila, ya te lo he dicho. –Le pidió un café al camarero–. ¿Cómo estás?

–Mi suegra se ha roto el fémur.

–Vaya.

–Tiene para largo.

–¿Y tú?

–Por las mañanas bien.

–Luego tienes un vacío.

Él asintió.

–Desde que no estás, Michele ha dejado de hablar del todo. –Tenías las mejillas arreboladas por el frío–. Se te echa de menos.

Él permaneció serio.

–¿Por qué dos catálogos?

–Con Canadá te sacas un tercio más. El otro, bueno, es Escocia, lo haces con los ojos cerrados. Fecha límite finales de febrero.

–¿Cuánto?

–Ocho cincuenta, pero haz factura enseguida.

–Necesito tres catálogos, díselo. Me lo habían asegurado.

–En la universidad, ¿nada?

Negó con la cabeza.

–Puede que tenga alguna posibilidad en otro sitio, ya veremos.

–¿Dónde?

–*Bell'Italia.*

–No estaría mal.

–Dentro de poco tengo otra entrevista, pagan mejor.

–¿De qué?

–Marketing, cerveza y bebidas.

–¿Cerveza y bebidas?

Carlo se inclinó un poco para coger los catálogos, ella también se inclinó un poco y le rozó la mano.

–Se me hace raro ver tu mesa vacía.

Él contempló su taza, la mancha del fondo parecía un perfil sin nariz, le hubiera gustado saber leer los posos del café. Permanecieron en silencio y ella se retorció una punta del suéter. El rímel del ojo izquierdo se le había corrido un poco, para él aún era aquella veinteañera que había llegado a la redacción años antes, presentada como becaria con futuro, Michele y él habían dicho que se parecía a Audrey Hepburn.

Carlo recogió los catálogos.

–Canadá siempre me ha atraído. Gracias, Manu.

–¿Te apetece dar un paseo?

–¿No tienes que volver al trabajo?

–Me he cogido dos horas.

Ella sacó un gorrito de lana y se cubrió la cabeza, le enmarcaba los ojos oscuros. Salieron y llegaron al Naviglio Pavese, en enero se habían llevado las barcazas y durante un momento se sintieron desorientados, llegaron al cruce con la circunvalación, se detuvieron y él dijo:

–Paso a buscar a mi hijo.

Manuela se quedó inmóvil antes del semáforo.

–¿Ahora?

–Ahora.

–Entonces adiós. –Sonrió y retrocedió en la acera, él también sonrió y esperó a que ella desapareciera tras la esquina. Luego se dirigió al colegio.

En la entrada ya habían terminado el árbol de ramas largas y hojas rojas, en todas las ramas había ardillas, una curruca, más ardillas, se asomó al ventanal y vio a los niños sentados en círculo con la maestra en el centro. Lorenzo estaba sentado como los indios, la bata le formaba arrugas por la curva de los hombros, se mecía ligeramente, a veces lo imaginaba de adulto, un joven amable y fuerte.

Cuando su hijo lo vio entrar corrió hacia él, Carlo le hundió la nariz detrás de la oreja y respiró hondo, el niño se echó a reír. Luego le puso el anorak, le dijo que tenían que ir a la universidad porque lo habían llamado para que pasara a recoger un paquete. Antes hicieron una parada para comer una porción de pizza, siempre compartían un trozo y se lo comían encaramados a las sillas altas, se bebieron una Coca-Cola entre los dos y Lorenzo le contó que Filippo Gattei se había hecho novio de Francesca Vecchietti, Carlo le preguntó si se alegraba de que se hubieran hecho novios, hacía días que el niño se mostraba más locuaz y ellos trataban de aprovecharlo.

Lorenzo asintió y luego dijo:

–La abuela Anna se va a morir.

–No, hombre, qué se va a morir.

–Tiene la pierna rota.

–Pero cuando se cure volverá a casa.

–Mamá ha dicho por teléfono que está preocupada.

–¿A quién se lo ha dicho?

–A la tía Simona.

–Son cosas que se dicen.

El niño dejó sobre la servilleta el último trozo de pizza.

–Yo también estoy preocupado.

Carlo le dio un beso.

–Verás como se cura enseguida, bichito.

Durante el trayecto en coche, Lorenzo se dedicó a mirar por la ventanilla y Carlo encendió la radio, su hijo movía los labios al son de la música, siguió haciéndolo después y guardó silencio en cuanto llegaron a la garita de la universidad. Lo cogió en brazos y se acercó al funcionario, dijo nombre y apellidos, el funcionario asintió, rebuscó en una caja que estaba en el suelo, cogió un sobre acolchado y se lo entregó. Carlo vio que no había remitente, era ella. Se alejó con Lorenzo cogido de la mano, antes de llegar a la salida aminoró el paso y se volvió hacia los lavabos. Las baldosas y los fluorescentes, el borboteo de las cisternas, el reflejo en los espejos. Le apretó más la mano a su hijo.

–¿Tienes que ir a hacer pis?

El niño dijo que no.

Entraron de todos modos. Habían cambiado los grifos, las puertas de los dos váteres estaban entornadas: el malentendido. Allí había descubierto que los deseos pueden cruzar fronteras. Pero si había sucedido con otras mujeres no era para compensar lo de Sofia Casadei. Tres meses después de que ella volviera a Rímini, mientras estaba en la redacción trabajando en un catálogo sobre Martinica, se había puesto en pie, había entrado en el otro despacho, se había dirigido a Manuela y le había preguntado si quería ir al cine aquella misma tarde. La había sorprendido ante el ordenador y ella le había respondido con un sí tímido de muchacha prometida, que lo había turbado por dentro. Habían esperado una media hora, habían salido por separado y se habían encontrado en el Orfeo. Se habían sentado juntos en la oscuridad de la sala, rozándose las piernas mientras veían la película y se habían quedado allí hasta los créditos del final. Luego se habían levantado y habían paseado, siempre con el miedo de que alguien los viera juntos por la calle. Se habían despedido y él había vuelto a casa, había abrazado a Margherita con una insatisfacción creciente, intuyendo una vez más que al aventurarse allí fuera resquebrajaba la intimidad familiar.

–Tengo que hacer pis.

–¿Lo ves?

Entró con Lorenzo en el váter, lo ayudó a bajarse los pantalones. Escuchó el borboteo del chorrito de pis, percibió el olor a amoníaco y el olor de su hijo. Tiró de la cadena, salieron, se lavaron las manos y cuando llegaron al jardín de la universidad decidió abrir el sobre. Observaba a su hijo, tenía una forma acompasada de transmitirle los deseos –frotarse los dedos, la fuerza de sus abrazos, a veces una postura–, Lorenzo no exigía casi nunca, como si le pareciera antinatural ver satisfechos sus deseos. Margherita y él habían aprendido a descubrir las cosas que lo hacían feliz.

–¿Quieres que vayamos a ver a la abuela?

El niño sonrió y subió enseguida al coche. Tenía el pelo castaño y estrías negras en el iris de los ojos, le centelleaban cuando estaba coloreando o miraba dibujos animados, o cuando corría por las habitaciones en *via delle* Leghe, Anna lo dejaba disfrazarse de mosquetero aunque no fuera carnaval y desde el sofá lo retaba a un duelo de espadachines. Llegaron a las inmediaciones del Fatebenefratelli y recorrieron la manzana en busca de aparcamiento. Luego, él abrió el sobre. Contenía un libro envuelto en papel de periódico: leyó el nombre del autor, Leonard Michaels, y el título, *Sylvia.* Sacó el teléfono, buscó el perfil de Sofia en Instagram y encontró aquel mismo libro fotografiado en oblicuo sobre el mostrador de la ferretería. Se estremeció.

Era el tercer volumen que recibía. Todos en el último mes y medio, nunca una nota ni un remitente, siempre envueltos en papel de periódico, la dirección escrita en letra de imprenta. El primero había sido *La paga del sábado*. Enseguida se había fijado en que la nota de expedición decía «Rímini». Y cuanto más sospechaba que debía de ser ella, más renunciaba a cualquier iniciativa de investigar. En nueve años, solo la había buscado en Facebook –verla con aquel nuevo corte de pelo lo había turbado– y en Instagram. La había perseguido a menudo en una fantasía: Sofia, aquel día en la habitación de Isola, él follándosela sobre la mesa despejada, los tejados de Milán desde la ventana, él con ella sobre el colchón desnudo, él que por fin. Incluso en ese momento, mientras se alejaba del coche con Lorenzo en brazos y una mochila en forma de conejito, de camino a ver a su suegra, habría sabido retomar aquella esencia.

Llegaron al área de Hospitalización y encontraron la puerta de la sala de Anna entornada, esperaron fuera y al poco oyeron gritos procedentes de la habitación. Lorenzo se acercó y trató de espiar a través de la rendija, empujó la puerta. Carlo le dijo que se quedara quieto, él se puso firmes, los médicos salieron y lo sorprendieron junto al umbral.

–¿Y tú quién eres? –le dijeron.

Él se coló y Carlo lo siguió. Anna estaba despierta, con la mano libre acarició a su nieto mientras el niño buscaba en su mochila los cascos de Spiderman.

–Menos mal que están mi niño y su música.

–¿Cómo te encuentras? –preguntó Carlo, mientras se quitaba la chaqueta.

–Aquella pobre mujer está peor, le han hecho no sé qué maniobra en el hombro. –Indicó la última cama, una señora se tapaba los ojos con un brazo–. ¿Margherita no estaba ahí fuera?

Carlo le dijo que no.

–Entonces habrá bajado al bar. Me acaba de decir que Bonino se presenta con el PD.

–¿Y entonces?

–Entonces no voto.

–Ya cambiarás de idea.

–He dejado de cambiar de idea.

Lorenzo los miraba desde la silla, con los ojos muy abiertos.

–Perdónanos, cariño.

Anna le pellizcó una mejilla y le ofreció la cabeza, él le puso los cascos y le hizo una señal a su padre para que procediera. Carlo cogió el teléfono, se lo dio y el niño inspeccionó las canciones. Pulsó una tecla y se quedó mirando a su abuela.

–Otra vez los ingleses con sus rollos –murmuró ella.

El niño se echó a reír.

Ella suspiró.

–¿No podías haberme puesto Modugno?

Lorenzo subió el volumen y contempló a su abuela cerrar los ojos, con los cascos de Spiderman en torno a la cabeza pequeña pequeña, tenía la piel que parecía papel viejo y la boca de una jovencita.

Carlo le echó un vistazo al teléfono que su hijo tenía en la mano, se había decidido por Pink Floyd, «Shine On You Crazy Diamond». Con la música lo habían ayudado a salir de su mundo. Durante un periodo, Lorenzo se encerraba en su habitación a escucharla, había durado todo un invierno, luego había empezado a compartirla con todos: a través de los cascos, o del estéreo de casa, o en el tocadiscos de *via delle* Leghe, canturreando, y al mismo tiempo había empezado a hablar más y el psicólogo les había dicho que se había abierto. Le había gustado aquella palabra, abrirse. Se sentó junto a la cama y sacó *Sylvia*. Leyó unas cuantas páginas y envidió la escritura sencilla, tan sencilla, apenas unas cuantas líneas para el encuentro entre el protagonista y la chica, en un apartamento del Village de Nueva York, ella con el flequillo que le ocultaba los ojos y le daba el aire de ser muy tímida o de esconderse por modestia, el enamoramiento, pensaba en su mujer cada vez que leía sobre enamoramientos. Cuando llegó Margherita, él levantó la mirada y la observó: podía descomponer lo que sentía por ella, la escritura de Michaels lo había enfocado. El flequillo de Sylvia, desde luego, y la manera de estar allí, en lo más hondo parecía sonreír siempre, el aire despistado por un pensamiento repentino, la seducción furtiva y luego impetuosa: su mujer sabía mucho mejor que él qué era lo que los mantenía unidos.

Se acercó a ella y le pasó una mano por el pelo, ella le dijo que saliera y le contó que los médicos querían operar a Anna, que se lo acababan de decir. Por primera vez, su madre era una carga. Le pidió a Carlo una confirmación cualquiera, siempre necesitaba sus confirmaciones: se dejó acariciar, se dejó decir que todo iría bien, le cogió una mano y solo entonces se dio cuenta de que en la otra llevaba un libro. Se apartó un poco para echarle un vistazo a la portada, leyó el título, se quedó inmóvil, luego dijo que tenía que ir a hacer una llamada a la agencia.

Esperó a que Carlo entrara de nuevo en la habitación, sabía lo que había sucedido: abrió Instagram, había creado un perfil falso que usaba para distraerse, seguía a Chiara Ferragni y Fedez, a las Kardashian, a Sofia Casadei, esperó que la memoria le hubiera fallado, encontró como última publicación la fotografía de *Sylvia* y el pie que decía «Esto duele», había conseguido más de trescientos Me gusta. Un libro en manos de Carlo y el mismo libro en una publicación de ella. Tercer libro y tercera coincidencia en poco tiempo. Había evitado preguntárselo a su marido –¿hablas con ella, te los envía ella, te fascinan sus propuestas literarias?–, se le daba bien desarticular las dudas aunque la sospecha arraigara. Construía hipótesis acerca de lo que podía haber anidado en él: una evasión, hacer un alto en el limbo de la posibilidad, revivir la época en que era medio profesor y posible escritor, revivir la época en la que aún podía «ser». A veces, al mirarlo, se sentía muy lejos: Carlo y su metro noventa –la espalda apenas encorvada–, su corpulencia inalterada –los brazos musculosos gracias a la máquina de remo del gimnasio–, los pocos pelos blancos de la barba perfectamente disimulados, y el pelo siempre hirsuto, el mismo aire juvenil. Su inmovilidad física como inmovilidad de conducta: le hubiera gustado verlo marcado, ver en él un rastro del paso del tiempo que certificara una aceptación de la madurez. En todo eso, había sido capaz de mantener a raya la sombra de que él pudiese traicionarla. Presumía de saber reconocer las corrosiones de su matrimonio: nada había puesto en peligro su trayectoria familiar. Se había obligado con frecuencia a imaginar su polla en otras mujeres, la idea la destrozaba. La anatomía seguía siendo su punto débil.

Volvió junto a su madre, se acercó al cabecero de la cama y le sonrió.

–Mamá.

–Cariño. –Se aclaró la voz–. Tienes esa cara rara. Dime.

Margherita miró a su marido y lo dijo como si estuviera hablando con él.

–Te operan, te ponen una placa y te dejan como nueva.

Su madre la miró como si no la reconociera, luego giró la cabeza sobre la almohada y se mordió los labios.

–Mamá.

–Siempre he pensado que esas cosas se las hacen a quienes están en las últimas.

Carlo se sentó en la cama.

Anna buscó su mirada.

–¿Puedo oponerme?

Le dijeron que no y ella intentó sonreír.

Lorenzo dejó a un lado el libro de Pimpa y se acercó. Llevaba el rotulador verde en la mano, vaciló, se quedó quieto. De repente se dirigió al brazo enyesado de su abuela y poco a poco empezó a decorarlo, del codo a la muñeca, trazaba uno de sus dibujos fosforescentes.

–Dibújame un corazón –dijo su abuela.

Pero el niño dijo que no y Anna miró a Margherita.

–No es un niño romántico.

–Esta noche te dibujo yo el corazón mientras duermes, mamá.

–Esta noche no quiero a nadie aquí.

–No digas tonterías.

–No digáis tonterías vosotros, ¿estamos?

–Ya veremos.

–De ya veremos nada, cariño. Piensa en el trabajo, que te presionan mucho.

–No me presionan.

–Eso dijo Napoleón en Waterloo.

La enfermera les dijo que la hora de visita había terminado. Los demás salieron, Margherita se acercó al oído de su madre.

–Deja que me quede contigo esta noche. La pasada estuvimos muy bien, ¿no?

–Quiero estar sola, cariño.

Margherita le cogió la mano y se la apretó. Se volvió hacia la mesilla y comprobó que tuviera toallas, agua y galletas saladas, Anna no había querido nada para leer. Se quedó un poco más, antes de salir de la sala vio a su madre que contemplaba la tarde a través de la ventana. Ya en el pasillo se tapó la boca con los dedos, sintió la necesidad de sollozar pero se contuvo, se encontró con Carlo en la entrada del Fatebenefratelli y le preguntó si podía ocuparse él de Lorenzo porque ella tenía que pasar un momento por la agencia. Se sentía mejor cuando caminaba, después del embarazo había adelgazado paseando a Lorenzo en el cochecito mientras Milán cambiaba, rebosante de obras y ávida de sorpresas, como un muchacho al que se le dice: ahora vive. Verse con su niño entre rascacielos hechos de espejos y bosques verticales y los rasgos de una aldea, o en los barrios históricos plagados de bicicletas, todas aquellas bicicletas que podían alquilarse en cualquier manzana, luego recorrer un trozo a pie, y luego otro más sobre dos ruedas, subir a un tranvía en marcha y bajar en el nuevo metro que trepaba hasta Isola, decían que Milán había vuelto a florecer en la Expo 2015.

Atajó por *via* Solferino y pasó junto al Naviglio soterrado de San Marco y luego siguió por *corso* Garibaldi hasta el Duomo, allí veía perfectamente las cicatrices: las persianas metálicas de tiendas que el día antes estaban abiertas, liquidaciones totales, se alquila, páginas de periódicos viejos que tapizaban los escaparates cubiertos de polvo, oficinas bancarias vacías y sustituidas por bazares chinos montados de noche, supermercados abiertos las veinticuatro horas, en Porta Romana contó dos restaurantes que habían quebrado, una óptica cerrada y jamás sustituida, hasta para las agencias inmobiliarias era una época ínfima. Al principio, en la agencia, había tenido que renunciar a Gabriele, luego la hipoteca de Concordia había ido minando la economía familiar y se había visto obligada a dejarse absorber por un grupo inmobiliario. Había cambiado su agencia por un piso muy luminoso y por una previsión de futuro estable. Pero desde hacía unas horas, sabía algo: Carlo con el libro de Sofia en la mano. Carlo, un hombre casi en paro. Un hombre privado de profesión, su hombre vulnerable y privado de profesión. Valía setecientos euros al mes y una docena de entrevistas sin éxito. Otras dos a la espera de noticias. Valía un hundimiento potencial. Y, sin embargo, era el hombre con el que se había sentado en una consulta médica de persianas de color gris ceniza para escuchar la voz de un neurólogo que decía «presunta irreversibilidad» refiriéndose a Lorenzo, mientras ella esperaba para desmoronarse, estupefacta ante la placidez con que su esposo había encajado la sentencia. Ya fuera de la consulta médica, él le había dicho: de nuestro hijo nos ocupamos nosotros. Seis palabras. Seis palabras bien pronunciadas, casi en un murmullo, pero claro, e ilógico, como si ya supiese que Lorenzo era un director de orquesta y que para poder dirigir necesitaba silencio. Y se habían ocupado ellos de verdad, lo cierto era que se había ocupado él: organizando actividades estimulantes que funcionaban, relacionadas con el gusto, el tacto y, por último, el oído, había descubierto en la música la fuente capaz de irrigar el lenguaje. Al salir de aquella consulta con las persianas de color gris ceniza, ella había creído en su marido.

Pasó por delante de la basílica de San Nazaro, allí cerca aún estaba la tienda india de comida para llevar donde se había detenido a recuperar el aliento después de hablar con Sofia Casadei. La cafetería se había convertido en una bodega y ella en una mujer celosa pero con sentido común, era extraño revisar el pasado y encontrarlo correcto. Si se había convertido en eso, si se habían convertido en eso, todo había tenido un significado. Aminoró el paso y trató de convencerse a sí misma, se detuvo y retrocedió, se introdujo por la callejuela que se abría pasada la tienda de comida para llevar y siguió hasta la Universidad Statale, justo delante estaba la librería Cortina. Entró y esperó a que el librero atendiese a dos estudiantes y luego le pidió un ejemplar de *Sylvia*. Se lo guardó en el bolso y cuando volvió a Porta Romana esperó a que el semáforo se pusiera en verde: haber comprado el libro la estaba tranquilizando. Observó su reflejo en una farmacia, se arregló el pelo a un lado de la cabeza y se arropó mejor con la bufanda, tenía la impresión de haberse consumido solo un poco, en verano le habían salido pecas y sus amigos le habían asegurado que las pecas eran un auténtico reclamo para los veinteañeros.

Pero ella ya había tenido a un joven de veintiséis años y seguía siendo un recuerdo que no quería perder. Con él había intuido que la infidelidad podía significar fidelidad hacia sí misma. Andrea. Después de haber salido de su casa, aquella tarde de nueve años atrás, había pasado por la agencia aunque ya no había nadie, se había encerrado en el lavabo y se había tapado los ojos con una mano. Luego se lo había repetido: lo has hecho. Te has metido en la boca lo que no te correspondía, has desnudado, te has dejado desnudar, has abierto las piernas sobre la mesa de la cocina y has deseado al muchacho, te has aferrado a él, a sus hombros fuertes, a su abrazo seguro, lo has devorado, te has dejado llevar a la cama sintiéndote joven, deseada y feliz. Se lo había repetido, encerrada en el lavabo de la agencia durante unos minutos, notando las piernas entumecidas y la piel ardiente, un nuevo olor, y por último había pronunciado aquella palabra: descarrilar. Su vagón siempre había tenido un enganche de tracción demasiado ligero, su padre tenía razón: se había salido de la vía y no había respetado el rumbo, ella era la señorita Scharfenberg y aquellas eran las consecuencias. Aquella tarde había salido del lavabo, se había sentado a su mesa, había apoyado las manos en el teclado del ordenador y había escrito un párrafo para describir el piso de Morgagni, había hablado de las espaciosas habitaciones, del entorno señorial, de la orientación a dos lados, y por último había escrito: joven, deseada y alegre. Se había quedado contemplando aquellas tres virtudes y había descubierto que el sentimiento de culpa era un proceso banal. La realidad de los hechos, la gran realidad de los hechos, era que había sido todo muy natural. Se había follado a un chico que le gustaba y que la había hecho disfrutar. ¿Qué le había arrebatado eso a su matrimonio?

Decidió cambiar de calle, dejó Porta Romana y se adentró por una callejuela hacia San Calimero, la iglesia de bóveda estrellada, un poco más adelante pasó junto a los murales de Gaber y de Jannacci; no le había arrebatado nada a su matrimonio. Conservaba un recuerdo preciso de la tarde en que había vuelto a casa después de estar con Andrea, se había mostrado cautelosa, un poco atemorizada. Se había tendido en el sofá con una sensación de vacío. La incredulidad la había asaltado al despertarse por la mañana –se lo había repetido entonces: lo he hecho–, para después atenuarse durante el cumpleaños de Loretta y regresar con imágenes inesperadas. Se había masturbado mientras recordaba que el joven se había mostrado indeciso y salvaje al mismo tiempo: como si ella lo hubiera convencido a medida que se iban desnudando. Durante mucho tiempo no había sido capaz de olvidar el peso de Andrea encima de ella, en ese peso estaba su matrimonio. No había vuelto a dar por sentadas ciertas cosas: el ímpetu erótico de Carlo, su dulzura, las pequeñas locuras, lo mucho que la hacía reír. Solo durante un segundo creía haber renunciado a todo eso. Y, sin embargo, no dejaba de ser hija de una mujer que además de coser los trapos de los demás, zurcía los propios.

Dejó que la invadiera la preocupación por su madre –¿un fémur roto podía tener consecuencias?–, dejó atrás el mural de Gaber y tuvo miedo, se metió una mano bajo el abrigo, sobre el estómago, allí donde ocultaba también los presagios. Siguió con la mano allí apoyada hasta llegar al parque Ravizza, Andrea siempre elegía un parterre de hierba debajo de dos pinos, en el extremo de la pista de cemento. Había dejado en el banco las mancuernas, los golpeadores, la bolsa con las cintas elásticas. Sobre la hierba había una chica y él le estaba indicando un ejercicio de estiramiento, la alumna asintió y se puso a correr a buen ritmo. Andrea se encaminó en la misma dirección, había aprendido a dar un aire elegante a aquellos hombros de púgil, la barba larga le daba un aire hosco. Tardó un poco en distinguir a Margherita, cuando la vio bajo la farola se dirigió hacia ella y se dio cuenta de que estaba a punto de llorar. Le acarició la nuca, la atrajo hacia sí, cada vez que la abrazaba tenía miedo de no ser capaz de hacerlo. Le preguntó por su madre.

–La condenada escalera de aquella casa.

Andrea esperó a que su alumna terminara la vuelta, le dijo que diera otras dos, luego le pidió a Margherita que le contara y después le explicó lo que le ocurriría a Anna. La intervención quirúrgica, la rehabilitación en casa o en un centro de reposo, los fármacos, el tiempo de recuperación, que podía variar. Margherita extendió una mano y le rozó un punto en la base del cuello.

–Mírate –dijo–. Tú y tus entrenamientos salvajes.

Él se tocó donde lo estaba tocando ella, se había tratado el hematoma con agua y sal, pero la absorción estaba siendo muy lenta.

–¿Qué te dice Giorgio cuando vuelves magullado?

–Ya está acostumbrado.

Ella intentó sonreír.

–¿Vendrás a echarle un vistazo a mi madre?

–Hay médicos especializados en fracturas de fémur.

–Solo un vistazo.

–Tú tenme informado.

Tenía ganas de estar solo. Le dijo que la alumna estaba volviendo y que tenía que concentrarse, besó a Margherita en un pómulo y le pidió que lo avisara cuando operaran a Anna.

Se notó distraído durante todo el entrenamiento, cuando terminó la sesión se palpó el cuello y descendió con los dedos hacia el vientre, se llenó de aire los pulmones hasta que la costilla le impidió respirar. Había subestimado los golpes, se preguntó cómo se lo montaría aquella noche. Dejó de interrogarse y disfrutó de la niebla, el tráfico en torno al parque iba disminuyendo y se fijó en unos cuantos perros con sus dueños en el recinto situado junto al césped. Recogió la bolsa y las pesas, pasó cerca del recinto, vio a un pastor de Maremma y a un american bully que jugaban, el pastor de Maremma era viejo pero parecía muy ágil para su edad, el otro era un cachorro que no paraba quieto. Se encaminó despacio hacia el quiosco, de vez en cuando dejaba las pesas en el suelo y erguía la espalda. Levantó la persiana y entró, la mitad del espacio estaba ocupado por el expositor, guardó la bolsa debajo del mostrador, el olor del papel lo hizo sentir mejor. El quiosco estaba tibio y a oscuras, el calor de la estufa se había conservado. No se había arrepentido nunca de haber quitado el cartel de SE VENDE en contra de los deseos de su padre, y además allí había conocido a Giorgio. Le había parecido un cliente simpático, compraba *La Repubblica* y *Vanity Fair,* en algún momento habían empezado a charlar y se había enterado de que Giorgio era diseñador de zapatos y de que acababa de volver de Estocolmo después de vivir allí cuatro años. Poco a poco se habían ido cogiendo más confianza, Giorgio compraba la prensa y se asomaba a la puertecita lateral, una tarde había esperado a que Andrea cerrara para preguntarle por los entrenamientos, quería probar, habían empezado en el parque el lunes siguiente. En un año le había aumentado la masa muscular un doce por ciento y se habían enamorado. *Jag älskar dig,* la primera vez que le había dicho que lo amaba lo había hecho en sueco. Aún se sentía incómodo al pensar en su padre y en su madre, a aquellas alturas convencidos ya de que su hijo se dejaba follar por otro hombre. A Giorgio no le había hablado nunca de los perros.

Lo llamó por teléfono y le dijo que no pasaría por casa, que quería ir al gimnasio para desentumecer la musculatura. No le daba permiso para seguir viendo *Juego de tronos*, pero si quería podía ver *The Crown*. Giorgio le respondió que se conformaría comiendo altramuces y que lo esperaría despierto. Andrea le dijo que no lo esperara, no quería obligar a nadie a perder el sueño. Yo no soy nadie. Cuando decía nadie me refería a ti. Lo sé, lo sé, siempre serás un analfabeto, esquiva los guantes, por favor, que tengas un buen entrenamiento, amor. Y tú una buena corona inglesa. Cerró el quiosco y buscó en el teléfono una fotografía nunca enviada de una sesión en el gimnasio, la preparó, llegó al coche y comprobó que la ropa y los zapatos estuvieran en el maletero. Tenía una hora, notaba el estómago vacío y tuvo que hacer un esfuerzo para comer. Abrió el táper mientras conducía en dirección norte, engulló dos huevos cocidos y un trozo de bocadillo con el pollo que había sobrado del mediodía. Aceleró y trató de disfrutar del viaje, durante aquellos años había seguido pasando por la Triennale, había imaginado que aparcaba y encendía los faros, que esperaba a alguien, pero las curvas estaban vacías y Milán había cambiado con él, su ciudad complicada ahora lo acogía mientras engañaba a Giorgio y se deslizaba hacia la periferia. Enfiló la arteria que conducía a la Brianza de los muebles, las casas adosadas y la desolación embellecida, apagó la radio y escuchó el ruido de los neumáticos sobre el cemento: era su preparación, pensaba en todo menos en los adversarios, se concentraba en los alumnos y en las variaciones de los entrenamientos, en modificar la carga proteica de cada uno de ellos, y luego otra vez en Giorgio. Y en Anna: se esforzó por recordar a aquella ancianita de rostro vivaz el día en que lo habían ingresado por la mordedura de *César*. Y en Cristina: no había vuelto a tener noticias de ella, ni había querido tenerlas, trabajaba en una autoescuela de Melegnano, era todo lo que sabía.

Recorrió la Novedratese, en la plaza que estaba detrás del Carrefour vio a las nigerianas y justo después el parque con los gamos acurrucados, en quince minutos dejó atrás Carimate y aparcó en la calle de tierra. Apagó el motor, cogió el teléfono y le envió a Giorgio la fotografía de él en el gimnasio, con el casco de boxeo y el *ring* a la espalda, le escribió «La mirada del tigre», se lo escribía siempre que tenía que subir al *ring*. Esperó la respuesta, «Vuelve entero», guardó el teléfono y se tocó el costado, el dolor era soportable, recogió la bolsa del maletero. La niebla era un velo y la nave una silueta borrosa. En el exterior había tres tipos que lo observaron mientras se acercaba. Los saludó, siguió por el lado largo, abrió el portón, entró y se encontró con unas treinta personas. Muchos llegaban directamente desde el trabajo, albañiles y obreros, también parados, se cambiaban allí mismo, sacaban los pantalones cortos de bolsas de supermercado, pedían ayuda para vendarse las manos, la mayoría eran norteafricanos, pero también había italianos y muchos bielorrusos, cada vez llegaban tipos nuevos, tenía que presentarlos alguien que ya estuviera dentro. También estaban las cajas fuertes, que así era como llamaban a los tíos que apostaban mucha pasta y se llevaban un porcentaje distinto al de los demás. Él había llegado hasta allí a través del circuito de los perros, al principio solo había invertido algo de dinero, luego había dado un paso más y había esperado tres turnos para pelear. Era un *ring* con las cuerdas atadas a las columnas de una antigua carpintería industrial, al propietario le pagaban con un porcentaje de las apuestas. Los combates en las naves industriales habían nacido de la miseria de los empresarios. Tenían tres normas: no apuntar a los cojones, pararse si el otro daba varias palmadas con la mano o perdía el conocimiento, amañar el combate significaba recibir una paliza y ser expulsado.

Saludó y dijo que quería pelear, el italiano que organizaba los combates le preguntó por el cuello.

–Está curado.

–Déjame ver.

Andrea se desnudó, era mucho más corpulento que la mayoría y para buscarle a alguien de sus mismas características tenían que recurrir a egipcios, casi todos por encima de los ochenta kilos, o al argentino, o a un par de eslavos. Los peores eran el polaco y el ucraniano, que golpeaban por debajo de la cintura y atacaban con una mano extendida para tapar el campo visual.

Se quedó allí con el torso desnudo, el italiano fue bajando el dedo desde el cuello hasta los pectorales, lo desplazó a un costado.

–¿Era aquí?

Andrea asintió.

El italiano presionó y Andrea dio un respingo.

El italiano dijo que no con la cabeza.

–Solo es una molestia.

–No es una molestia. Si pierdes al cabo de un minuto, la gente se cabrea.

–Solo es una molestia.

–Pierdes.

Andrea alzó la mirada, los demás estaban observando. Volvió a vestirse y se apartó. Luego volvió al italiano y le dijo que lo dejara mediar.

–No los controlas con esa costilla.

–Hago el primero y luego decidimos.

El italiano no respondió, luego le dijo que podía hacer uno.

Andrea se preparó, arbitrar era distinto. Mediaba de vez en cuando, a los demás le gustaba porque solo paraba el combate cuando uno de los dos estaba a punto de desplomarse: un cuerpo, otro cuerpo y su cuerpo, interponerse entre brazos y piernas, las crueldades que terminaban por ser también las suyas, algunos empezaban a decir que obtenía placer de los combates. Hinchaba el pecho, adoptaba la postura de un perro, el cuerpo arqueado antes de los golpes, el aspecto sonriente que le daba el protector dental. Después del combate, hubiera ganado o perdido, se retiraba a un rincón de la nave industrial para recuperar el aliento, invadido por una paz que le duraba hasta el día siguiente.

Se dirigió al centro y esperó a los dos hombres, un argelino de unos treinta años y un ghanés, los conocía bien. El argelino era alocado y tenía un buen umbral de resistencia, el ghanés desmontaba los combates porque se retiraba enseguida de los placajes: había llegado a Italia tres años atrás y había encontrado trabajo como carpintero en la zona de Bérgamo, se había quedado en paro en verano y se conformaba con juntar setecientos u ochocientos euros allí dentro. Tenía buen carácter, hablaba mucho, había contado que en Ghana mantenía solo a un tío suyo. Cuando lo vio en el suelo, bajo el argelino, que lo había derribado y se le había sentado a horcajadas para asestarle un golpe de martillo, Andrea se acuclilló como si quisiera protegerlo: sin embargo, no era eso. Allí en medio, entre el rostro del ghanés y los antebrazos que había colocado para defenderse, el cuello flexionado para amortiguar los golpes, la nariz bañada en sangre, Andrea volvía a sentirse joven. Los ojos del negro, desorbitados y luego cerrados al recibir el golpe, el pestañeo: aquel cuerpo derrotado le devolvía a *César* y al tiempo en que había sido complicado, habría dado cualquier cosa por recuperarlo.

Y también Sofia: habría dado mucho por volver a sentirse deseada como Pentecoste la había deseado. Mientras aprovechaba la hora de comer para pasear, calculó que a aquellas horas *Sylvia* ya le habría llegado a Carlo, quizá incluso le había llegado el día anterior. Se dirigió en autobús hasta el Arco de Augusto y caminó por la avenida hasta el Puente de Tiberio, se adentró en el barrio de San Giuliano entre las casas adosadas que en otros tiempos habían sido de los pescadores, con sus fachadas desportilladas en tonos pastel, y allí imaginó el lado bueno de su gesto: Pentecoste, que recibe el paquete y se fija en la etiqueta que indica el lugar de procedencia, sabe que a lo mejor es otra novela, sabe que quizá es ella quien se lo envía, disfruta de un buen libro y acepta la intrusión, ¿qué tiene de malo? Lo imaginó pasar la primera página con la expresión divertida –y traviesa– que siempre le veía durante las clases, el pelo ligeramente revuelto, a lo largo de los años lo había buscado de vez en cuando en Facebook y por las pocas fotografías que había visto no le parecía que hubiera cambiado mucho. Siguió deambulando por el barrio, decidió pararse a comer un plato de *tagliatelle*, el camarero sabía que tenía que volver a la ferretería y se lo sirvió enseguida, para su padre aquellos eran *al tagliadeli* más gustosos de toda Romaña, junto a los de Renzi de Canonica, ásperos y duros. Los disfrutó con el teléfono al lado, entró en Instagram, leyó los comentarios de las fotos, las reacciones de las *stories*, era su única forma de mantener el contacto con algunas de sus amigas, todas se habían casado y ya no salían casi nunca. De vez en cuando se encontraban en la playa, tomaban un aperitivo o se ponían a charlar de los maridos, de las próximas vacaciones, alguna se había aficionado al yoga, hablaban de los hijos, a Sofia le inspiraban lástima sus treinta años de embarazos ausentes, de maridos ausentes, de libros añadidos. Salir a correr por el rompeolas, ir sola al cine, preparar una tarta en casa para su padre, conocer en internet a alguien con quien salir, había estado esperando cosas que ni siquiera ella sabía que esperaba y sin darse cuenta se había detenido en Tommaso.

–Te aburres de todo –le había dicho él, acariciándole la mano izquierda.

–¿Por qué lo dices?

–Si te pasa conmigo, levanta este dedo –le había dicho, mientras le tocaba el índice.

–¿Y entonces?

–Desaparezco.

El chico listo para desaparecer. Desde entonces, ella se miraba el índice izquierdo como si fuera la boca de una verdad, salió del restaurante y se lo acarició como se lo había acariciado él. Bajó en el parque Marecchia, en invierno estaba desierto y los pasos resonaban sobre la grava, disfrutó del sendero que se dirigía a Ina Casa mientras esperaba las otras consecuencias de su gesto: Carlo Pentecoste, que recibe el paquete, se fija en la etiqueta que indica el lugar de procedencia, ya ha visto las otras novelas en el Instagram de ella, está nervioso, lo abre turbado porque sabe, saca el libro y ve un deseo jamás olvidado. Se había preguntado si eludir a Carlo, antes de volver a Rímini, había sido un intento de instilar una nostalgia. Había aceptado el riesgo de que aquella nostalgia adoptase formas diversas: un recuerdo inocuo, un pesar, indiferencia. Los dos indiferentes, uno respecto al otro –el tiempo, sin embargo, sí había erosionado Milán–, pero algo afloraba cada vez que salía con un hombre. Pensaba de nuevo en Pentecoste, casi como si fuera un reflejo condicionado. Después de él, se había contenido. Una contención impalpable, testaruda, a la que había decidido escuchar. El legado del profesor era un freno de mano puesto, y poco a poco una impaciencia, «te aburres de todo».

Había obtenido la confirmación al concebir la idea de enviar la primera novela. Aquel entusiasmo la había asaltado la tarde en que había ido a cortarse el pelo a lo chico: al día siguiente por la mañana había comprado un libro de Fenoglio en la *piazza delle* Poveracce, se lo había llevado a casa como si ocultara un tesoro en el bolso, lo había olido mientras abría las páginas en abanico, luego lo había envuelto. Fenoglio y *La paga del sábado* y la cocina en la que se refugia el protagonista, las clases de Pentecoste en aquella cocina, tampoco era tan distinta de su ferretería con los tornillos y la masilla y las bisagras de latón. Cuánta determinación sentía al coger con las yemas de los dedos los clavos del mueble de cajones, el clac clac de los rodillos al abrir el cajón de los remaches, subirse a lo alto de la escalera y observar desde allí a su padre, que ordenaba el escaparate, aquel hombre que había envejecido bien y siempre llevaba el paquete de cigarrillos en el bolsillo de la camisa.

Siempre habían vivido allí, entre la tienda y la casa al otro lado de la plaza. Y aquel viernes por la noche en que él había insistido –Los alquileres no son caros en el barrio Padulli, te pago yo un pisito–, ella le había dicho que no con la cabeza y lo había visto renunciar enseguida, preparar la cena poniendo la mesa con esmero, todos los viernes le cocinaba espaguetis al *puràzi* y ella le hacía *zuppa inglese.* A veces él decía Vamos a ver a mamá y ella le respondía Ve tú.

Margherita alargó la hora de comer para leer las últimas páginas, volvió a la agencia y depositó el libro sobre la mesa, sin dejar de contemplar la portada rojo ladrillo con la chica que enseñaba el pecho desnudo: *Sylvia,* la historia de una obsesión. Si de verdad Carlo no había tenido a Sofia, si de verdad él no había agotado el deseo de poseer a aquella mujer, si aquella mujer no había agotado el deseo de poseer a Carlo, entonces Sofia Casadei era un tiempo presente. Porque había algo que ella sabía: su propia consumación había sido desear a Andrea y tenerlo, para después no desearlo más.

Sintió la tentación de hablar con su marido, de llamarlo directamente desde la agencia, rodeada de sus colegas de trabajo, una inquietud que se mezclaba con la preocupación por su madre. Se contuvo y fue bajando en la agenda hasta encontrar el número de la persona que le había presentado a Carlo, de aquella cena recordaba aún las velas que hacían las veces de centro de mesa: en la hermana de Carlo, Margherita encontraba siempre un vaso comunicante con su marido. Era extraño, a veces le bastaba hablar con ella para tranquilizarse en lo que a Carlo respectaba. Esperó mientras el teléfono sonaba y la oyó responder cuando ya casi había perdido la esperanza.

–Estás sin aliento, Simo.

–Nico se había dejado las botas de fútbol y he ido corriendo y bueno.

–¿Lo has arreglado?

–Quería pasar por el hospital a ver a tu madre y no te lo creerás. –Jadeó.

–Me ha dicho que la has llamado.

–Le he pedido a Carlo que me la pasara cuando estaba hablando con ella –dijo, y esperó hasta recobrarse–. Me ha parecido más animada.

–Estoy preocupada, Simo.

–Ya verás como se recupera enseguida.

–Pásate por el hospital y lleva a Nico, que lo quiere mucho. Dice que la pone de buen humor.

–Que lo tenga en casa una hora y ya veremos si la pone de buen humor. Rap y Cristiano Ronaldo, rap y Cristiano Ronaldo. Pero ahora vuelve contento cuando pasa el fin de semana con su padre, la última vez me juró que Mamadou le había preparado una carbonara.

–¿Mamadou cocinando?

–Ya ves. De empleado de gasolinera a chef, a lo mejor hasta vuelvo con él.

Se echó a reír con una serie de hipidos.

Margherita se puso el abrigo y salió de la agencia.

–Pero ¿volverías con él?

–¿Volver con Mamadou?

–Yo creo que sí.

–¿Quieres saber una cosa? Pero no se lo cuentes a nadie: duermo con él, un par de veces al mes. Dormimos juntos y nada más. Le digo que venga a casa cuando Nico se queda en casa de mis padres.

Margherita se tapó la boca con una mano.

–Cuéntame.

–Me gusta escuchar su respiración mientras duerme. Mamadou duerme toda la noche en la misma posición, por la mañana se levanta temprano y ni siquiera lo oigo. Abro los ojos y ha desaparecido para ir a trabajar y me parece todo un sueño.

–Lo echas de menos.

–Echo de menos eso. Pero ya no existe.

–Y cómo lo sabes, a lo mejor poco a poco.

–Ya no existe. Nico está tranquilo, estudios aparte. Y yo me conformo con esas dos noches al mes y alguna que otra noche alegre por ahí. –Se echó a reír–. ¿Y tú qué me cuentas?

–Yo querría tener una pizca de tu. –Se interrumpió.

–¿De mi qué?

–No sé.

–Día a día, Marghe. Tú tienes que vivir más día a día.

–Tendrías que ver mi agenda –dijo, caminando de un lado para otro–. Eso sí que es día a día.

–Pues entonces programa una visita a tu querida cuñada.

Te preparo *cupcakes* de guindas. En el laboratorio no damos abasto con los pedidos.

–¿De verdad duermes con él dos noches al mes?

Tuvieron que dejar la conversación porque un colega le hizo un gesto a Margherita para que entrara de nuevo en la agencia. Cuando se sentó de nuevo a su mesa imaginó la cama de matrimonio, a Mamadou durmiendo inmóvil y a Simona escuchándolo respirar.

Esperó hasta el fin de la jornada laboral, luego salió y cogió el metro hasta *via delle* Leghe, subió a casa y abrió el cajón del escritorio. Encontró la agenda de su madre, buscó «Buzzati (Landi)», se dirigió a la salita con la agenda apoyada en el regazo y se sentó en el sofá. Sacó el móvil, marcó el número, pidió hora. Tenían un hueco dentro de dos meses, dijo que era una urgencia.

–Todo es una urgencia.

–Mi madre está mal. Conoce a Landi desde hace muchos años.

–Señora.

–Se lo suplico.

La citaron al día siguiente por la mañana, solo quince minutos. Aquella noche durmió poco, cuando al día siguiente llegó a *via* Vigevano se dijo que no quería vivir nunca día a día.

Esperó en la salita mientras contemplaba el puzle enmarcado de *La dama y el vagabundo*. Luego la acompañaron a una cocina minúscula con una nevera que ronroneaba. Saludó a la anciana que fumaba y tenía los ojos entornados.

–Mi madre se ha roto el fémur. –Se sentó en equilibrio en el borde de la silla.

–¿Ha venido por eso?

Margherita guardó silencio, luego dijo que sí.

–¿Qué quiere saber?

–Todo.

La anciana aspiró el humo y apagó el cigarrillo en el cenicero. Barajó las cartas, le costaba barajarlas, le pidió que cortara el mazo con la mano izquierda. Extendió las cartas sobre la mesa y le dijo Pregunte.

–¿Se va a morir?

–No se preocupe. –La anciana siguió contemplando la mesa.

–La operan.

–No se preocupe. Y por su hijo tampoco.

–¿Qué sabe de mi hijo?

La anciana levantó la sota de bastos.

–No lo agobie.

–¿Lo agobiamos?

–Usted. –Le mostró la sota de espadas.

–¿Mi marido no?

–Su marido no. –Cogió una carta, reordenó la baraja y volvió a mezclarlas, luego las colocó en forma de pirámide sobre la mesa. Después echó la cabeza hacia atrás y entornó los ojos–. No se preocupe por su madre y dele recuerdos de mi parte.

Margherita se puso en pie de golpe, se dio cuenta de que estaba estrujando el bolso, aflojó la presión y buscó en su monedero el céntimo y los setenta euros, los dejó en el platillo. Se alejó, se detuvo junto a la nevera.

–¿Puedo preguntarle qué ha visto sobre mi marido?

–¿Qué quiere saber?

–Le han entrevistado para un trabajo.

La anciana se encendió otro cigarrillo.

–Esa entrevista no dará fruto.

–¿De verdad?

Asintió.

–Debe tener paciencia.

Margherita contuvo la respiración.

–¿Y lo demás? Me refiero a lo demás de mi marido.

–Lo demás. –Contempló las cartas de la base de la pirámide–. No hay nada más.

–¿No?

Landi le mostró el rey de copas.

–Lo demás va bien.

Margherita se colgó el bolso del brazo y se volvió hacia la nevera, en la puerta vio varios imanes, uno era de la Torre de Pisa, otro del Coliseo. Le dio las gracias con una inclinación de cabeza y luego salió despacio, la ropa le olió a tabaco durante todo el día.

Llegó a casa y ella y Carlo follaron. No pensaba en nada cuando follaba con su marido, a veces se escuchaba a sí misma gemir, gemir y gemir, y se olvidaba de que era madre y esposa, solo quería ser puta. Y mientras tanto había sucedido: un peso sordo se había disuelto gracias a los setenta euros y un céntimo entregados a una hechicera que le había vaticinado un destino decente. No había preguntado nada más, ¿sobre qué otras cosas le habría gustado interrogar a las estrellas? Decidme si conseguiré volver a abrir algún día una agencia independiente, si tendré orgasmos hasta los noventa años. Decidme si amaré a mi hombre y a mi niño como los amo ahora.

Aunque el día antes de la operación no quería a nadie por allí, Anna se los encontró a todos, Margherita, Carlo, Lorenzo y los Pentecoste, todos ajenos a su desasosiego. Tenía dos almohadones debajo de la cabeza, estaba paralizada hasta la ingle y eso le provocaba una sensación de claustrofobia que mantenía a raya mirando por la ventana, contemplando su Milán y el cielo de color aluminio. Solo su nieto, que le garabateaba en la escayola, le procuraba cierto alivio, durante un momento imaginó que estaba en casa con él escuchando discos. Se daba cuenta de que la presencia de los demás agigantaba su miedo, se lo dijo a Carlo: ¿qué te parece si os vais todos? Pero Loretta estaba arreglando un ramo de anémonas sobre la mesita, Domenico charlaba con el jefe de sección, se acercó a ella y le susurró que la iba a operar el subjefe de la sección, un hombre muy cualificado, que le darían el alta en diez días o puede que antes.

–¿Diez días?

–Lo he pedido yo, para que te recuperes bien. Con una semana sería suficiente –le sonrió–, pero estamos aquí contigo.

Era un hombre tranquilo, en una ocasión ella y Carlo habían comentado que era como el brandy, cuanto más envejecía menos quemaba. Tendría que haberse jubilado ya hacía años, pero le había confesado que prefería morir trabajando a pasar dieciséis horas al día con Loretta, se habían reído, es curioso que un minuto una persona nos resulta indigesta y al minuto siguiente nos la llevaríamos de pícnic. Lo miró, a los pies de la cama, luego dirigió la mirada hacia Margherita y Carlo, que estaban en el centro de la habitación. Aún se les veía tan bien cuando estaban juntos. Sus cuerpos sabían mantenerse próximos, eso la tranquilizaba siempre. Carlo había abandonado la costumbre de ir a comer con ella los jueves, se presentaba por sorpresa, y también Margherita, los dos se acomodaban en la esquina más alejada del sofá, colocaban las piernas sobre la mesita y apoyaban la nuca en el respaldo, tenía gracia ver a dos personas que, dale que dale, elegían siempre la misma postura.

–Eh, tú, ¿has terminado de pintarme?

Miró a Lorenzo, que le estaba pintando un pez en la escayola. Ahora era una abuela con las aletas puntiagudas, Lorenzo le pintó los ojos de color turquesa y le dijo:

–Eres tú.

–¿Soy un pez turquesa en el acuario o un pez turquesa en el mar?

–En el mar.

–Muy bien, cariño –dijo, forzó la voz y tuvo que recostarse en la almohada. Acarició al niño y luego se volvieron todos hacia la puerta, había un hombre en el umbral que pedía permiso para entrar.

Ella lo observó.

–No soy creyente.

–Yo estoy aquí también para los que no creen –dijo, y entró. Era un cura de mediana edad, llevaba gafas con montura de carey y una capa de brillantina en el pelo.

–Nosotros esperamos fuera –dijo Margherita.

El cura saludó a las demás pacientes, preguntó si podía sentarse en la silla.

–¿Quiere bendecirme?

–Solo dos palabras. La van a operar y en estos casos siempre vengo.

–Ah –murmuró ella, y se le escaparon las lágrimas. Las transformó en una sonrisa.

–¿Cómo se llama, señora?

–Me llamo Anna.

–Anna, si la molesto me voy enseguida.

Le dijo que no con un gesto.

–Es que me he acordado de mi marido. –Buscó la ventana–. Cuando estaba a punto de morir vino un cura a darle la extremaunción. Franco estaba más allá que acá, pero lo vi: en un momento determinado, levantó los dedos e hizo el gesto típico de espantar moscas, ¿sabe a qué me refiero?

–Pero usted no está a punto de morir.

–¿Quién sabe? –Se fijó en las manos del cura, tuvo la sensación de que debían de ser muy suaves, tenía una uña sucia y se restregaba continuamente las yemas de dos dedos–. ¿Cuál es su nombre?

–Yo me llamo Antonio.

Anna reflexionó.

–Como en la película, ¿la ha visto? –dijo, y se tocó la frente para rebuscar en la memoria.

–No me acuerdo.

–El protagonista de la mata de pelo. Un ricitos guapísimo. –Se acomodó sobre la almohada–. Adelante, Antonio.

–¿Puedo? –le dijo el cura.

–Ya que está aquí.

El cura levantó el brazo y la bendijo en el nombre del Padre, del Hijo y del Espíritu Santo.

–Y de la Virgen. ¿Por qué la dejan siempre de lado?

–¿Le habla?

–Bendígame.

El cura lo hizo.

–Gracias –respondió ella.

–Pasaré a verla mañana.

–Si no me encuentra, sepa que hablaré bien de usted. Aunque no le haga falta.

–No diga barbaridades. –Tocó el pez turquesa del yeso–. Hasta mañana, Anna.

Cuando el cura se marchó, ella llamó a Carlo y le susurró:

–Te dejo todos mis discos.

Él supo que Anna lo decía en serio por las arrugas de la frente. La acarició.

–También quiero los cómics.

Y le volvió el presentimiento: ella en silla de ruedas. La

noche antes, Margherita se lo había dicho: mamá en silla de ruedas. Él había guardado silencio, ella había llorado y luego se habían abrazado en la cocina hasta que había empezado a hervir el agua para el café soluble.

–Es esta casa –había añadido Margherita.

–Es la osteoporosis.

–Mentí para conseguirla.

–Tiene ochenta años.

–He pagado con el fémur de mi madre los cien mil que nos ahorramos.

–Déjalo ya.

–Tenemos que pagar novecientos euros al mes durante treinta años. Tres mil al año de gastos de comunidad. Y ni siquiera tenemos un puñetero ascensor.

–¿Y antes que teníamos? Un alquiler por el mismo dinero y una tercera parte del espacio vital. ¿Nos imaginas a nosotros y a nuestro hijo en setenta metros cuadrados?

–Comprar una casa más barata con menos problemas para mantenerla, eso es lo que imagino.

–No seas de esas, Marghe.

–¿De quiénes?

–De esas personas que se vuelven sabias después.

Ella se había apartado, había preparado el café y había empezado a remover la taza con la cucharilla.

–Contéstame: si no pudieras contar con la herencia de tus padres, ¿habrías comprado esta casa? Si no pudieras contar con la herencia de tus padres, ¿habrías seguido sin aceptar un contrato indefinido en la redacción durante diez años, para ahora verte con una mano delante y otra detrás?

–No acepté un contrato indefinido porque no me habría quedado tiempo para dar clases y tú lo sabes. –Le había cogido la taza de las manos–. La operación de tu madre irá bien. Y esta casa es una buena compra, para tratarse de Milán. Y yo dentro de poco seré redactor de *Bell'Italia* o un factótum de la industria cervecera o superaré alguna entrevista algún día, por Dios.

–Es que los engaños se pagan, Carlo.

Él había vuelto a pensar en Manuela. Y en cómo había gestionado él su engaño. Aquella tarde de varios años atrás, después de habérsela follado, había vuelto a casa rendido por las prisas, pese a saber que Margherita volvería tarde, se había dado una larga ducha y había intuido que desde aquel momento él se convertía en potencial dinamita para su propio matrimonio. El portador sano de una separación: si lo hubieran descubierto, si hubiera confesado, si los hechos hubieran salido a la luz por una de tantas razones, cualquier instante podía propiciar el cambio. No consideraba las eventualidades indulgentes: perdón, reconstrucción, comprensión, tenía la certidumbre de que el pacto con Margherita no las admitiría. Lo sabía desde siempre. Se había pasado la tarde de la infidelidad dando vueltas por casa, metiéndose en la ducha, saliendo de la ducha, secándose con calma, observándose el cuerpo: era como antes, idéntico al de antes, quizá un ligero enrojecimiento del glande, su compañera de trabajo tenía la piel lisa y lunares en la espalda, un olor más acre que el de Margherita, los pezones menos pronunciados, no había podido evitar la comparación. Se había envuelto en el albornoz mientras repasaba la tarde: Manuela se le había acercado en la redacción y lo había invitado a ir otra vez al cine, él había considerado la cantidad de trabajo que tenía por delante, había observado a Michele Lattuada en la mesa de al lado, le había dicho que tenía que salir y Michele lo había mirado como cuando no le hacía falta preguntar nada más. Carlo había salido de la redacción y había llegado hasta el final de *corso* San Gottardo, era septiembre y acababan de escriturar Concordia. Había esperado a Manuela con la emoción interior de quien huele la posibilidad: la presión en el esternón, distinta de la que lo había atenazado con Sofia, más débil pero sin embargo ahí, una brasa que no dependía de quién tenía delante.

Habían echado a andar, habían llegado al Naviglio Grande, luego él se había detenido en el semáforo y le había dado a entender que quería cruzar la intersección en dirección opuesta al cine. Habían seguido andando mientras charlaban sobre la reunión de aquella mañana y la editorial, que había perdido un nueve por ciento en los últimos seis meses, se preveían reestructuraciones en todo el sector, habían atravesado la circunvalación y él la había observado, aquella muchacha de agua y jabón con botas de tacón discreto, la melena corta y castaña sobre los ojos castaños, su Audrey Hepburn: había intuido que podía seguir hasta las primeras casas de la periferia, había aminorado el paso delante del Mercurio Hotel Milán, se había parado en la puerta. Un momento de incomodidad, luego ella había dicho Tú primero.

Tú primero: había aumentado la palpitación, habían sacado los documentos de identidad en la recepción, a él se le había caído al suelo, lo había recogido y no había dicho nada ni siquiera cuando habían entrado en el ascensor, cuando las puertas se habían cerrado y se habían vuelto a abrir en la cuarta planta. Habían recorrido el pasillo de moqueta color crema y él había pensado en su mujer, había visualizado aquel gesto simpático que le descubría ciertas noches, cuando se encontraban por casualidad debajo de casa tras una jornada de trabajo. Luego había abierto la habitación 67, que daba al patio interior, y durante la hora que había permanecido allí había convivido con la sensación de que en realidad eran tres: él y Manuela y Margherita, en una cama de matrimonio con sábanas que se soltaban de las esquinas del colchón, con Manuela que se la cogía y lo guiaba a su interior, acomodándose, buscando disfrutar al máximo de aquel cuerpo inédito. Los gemidos sin Margherita y la presión en el escroto sin Margherita y la lengua ávida sin Margherita, el ímpetu de un orgasmo sin Margherita, ya con las primeras gotas había percibido un soplo de oscuridad: lo que antes era una necesidad urgente ahora se convertía en inquietud. Había percibido esa inquietud al quedarse tendido al lado de ella, en la paz de la habitación de hotel, y también más tarde, mientras se lavaba en el cuarto de baño de baldosas azuladas y se aseguraba de que no se le hubiera quedado ningún pelo largo en el suéter de algodón. Se había quedado junto a la ventana, daba a la pared de otro edificio. Luego le había pedido que salieran del hotel, habían paseado casi en silencio, habían pasado por el tráfico de una ciudad agujereada por las obras, entre personas sin trabajo que estaban de paseo, entre profesionales liberales de aspecto maltrecho, y todos aquellos fragmentos de una Italia en caída libre les habían parecido la suya propia. Habían seguido caminando hasta donde el Naviglio adopta el aire de la verdadera periferia, con las compuertas y los puentes móviles, y no les había hecho falta decirse nada más.

Cuando Margherita había vuelto a casa, aquella noche, él había tenido que enfrentarse al extrañamiento, lo había mantenido a raya. Habían cenado tortilla y ensalada, ella había encendido la radio y habían compartido una Coca-Cola, habían charlado, luego se habían quedado en silencio. Se había preguntado por qué había entrado en la habitación 67. Él era feliz con Margherita, feliz de verdad. ¿Lo había hecho por algo primordial, por la hipoteca, por los Pentecoste, por el hijo que aún no se habían decidido a tener, por las dificultades en la editorial, por el orgasmo jamás tenido con Sofia? Lo había hecho y punto. Aquella noche, mientras recogía la mesa y observaba a su mujer lavar los platos, se había preguntado si haberse follado a otra mujer significaba que en el futuro se follaría a otras mujeres.

Sí, antes de convertirse en papá había estado también con otras mujeres. Una consultora de marketing que se presentaba de vez en cuando en la editorial, una antigua colega de la universidad, una chica que trabajaba en un bar próximo a la redacción. A Manuela otra vez. Algún que otro encuentro breve con cada una de ellas, y luego había cerrado bruscamente la caja de Pandora para evitar que el adulterio se convirtiera en una costumbre. De su futuro con Margherita no había dudado jamás. Poco a poco había ido viendo aquellas experiencias como algo necesario –una formación personal– y ahora las repasaba mentalmente como si fueran luces débiles, casi acotaciones: había sentido la necesidad, había sido capaz de hacerlo. Ahora creía haber superado el cliché de la traición, la necesidad fisiológica de la traición, la evasión de la traición, la curiosidad de la traición, la respuesta a una satisfacción que revelaba la traición. ¿Y si traicionar, para él, hubiera sido el modo de volver a serle fiel a Margherita?

Esa duda, con la perspectiva de los años, en una sala de hospital junto a una suegra a punto de someterse a una operación de fémur, observando el pez de color turquesa en la escayola, aún se la planteaba. Miraba a Lorenzo y se la planteaba, por muy cierto que fuera que no era su hijo el desvío que lo había llevado a cambiar de ruta. Intentó llevárselo de allí cuando los enfermeros fueron a buscar a Anna para las últimas pruebas antes de la operación, el niño se aferraba a una punta de la sábana y no la soltaba.

–Vamos, papá te lleva a los columpios.

Margherita se les acercó.

El niño se puso a llorar.

–Cariño, tengo tu pez de la buena suerte –dijo Anna, mostrándole la escayola.

–Vamos a los columpios.

Carlo lo cogió en brazos y Lorenzo se aferró a él. Salieron del Fatebenefratelli y él notó las lágrimas del niño, que le empapaban el cuello, siguió caminando con su hijo en brazos hasta que llegaron a *corso* Garibaldi. Entonces lo dejó en el suelo y le limpió la nariz y la boca.

Lorenzo lo miraba.

–Lore, ¿tú has visto alguna vez un pez de la buena suerte tan bonito como el que le has dibujado a la abuela?

El niño dijo que no con la cabeza.

Lo cogió de la mano y se dirigieron a pie hasta el parque Sempione, se adentraron por el lado del estadio y en lugar de ir a los columpios se dirigieron hacia un edificio que quedaba cerca de la calle. Compraron las entradas y Carlo le preguntó al niño si podía taparle los ojos con la bufanda durante treinta segundos.

–¿Por qué?

–Es una sorpresa.

El niño se lo pensó y luego asintió.

Carlo le anudó la bufanda en torno a los ojos y lo guio hasta una sala con un acuario enorme en forma de arco. Se detuvieron justo debajo.

–¿Listo, bichito?

Lorenzo dijo que sí con la cabeza.

Le quitó la bufanda.

Eran los peces de la buena suerte. Diez, veinte, cien, los había por todas partes, a los lados y por encima, y también había rayas, él había visto rayas en un libro que había leído con su mamá, algunas tenían un aguijón muy peligroso. Se acercó al cristal, estiró el cuello y un mero de boca enorme lo miró. Lorenzo se volvió hacia su padre y se echó a reír.

–¡Es un atún!

Carlo también se echó a reír.

El niño pegó un dedo al acuario, Carlo se acercó y le dijo que se humedeciera la yema con saliva y que lo pegara de nuevo al cristal. Lo hicieron los dos y el mero se acercó.

–Es el pez de la buena suerte –dijo el niño.

–Sí que lo es.

Durante un tiempo, había temido que Lorenzo hubiera heredado sus sobresaltos emotivos, como si pudieran transmitirse de padre a hijo los anhelos. Había vuelto a pensarlo al recibir los libros de Rímini, como si aquella euforia minase el influjo paterno. De repente, los libros se habían convertido en un eco: el modo en que Sofia pelaba las almendras en clase, la forma en que le había apretado el antebrazo cuando él huía de su casa en Isola. El día que había desenvuelto el primer volumen había pensado que tal vez fuera un obsequio de alguna editorial, aunque le parecía extraño que se tratara de una novela de Fenoglio. Lo había llevado a casa y lo había dejado sobre el brazo del sofá. Fenoglio, sin embargo, era el autor que más había tratado en sus cursos. Al abrir el Instagram de ella y encontrar un *post* del libro, había fingido que se trataba de una casualidad. El segundo paquete había llegado unas cuantas semanas más tarde, se había fijado en la etiqueta y había leído «Rímini», lo había sostenido en la mano mientras anticipaba una revelación. Tras desenvolverlo, se había encontrado con *Habitaciones separadas*, de Tondelli: ella lo había publicado en su perfil y detrás se veía un rincón de la ferretería. Había notado un hormigueo en el cuerpo, durante todo el día lo había acompañado una agitación que dejaba todo lo demás en segundo plano, incluso el hecho de estar en paro. Había esperado recibir otro. Durante un mes y medio, no había dejado de preguntarse qué quería proporcionarle ella.

Sofia se preguntaba por qué Carlo no respondía. Algunas

veces, cuando cerraba la ferretería para ir a comer, al entrar en casa echaba un vistazo al buzón del correo o al rincón del recibidor en que solían dejar los paquetes, esperaba que él le enviase alguna señal después de haber recuperado su dirección en la base de datos de la universidad.

Desde su regreso a Rímini, había sentido la tentación de volver a contactar con él, incluso había tenido la ocasión de volver a poner los pies en Milán, pero se había echado atrás. Jamás había vuelto a leer «Así están las cosas», lo había guardado en una carpeta de plástico azul con los demás materiales del curso y una memoria USB en la que había grabado el monólogo de Pentecoste sobre el pollito, la voz de él que pronunciaba «propulsión», débil, potente: se avergonzaba de haber pensado en la posibilidad de enviárselo a su mujer. De aquella época conservaba también a Khalil, se escribían, se seguían en las redes sociales, él trabajaba en un hotel de Dubái y publicaba fotografías de ruinas árabes, se había aficionado al *kite-surf* y aún no se había enamorado. Se sentía esperanzado, usaba esa palabra porque le gustaba cómo sonaba, le preguntaba si ella también se sentía así.

Sofia se sentía esperanzada con un hombre tres años mayor que ella que dirigía un hotel en Bellaria, tenía una melena rizada que le llegaba hasta los ojos de color aguamarina y algunas noches le abría la puerta del coche para que ella subiera. Era bueno en la cama. Tommaso era un nombre que le quedaba bien a un hombre sincero. Se había dado cuenta de que durante el día pensaba en él, a veces miraba a través del escaparate de la ferretería y deseaba verlo, le parecía que esperarlo era esperar también una respuesta de Milán, pequeñas partículas de impaciencia que habría querido unir.

Se convenció aquella mañana, cuando él se presentó en la tienda con el desayuno y ella se sintió inesperadamente serena. Compartieron el *cannolo* de pistacho detrás del mostrador, él quiso el trozo con más almendras y ella lo observó engullirlo mientras su padre entraba y, antes de dirigirse a las estanterías del fondo, decía:

–Me he olvidado las bombillas.

Tommaso se escondió, luego saludó en voz alta. Antes de irse le dio un beso sin hacer ruido con los labios.

Su padre apareció enseguida con un montón de bombillas entre los brazos.

–Es el hijo de Della Motta, ¿no?

–Sí.

–Se le ve buen chico.

Ella tiró la bolsa de la pastelería.

–¿En qué se le ve?

–*Dài che l'è brèv.**

–Si tú lo dices.

–Yo me quedo aquí, tú vete con él.

–Tiene que ir a varios sitios.

Su padre dejó las bombillas sobre el mostrador y procedió a colocarlas en una caja.

–Han remodelado el cine Fulgor –dijo, resollando–. Lo ha reformado no sé quién famoso, ¿por qué no vais y luego me cuentas cómo es?

–Déjalo ya. –Ella lo ayudó con las bombillas, movían las manos con precisión, el aliento de su padre olía a tabaco y menta–. Ve tú, ¿cuánto hace que no vas al cine?

–¿*Me*? –Su padre se desabrochó el anorak–. *Dis an.***

–¿Vamos esta noche?

Su padre agachó la cabeza, ella había aprendido a descubrirle la alegría en las manos, se las retorcía una dentro de la otra.

* En dialecto: «Es buen chico». (*N. de la T.*)

** En dialecto: «Diez años». (*N. de la T.*)

Margherita vio el mismo gesto en Anna, días después de la operación, en cuanto le comunicó que le daban el alta en el hospital.

–Hija mía, es feo mentir a los moribundos.

–Te llevo a casa.

–¿Cuándo?

–Mañana.

Su madre volvió el rostro hacia otro lado.

–¿Y tú cómo lo harás conmigo?

–Buscaremos a una enfermera.

–Tienes que hacer tu vida.

Anna tenía una mano encerrada en la otra, Margherita se dio cuenta y se las cubrió con las suyas. Después de la operación la pierna había evolucionado bien, no se habían producido infecciones, le contó que tendrían que intensificar la fisioterapia.

–¿Con el mismo chico?

Verlos juntos, a su madre y a Andrea, le había parecido natural. Había esperado para llamarlo hasta un par de días después de la operación, él se había pasado una tarde por allí y se había sentado junto a la cama sin quitarse siquiera la chaqueta. Su madre lo había observado y Andrea había empezado a formularle preguntas concretas sobre los síntomas y al final de la conversación le había dicho Tranquila, señora Anna. Se había pasado también al día siguiente, Margherita los observaba desde el pasillo, Andrea había apoyado una rodilla en un lado del colchón y había empezado a explorar la musculatura de su madre, el cuello y el brazo bueno, también lo poco que había podido del abdomen girándole el busto en rotaciones mínimas. La tocaba con delicadeza y le sugería movimientos delicados, ella lo seguía agarrándose a aquellos hombros fuertes que también habían sido hombros fuertes para su hija. Luego habían llegado

Carlo y Lorenzo: se había arrepentido de haber expuesto hasta aquel punto algo tan íntimo. Sin embargo, tenía la impresión de que Carlo sabía que Andrea se había convertido en una parte buena de ella, arrinconando así la confesión sobre la atracción que le había revelado años atrás. Se negaba a ver en la homosexualidad un motivo suficiente.

Después de él no había estado con ningún otro hombre, solo había deseado y saboreado, conformándose con una seducción interrumpida. Había dejado que las ocasiones se esfumaran, como si la devoción hacia sí misma ya no se dejase llevar por la vehemencia, sino por un equilibrio sereno. Había sentido en la piel el deseo de un hijo, el cliché que la protegía de las tentaciones sin necesidad de esforzarse: haber traído al mundo a Lorenzo no había sido una represión, ni un límite, había sido y punto, y había traído consigo una sensación de saciedad. Se había saciado hasta del malentendido, pero ¿ahora?

–La abuela no se ha curado.

–Claro que se ha curado, Lore. ¡Mañana vuelve a casa!

El niño miró a Margherita.

Ella le sonrió.

–Cuéntanos que has hecho hoy en el cole.

–La casita de madera para los petirrojos, con Roberta Calcaterra.

–¿Roberta Calcaterra es la niña del pelo rizado?

Lorenzo asintió.

–Tiene una cara simpática.

Lorenzo sacudió la cabeza.

–¿No es simpática?

Dijo que no con un gesto.

–¿Y por qué juegas con ella?

El niño bajó del sofá y se acuclilló en la alfombra.

–Dice que ella y yo somos inseparables.

–¿Y es verdad?

–Sí.

–¿Tú sabes qué quiere decir inseparables, bichito?

–Amigos.

Margherita y Carlo cruzaron una mirada.

–Lore, sube al sofá, que vas a coger frío.

–No tengo frío.

–Haz caso a mamá, sube al sofá.

El niño obedeció y se acomodó entre los dos.

Margherita le hizo sitio.

–¿Y qué tal os ha salido la casa de madera para los petirrojos?

–La ha hecho ella mientras yo miraba.

–Eres listo, ¿eh? Hablas poco pero en el fondo eres muy listo, ¿verdad?

–Roberta Calcaterra dice que me quiere aunque hable poco.

Lo taparon con una manta.

–Claro que te quiere aunque hables poco, cariño.

–¿Es verdad que la abuela vuelve a casa mañana?

Mientras observaba a su madre, que los enfermeros conducían hacia la ambulancia, mientras viajaban juntas desde el Fatebenefratelli hacia la *via delle* Leghe, mientras le cogía la mano, Margherita se dijo que la impaciencia se la había evocado aquella mujer de la camilla, como si le hubiera dado a entender que era distinta a ella. Le acarició el pelo.

–¿Cómo estás?

–Estoy volviendo, cariño.

Llegaron, y mientras la entraban en el piso, Margherita notó una fuerza inesperada. Se colgó el bolso en bandolera y ayudó con la camilla para que el traslado resultara lo más suave posible. Carlo esperaba con las hojas de la puerta abiertas de par en par.

–A la salita, por favor –dijo Anna.

–Mamá.

–No me encerréis en una cárcel como a papá.

–A la salita –dijo Carlo.

Dejaron a Anna entre el sofá y la mesa, fueron a buscar la cama antidecúbito a la habitación y la llevaron hasta allí. Luego la levantaron de la camilla y mientras la cogían ella cerró los ojos. Imaginaba lo que le esperaba: una urgencia a su alrededor y la certidumbre de estar creando molestias. De recién casados, su marido le había dicho que quería cuidarla, pero el motivo había sido solo una gripe y que le llevaran la sopa a la cama no era como que le apartaran la silla en el restaurante. Quería ya una cuidadora, daba igual si era italiana, ucraniana, rusa o india, le bastaba con que fuera invisible y que gracias a ella su hija pudiera volver a casa. Le habían dicho que estaban buscando a alguien. Volvió la cabeza hacia la librería, buscó el lomo de los cómics de Tex Willer y apoyó la mejilla en el cojín, había descubierto que en esa posición podía contener las lágrimas.

Siguió con los ojos cerrados mientras su hija y Carlo reorganizaban la salita, luego su yerno se marchó y a ella la colocaron cerca de la pared. Tenía palpitaciones y le costaba respirar, para tranquilizarse se concentró en el pez turquesa dibujado en la escayola del brazo: Lorenzo lo había dibujado con la boca muy seria y ella estaba convencida de que era un pez circunspecto. En el hospital le había hecho compañía, su nieto había ido añadiendo detalles poco a poco, las escamas verdes, las aletas puntiagudas, y cuando ella le había preguntado qué pez era, el niño le había contestado que era un atún. El atún, sin embargo, era el bochorno de su vejez. Si veía uno en la pescadería, si alguien pronunciaba la palabra «atún» en su presencia, ella regresaba directamente a aquella mañana de cinco años atrás, cuando le había sonado el móvil y Margherita le había dicho que estaba embarazada. Habían empezado a chillar como dos deslenguadas, luego habían colgado y ella había percibido la inmediatez de la celebración: había entrado en el Pam que estaba cerca de *corso* Buenos Aires para comprar bombones Ferrero Rocher, quería comerse uno enseguida, pero al pasar por delante de la pescadería se había dado cuenta de que el atún era fresco y había comprado un trozo para cenar aquella noche. También había comprado un poco de queso *burrata*, en la nevera guardaba una botella de Berlucchi y convertirse en abuela era un excelente motivo para descorcharla. Luego, mientras se dirigía a la caja, la había asaltado una especie de euforia: había dejado caer el paquete del pescado en el bolso y se había quedado en la mano los Ferrero Rocher y la *burrata*, luego había recorrido el pasillo de los productos cosméticos con un miedo nuevo, había fingido elegir un acondicionador para el pelo, luego lo había dejado en su sitio y había dado unas cuantas vueltas más, por último se había puesto en la cola de la caja número cinco y había esperado su turno para pagar. Había sacado un billete, había guardado el cambio y se había dejado sorprender por su capacidad para mostrarse amable pese a un temor que era también alegría, lo había metido todo en una bolsa de plástico y se había dirigido hacia la salida donde un desconocido le había pedido que lo acompañara.

–¿Perdón?

–Acompáñeme un momento, por favor –le había dicho el hombre, mientras le señalaba la puerta de la que salían los carros cargados de mercancías que había que ordenar.

–Perdone, ¿usted quién es?

En cuanto el hombre se había sacado del bolsillo una tarjeta, Anna se había ruborizado y no se había atrevido a mirarlo. Lo había seguido, se había encontrado de repente en un espacio en penumbra repleto de palés cargados de mercancías, otro hombre la esperaba y le había preguntado qué había comprado. Ella había abierto la bolsa, mientras esperaba que le preguntasen también por el bolso.

–¿Puede abrirlo, por favor?

–Es de mala educación pedirle eso a una señora. –Sin embargo, lo había hecho–. ¿Y ahora qué me pasará?

Los dos hombres habían intercambiado una mirada.

–Se le ha olvidado, son cosas que pasan. Pase usted por caja.

No se había movido, había notado que caía hacia atrás y se apoyaba en un palé, uno de los hombres la había ayudado sosteniéndola por un brazo.

–Son cosas que pasan, señora.

–Mi hija va a tener un bebé.

Los hombres habían asentido y ella los había saludado con una inclinación de cabeza, había pagado en la caja número cuatro y había salido con las mejillas lívidas y un frío en la espalda que la había acompañado hasta su casa. Había sido una aventura, así había querido verlo. Como dejarse dar un masaje por un joven de treinta y cinco años con manos de pianista y discreción de monje, el tal Andrea era un joven que la hacía sentir segura.

En cuanto sonó el timbre, se acomodó en la almohada y se recolocó el pelo con la palma de la mano. Andrea apareció en la salita y ella le sonrió.

–Ya ves, el vejestorio ha vuelto a casa.

Él la saludó y se acercó a la cama. Margherita dijo que se iba a la habitación a hacer unas llamadas de trabajo, Andrea siguió mirando a su alrededor y se concentró en la cocina.

–Tienes un poco de hambre, di la verdad.

Le dijo que no.

–Por qué no abres el armario de encima de la nevera, tendría que haber bombones de ron.

Se quedó inmóvil.

–Vaya, sí que eres tímido.

Andrea entró en la cocina y abrió el mueble de encima de la nevera, no encontró nada.

–Me los habrán cambiado de sitio. Echa un vistazo por ahí.

–Mejor le preguntamos a su hija.

–Si preguntamos pierde la gracia.

–Con la medicación es mejor no tomar ron –dijo, pero siguió hurgando en los estantes, encontró la caja junto al fogón y se la llevó.

Ella cogió un bombón.

–Coge uno.

–Esta noche celebramos el cumpleaños de mi madre.

–¿Y?

–Que me los comeré allí.

–Ah, claro, tu dieta de guaperas. –Frunció el ceño–. ¿Cuántos años cumple tu madre?

–Sesenta y ocho –dijo, mientras se subía las mangas de la sudadera.

–Cómprale tulipanes rojos y amarillos. –Cogió otro bombón de la caja–. ¿Seguro que no quieres uno?

Aceptó uno y comieron en silencio, entornaron los ojos y masticaron hasta que aquella delicia se fundió. Luego Andrea se inclinó sobre ella, empezó con el brazo bueno, poco a poco, había empezado a conocerla por la articulación del hombro, la notó fluida y comprendió que la vuelta a casa la había relajado. Se entretuvo en el omóplato, de vez en cuando contemplaba aquellos ojos minúsculos, estaban hinchados por los fármacos, o quizá fuera la melancolía. Pasó del brazo al cuello y luego a la espalda, la hizo girar y luego sentarse sobre el borde de la cama, de modo que las piernas le quedaran colgando, flotaba en la estancia el mismo olor de laca que cuando Margherita lo había invitado a subir años atrás. Le había dicho que su madre había ido a Como a visitar a unos parientes y a él le había gustado aquella actitud de niña que aprovecha la ocasión. Había aceptado mientras se preguntaba qué iba a pasar, pero se habían limitado a charlar y solo al final se habían besado, un beso de pie casi furtivo, luego habían preparado el café y mientras la cafetera borboteaba él le había dicho Me gustan los hombres. Ella se había puesto tensa y él también se había puesto tenso, el tráfico de *via delle* Leghe se colaba por la ventana y ella le había contestado A mí también me gustan los hombres. Se habían echado a reír, apoyados en la encimera, ella había extendido un brazo y lo había tocado, se habían abrazado y él había añadido No puedo evitarlo. No puedo evitarlo, cuántas veces le habría gustado decirle aquellas tres palabras a Giorgio para hablarle de los perros, de las naves industriales y de los combates que habría querido protagonizar también aquella noche.

–Vamos a poner a prueba la pierna.

–Tengo miedo –le sonrió Anna.

–¿Lista?

Andrea se inclinó y dejó que ella le aferrara el cuello, la sujetó por las caderas y se preparó para acompañarla en el movimiento más arriesgado. Antes de ayudarla a bajar de la cama, se aseguró de que el camisón le tapara bien el cuerpo, pues una vez se le había subido y ella había murmurado No mires hacia abajo, por favor. Dieron un paso, luego otro y cuando se hallaron en mitad de la salita, sobre la alfombra persa, él tuvo la sensación de que estaban bailando, le pareció raro estar acostumbrado a aquel cuerpo dócil y saber que se habituaría también al cuerpo agresivo de aquella noche y al cuerpo reactivo de sus alumnos al día siguiente y al cuerpo acogedor de Giorgio, los únicos cuerpos a los que no estaba acostumbrado eran los de sus padres. Más tarde iría a su casa, comería el pastel, luego cambiaría la bombilla del pasillo subiéndose a una escalera, se sentaría en el sofá con la tele a medio volumen, char larían del quiosco y de los entrenamientos, luego se marcharía y se dirigiría a la nave industrial, pero antes le apretaría los hombros a su padre en una especie de saludo, no le resultaba fácil tocar a su padre.

Cuando Sofia le cogió el brazo a su padre, le pareció notar también a su madre: cuando ella era pequeña, habían ido los tres al cine a ver *Toy Story* en el Astoria, pero se acordaba de las palomitas y de nada más. Adaptó el paso al de su padre y cruzaron juntos *piazza* Cavour, había nevado un poco y Rímini a la luz de las farolas parecía un retrato sepia. Se adentraron por la avenida, vieron que delante del Fulgor había bastante gente. Su padre aminoró un poco la marcha y le dijo:

–A lo mejor ya no quedan entradas.

–Ven –dijo ella, cogiéndolo mejor del brazo.

Se pusieron a la cola sin decir nada, luego Sofia quiso comprar palomitas y él regalices, las comía aunque le hicieran subir la presión. Se había puesto la chaqueta de lana buena y la corbata color burdeos de grano grueso, cuando llegó el momento de pagar ya tenía la cartera en la mano. Entraron en la sala, había adornos dorados y las butacas eran de color rojo escarlata, era de verdad como el cine de los años treinta de Fellini, rememoraron la historia según la cual el director había pasado una noche de diciembre por Ina Casa, con su Mercedes. Alguien lo había visto y juraba que dentro del coche iba también Mastroianni. Durante un segundo, Sofia lamentó no estar allí con Tommaso, tal vez sabía cómo manejar a un hombre de fiar, sacó el móvil de la chaqueta, a lo mejor no tenía suficiente con un hombre de fiar, escribió el mensaje «Espero que te hayan llegado los libros, durante estos años he releído también a Fenoglio. Sofia (Casadei)», lo envió y por último se acomodó en la butaca, ahora el cine estaba a oscuras y ya podía ser una hija.

El mensaje le llegó a Carlo mientras estaban todos en *via delle* Leghe. Él y Margherita se habían encerrado en la habitación mientras Lorenzo dormía con su abuela en la salita. Se disponían a elegir una película en el portátil, ella proponía *Reencuentro,* aunque la habían visto una y mil veces, él prefería *Una jornada particular,* pero había abandonado la discusión para coger el teléfono después de oírlo vibrar. Leyó el mensaje de Sofia, Margherita se había acercado al póster de Andrea Giani y estaba pegando a la pared la esquina que se había despegado, le dijo que *Reencuentro* era una de las películas que para ella formarían parte de un hipotético *top ten,* ¿la estaba escuchando?

Él la miró pero no dijo nada.

–¿Carlo?

–Dime.

–¿Estás de acuerdo?

–Sí.

–¿Quién te ha escrito?

–¿Qué?

–El teléfono.

–Mi hermana.

–¿Qué se cuenta Simo?

–La entrevista. –Guardó silencio–. Quiere saber si hay novedades.

–Pero si hoy he hablado con ella casi media hora.

Él levantó la mirada.

–También quiere saber cómo está tu madre.

–¿Y su hijo, qué tal?

–Dice que –aún tenía el teléfono en la mano–. Mañana la llamo para saberlo.

–¿Qué dice?

–Ayer me contó que lo cambian de clase.

–Yo lo cambiaría más bien de colegio. Lo llaman Nico el negro hasta en los pasillos.

–Nico el negrata.

–Si lo piensas bien, no es mal nombre para un rapero.

–Me ha contado que le han dejado una nota pegada a la mochila.

Guardó el teléfono.

–¿No le contestas?

–Vamos a disfrutar de la peli –dijo, invitándola a subir a la cama.

Margherita le hizo un gesto para que esperara, salió de la habitación y fue al comedor mientras él releía el mensaje: contempló las palabras y comprobó que la fecha de recepción fuera de tres minutos antes y no de una época en la que se habría sentido agitado. Ahora solo estaba extrañado y la euforia le provocó una leve punzada. Guardó el teléfono, ella volvió enseguida.

–Duermen a pierna suelta, Lore está muy a gusto en el sofá, creo que es mejor no despertarlo.

–¿Y tu madre?

–Agotada por la fisioterapia.

Carlo se tendió en la cama, invitó a Margherita a hacer lo mismo y se colocó bien las almohadas detrás de la espalda. Acercó el cuerpo al de su esposa, pulsó la tecla para que empezara *Una jornada particular*.

–El déspota ha elegido –dijo ella, mientras fingía echarlo de la cama.

–Tengo ganas de la Loren. –Esperó los créditos iniciales, el silbido del tren, a Hitler asomado al vagón, la voz fuera de campo que anuncia la marcha triunfal hacia Roma, la esvástica colgada por la portera en el balcón del edificio, luego dijo–: El mensaje de antes no era de mi hermana.

Ella acomodó la cabeza sobre el pecho de él.

–Vale.

Margherita miraba la película o el fondo de la habitación, el escritorio en el que había estudiado de joven o las cintas de música apiladas en un rincón de la estantería.

La cámara se entretiene en el edificio, es el amanecer y las ventanas se van encendiendo una tras otra.

–Ese libro duele –dijo su mujer, al poco.

–¿Qué libro?

–*Sylvia.*

Él se quedó en silencio, contempló a Andrea Giani y la esquina despegada.

–Hacía años que no sabía nada de ella.

–Esos libros que lees y las fotos de los mismos libros en Instagram son, ¿qué son?

–Una iniciativa suya.

–Carlo.

–Los envía ella.

–¿Los envía?

–Ya te he dicho que es una iniciativa suya.

–Carlo.

El cuerpo de su mujer era ligero y notaba la tibieza en un costado, la Loren terminó de planchar una camisa sobre la mesa de la cocina y preparó el café, él hurgó en un bolsillo y sacó el móvil.

–Quiero que lo leas para que veas que no es nada.

Ella le inmovilizó la mano bajo la manta.

–No me interesa.

–Léelo.

–No me interesa –dijo, y le apartó el brazo con dulzura.

Él dejó el teléfono sobre la sábana, ella le había apoyado la mano sobre el vientre y la fue bajando, lo tocó despacio, le desabrochó el cinturón y el botón de los vaqueros, intentó bajarle los pantalones hasta los muslos, él no la ayudó y ella se los bajó a tirones, y la Loren y el vestido arrugado y el rostro cansado yendo de un lado para otro de la casa, con todos aquellos hijos, sorprendiendo a la mayor mientras se pinta los labios, Carlo tenía la mirada clavada en la pantalla y Margherita también, entonces ella se la acarició, se la estaba acariciando, acercó la boca y se la metió dentro, mientras la Loren se queda sola en casa, Margherita chupa y a él se le va hinchando, mientras Mastroianni se sienta a su escritorio, con el suéter rojo y una punta de la camisa que asoma por debajo del jersey, Margherita insiste y él contempla la boca de su mujer, imaginó que fuese la otra, hacía mucho que no la imaginaba así, el infantilismo del macho, se concentró de nuevo en su mujer y se preparó, gemir para ella, prepararse para disfrutar por ella, vaciarse en ella, confundido por la excitación y una sensación de extrañeza.

El sabor de su marido no había cambiado en todos aquellos años, Margherita apoyó la mejilla en el pubis y cerró los ojos, durante un instante volvió la persecución: que la otra también hubiera probado aquel sabor. Se levantó de la cama, le prestó atención al ordenador, la Loren se presentó en la puerta de Mastroianni, pidió permiso y entró, Margherita dejó a Carlo, salió de la habitación y se encontró en el pasillo, la salita estaba en penumbra, se acercó a su madre y a su hijo, que dormían, una de las piernas de Lorenzo sobresalía por debajo de la manta, aquel pie izquierdo siempre buscaba el fresco ya desde que Lorenzo era pequeño. Se acercó a la puerta ventana, en aquellos momentos siempre se acordaba de su padre, le entraron ganas de volver junto a su marido y hablarle de Andrea. Cuando se dio la vuelta, Carlo estaba en el umbral de la salita. Se acercó a él y le cogió un brazo, lo condujo hacia el pasillo, hacia la habitación de su madre, la máquina de coser estaba arrinconada junto al armario.

–No te la follaste en aquel lavabo.

–Lo sabes.

–Te creo cuando dices que no te la follaste.

–Entonces, ¿cuál es el problema?

–Quizá que no te la follaste.

–Déjalo ya.

–Si te la hubieras follado, te la habrías quitado de en medio. O me habrías quitado de en medio a mí. O yo te habría quitado de en medio a ti. Pero no recibirías mensajes que te sobresaltan mientras estás con tu mujer en su cama de cuando era joven viendo *Una jornada particular.*

–Sobresaltar.

–Sobresaltar. ¿Prefieres turbar? –dijo, alzando la voz.

Él le indicó con un gesto que la bajara.

–El problema lo tienes tú.

–Ah, claro. Una mujer que ve a su marido ponerse rojo por un mensaje enviado, después de diez años, por una lolita muerta y enterrada. El problema lo tiene ella, es obvio.

–Es un mensaje insignificante.

–Pues si es insignificante, podías haberte quedado callado.

–Te lo he dicho precisamente porque es insignificante.

–Igual que hace años, imagino.

–No pensaba que estuviera en ese punto.

–Ni yo tampoco. –Respiró hondo–. Esa cría es peor que una hipoteca de novecientos euros al mes, es peor que qué se yo.

–Que un marido en paro.

–No lo hagas.

–¿El qué?

–Darle la vuelta a la tortilla.

–Tarde o temprano haré una buena entrevista, ya verás, y me darán el puesto en el marketing de la cerveza y tú me reconocerás como macho que marca el territorio.

–No lo hagas, te lo suplico –dijo ella, dejando caer los brazos a los lados.

Él se los apretó.

–Tienes que estar tranquila.

–¿Desde cuándo no hablabas con ella?

–Desde entonces.

Ella se soltó los brazos.

–Te lo suplico, Carlo.

–Desde entonces.

–Y esos libros que te envía son, vamos a llamarlo así, un intercambio cultural.

–Es una iniciativa suya.

–Carlo, yo lo que quiero es que te la quites de la cabeza.

–Ya me la he quitado.

Ella respiró hondo.

–Estoy cansada –dijo, con una voz que apenas se oyó–. Quítatela de la cabeza, por favor.

–Eres tú quien se la tiene que quitar de la cabeza.

–Carlo.

Él se quedó en el centro de la habitación, casi no se le veía en la penumbra de la habitación. Se acercó, ella le puso una mano en el pecho.

–Estoy cansada.

Y se dejó abrazar, se sentía pequeña cuando él la estrechaba con fuerza.

–Quédate un poco más –le repitió la madre.

Andrea la abrazó, luego se puso tenso y tuvo que apartarse.

–Tengo que irme, felicidades, mamá. –Los tulipanes rojos y amarillos estaban colocados en un jarrón de cristal. Saludó de lejos a su padre y salió, pasar a verlos antes de ir a la nave industrial le robaba fuerzas.

Caminó hasta el coche, subió y le echó un vistazo al teléfono, puso en marcha el motor. No le apetecía escuchar música y emprendió el viaje con la cabeza pesada. Echó el asiento hacia atrás y lo reclinó un poco, la costilla solo era una molestia, las flexiones con Anna le cargaban la zona lumbar, aún olía a su perfume de rosas. Notaba el estómago ligero, se había controlado con el pastel, lo importante eran las velas y el deseo que había pensado mientras su madre las apagaba. Que ella sea feliz, siempre se le ocurría el mismo deseo.

Luego despejó el cerebro, la calle era una fina capa de escarcha y la noche de Milán lo tranquilizó, esperaba que le tocase el egipcio, aquel panadero enorme como un coloso que tenía un hijo recién nacido, pegaba en las orejas y había hecho perder el conocimiento a dos luchadores. Tardó treinta y cinco minutos en llegar a la Novedratese, delante del Carrefour había tres nigerianas, siguió y emprendió la bajada hacia Carimate, aparcó en la entrada de la calle y se desabrochó el cinturón. Se disponía a acercarse al maletero cuando vio un coche medio oculto en la noche, a pocos metros, con los faros encendidos. Se protegió los ojos para verlo mejor, desistió y abrió la puerta del maletero, cogió la bolsa y oyó que el coche avanzaba despacio. Se acercó y entonces reconoció a Giorgio.

Una de las ventanillas estaba bajada y Giorgio lo observaba, no dijo nada, siguió avanzando y aparcó un poco más allá. Andrea se dirigió hacia él.

–Vete a casa.

–¿Es allí dentro adonde vas? ¿Quién hay ahí dentro? –dijo Giorgio, señalando la nave industrial. Los rizos le cubrían la frente, se los apartó y se asomó–. ¿Con quién follas?

–Vete, por favor.

–He estado debajo de la casa de tus padres durante toda la cena. –Bajó la mirada hacia el volante–. Cuando te he visto salir por el portal he pensado: entonces, no estaba follando con otro. Entonces, no es verdad que dice que va a casa de sus padres y al gimnasio y en realidad se va por ahí a buscar a alguien que se la chupe.

–Que te vayas, te he dicho.

–Y resulta que.

–¡Vete!

Todo aquel hielo que aclaraba la noche, y el murmullo del motor, y Andrea que solo quería al egipcio. Entonces el coche se alejó, marcha atrás, aceleró y él vislumbró a su hombre por la ventanilla, solo un momento, antes de echar a andar.

Se despertaron en la cama de adolescente de Margherita, su mujer dormía acurrucada junto a su espalda. Carlo se levantó despacio, en la calle aún estaba oscuro. Salió de la habitación con el cuello dolorido y fue al lavabo, se sentó en el borde de la bañera y se quedó allí con los ojos cerrados. El borde de la bañera. El día en que Lorenzo había salido del hospital, aquella cosita desesperada de dos kilos y medio, lo había acunado dando vueltas por la casa de Concordia, luego se había encerrado en el cuarto de baño porque era la habitación más cálida, se había sentado en el borde de la bañera y le había contado un cuento que se le había ocurrido allí mismo: su pequeño se había quedado dormido.

Se vistió con calma, se puso los zapatos ingleses *brogue* y decidió que se los pondría también para la entrevista, dos días más tarde, eran cómodos y estaban bien hechos. Al otro lado de la pared, el vecino canturreaba y tuvo la sensación de que se estaban lavando juntos los dientes. Anna les había contado que aquel hombre y su mujer dormían en habitaciones separadas. Pensó en la noche anterior, en Margherita, que después de la discusión le había dicho: duerme conmigo. Se abrochó la camisa, cogió el teléfono, releyó el mensaje de Sofia y ahora pensó que los libros enviados desde Rímini tenían un objetivo concreto –que ella deseaba de verdad volver a verlo–, pensó en su mujer, que siempre lo descubría –yo lo que quiero es que te la quites de la cabeza–, se sintió en desventaja por no haberla podido descubrir él también en su momento: la mañana en la que se había levantado y había preparado el desayuno mientras ella aún estaba en la cama, y había visto su BlackBerry olvidado sobre la mesa. Se había sentado y, a diferencia de lo que hacía siempre, lo había cogido. No hubiera sabido explicarse por qué precisamente aquella mañana. Había ido pasando los mensajes y había encontrado «Andrea fisioter», nueve mensajes en total, cuatro respondidos y cinco enviados, el último enviado era «Si te apetece una tarde, me gustaría verte», ninguna respuesta por parte de él. «Si te apetece», qué sonido tan elegante, le había resonado en la cabeza durante mucho tiempo.

Adulterio contra adulterio: yo lo he hecho, pero seguramente tú también lo has hecho. Había dejado que arraigara la sospecha, disculpando un poco sus propios engaños, molestándose, poniéndose celoso, conteniéndose. Su matrimonio había resistido el asalto de las dudas. Se habían protegido, de algún modo se habían protegido, y él se había aprovechado de su fragilidad para sentir de nuevo hambre del cuerpo de su mujer después de un hipotético Andrea: explorándole el coño (¿era el mismo, compacto, o más acogedor o menos acogedor, diferente?), besándole los pezones (¿él también se los había besado?, ¿cuál de los dos lo había hecho mejor?), oyéndola gozar (¿también había gozado así con él?).

Cuando follaban, había dejado de preguntarle si deseaba a otro, tener la certidumbre ya incrementaba la lujuria: Margherita había deseado a otro, quizá lo deseaba aún, pero solo él podía vivirla de verdad. Había vuelto a levantar la guardia, estaba casado con una mujer a la que otro deseaba y él podía pretenderla mejor. Ya no había vuelto a pensar en ella solo como su mujer. Así, las piernas extraordinarias de Margherita se habían convertido en las piernas extraordinarias que le pertenecían solo a ella, y su cerebro sorprendente se había convertido en el cerebro sorprendente que le pertenecía solo a ella, y sus ojos y sus labios le pertenecían solo a ella, e incluso su fuerza, tanta que le sobraba incluso para una seducción que lo dejaba a él al margen. Concienciarse de ello lo había ayudado a redescubrirla. Una mujer y no sus costumbres. Y una noche, mientras estaban sentados a la mesa, ella le había dicho:

–¿Te acuerdas de mi fisioterapeuta?

–El de la mordedura de perro.

–Es gay.

–Jamás lo hubiera dicho.

–Ni yo.

Y entonces él había visto, o había creído ver, a una mujer con una herida.

Salió del cuarto de baño y fue a la salita, Lorenzo dormía, Anna estaba despierta y miraba un destello de amanecer a través de la ventana.

–¿La enfermera llega pronto, Carlo?

–Dentro de una hora.

–Una hora es mucho.

Él se acercó.

–¿Te duele?

Ella le cogió las manos.

–¿Podrías llamar a Margherita?

Él se dio cuenta de que le dolían las manos. Volvió a la habitación, su mujer ya se había levantado y se disponía a subir la persiana. Lo vio entrar y le dijo:

–Me ha gustado dormir contigo en esta cama.

–A mí también. –Carlo intentó un abrazo, ella se apartó–. Tu madre quiere que vayas.

Margherita encontró a Anna retorciendo una punta de la sábana.

–Cariño, ¿puedes llamar a la enfermera para que venga antes?

–¿Te duele? Te preparo algo de comer y te tomas un calmante.

–No me duele.

Bajó la mirada hacia las sábanas, el hedor procedía de allí.

Margherita asintió.

–Yo me encargo.

–Llama a la enfermera, por favor.

–Yo me encargo.

–Cariño, no, por favor.

–Ya estoy yo, mamá.

Se volvió hacia el pasillo, sabía que su marido estaba allí y que no debía explicarle que estaba asustada. Le indicó con un gesto que se diera prisa con Lorenzo y luego fue a vestirse. Su madre la esperó en la misma posición, retorciendo la sábana y mirando a su nieto, Carlo le estaba poniendo los pantalones y la sudadera.

–¿Volverás pronto a ver a la abuela, amor?

–Roncas –le dijo el niño.

–Tú también roncas –le respondió ella.

–Yo también ronco –dijo Carlo, mientras le abrochaba la bata.

–Lo confirmo –dijo Margherita.

–Pórtate bien en el cole, jovencito.

Margherita acompañó a Carlo y a Lorenzo a la puerta. Cuando volvió, subió del todo la persiana y se dio cuenta de que Anna estaba observando el sillón de su marido.

–Lavé muchas a veces a tu padre. ¿Y sabes qué pensaba mientras le pasaba la esponja? –Se aclaró la garganta–. Pensaba: miras cómo has acabado, Franchin.

Margherita se acercó a la estantería de los discos.

–¿Qué ponemos?

Su madre no dijo nada.

Margherita eligió un vinilo.

–¿De Gregori?

–Demasiado limpio.

–Rino Gaetano, pongamos Rino Gaetano.

Sacó el disco.

–No pongas nada.

–¿De verdad?

–No pongas nada.

Margherita dejó de nuevo el disco en el estante y fue al cuarto de baño. Cogió el paquete de Linidor, sacó un pañal, cogió el barreño y lo llenó de agua tibia, cogió las esponjas, las toallas y la jarra, la llenó de agua caliente, sacó el empapador y el jabón neutro, lo puso todo encima de la mesilla con ruedas que ya habían usado antes con su padre. La empujó hasta la salita. Se acercó a la cama y giró la manivela para levantar el colchón.

–¿Estás cómoda?

Su madre asintió.

Le acarició un brazo. Le dio un beso en una mejilla, luego la cogió por una cadera y trató de colocarla de lado, su madre gimió de dolor. El tubo del catéter la limitaba, echó un vistazo a la bolsa y comprobó que estaba llena hasta la mitad. Margherita cogió a su madre por los hombros y la desplazó al lado derecho del colchón, colocó el empapador sobre la sábana y lo cubrió con las toallas.

–Yo estoy aquí.

Anna tenía la cabeza vuelta hacia un lado y los ojos cerrados.

–Yo estoy aquí, mamá.

Margherita vertió un poco de agua caliente en el barreño, abrió el envoltorio de plástico de las esponjas y las dejó empaparse, le quitó el tapón al jabón líquido.

–Ayer por la noche tuvisteis bronca, ¿verdad, cariño? –Anna estiró el cuello para ver qué se disponía a hacer su hija.

–¿Bronca? –Le retiró la parte inferior del camisón, la invadió el hedor–. Vimos una peli en el ordenador en la que salía una bronca, sí.

–¿Qué película?

–Una con la Loren y Mastroianni. –Respiraba con la boca.

–¿Y por qué levantaba la voz la Loren?

Margherita guardó silencio hasta que terminó de desenganchar el primer adhesivo del pañal.

–Porque Mastroianni se regodea en el pasado.

–¿Qué clase de pasado?

–La *dolce vita* que se le ha escapado.

–Era un actor en ascenso, hija, ahora ya casi no trabaja. Por cierto, ¿cuándo tiene la entrevista?

La camiseta le molestaba, se la subió hasta el pecho.

–Pasado mañana.

–Tiene todos los papeles en regla.

–Tiene cuarenta y cuatro años.

–Con cuarenta y cuatro años se tiene más experiencia.

–Con cuarenta y cuatro años, hoy en día, estás casi acabado. Además, el problema no es solo el trabajo.

Anna apoyó el brazo escayolado sobre el pecho.

–Es que me pareció oír la palabra *hipoteca*.

–Separa un poco las piernas, por favor. –Margherita contuvo una arcada y pegó la nariz a la camiseta, volvió a mirar a su madre y despegó el segundo adhesivo del pañal–. Vosotros los de la posguerra solo os asustáis cuando se trata de dinero.

–Porque al matrimonio nos adaptábamos.

Margherita la miró.

Su madre estaba seria.

–Adaptarse era una libertad, cariño.

–Pues yo no consigo hacerlo.

–A ti nunca te han gustado las libertades complicadas.

Margherita sujetó la parte delantera del pañal, tiró hacia abajo mientras miraba a su madre, le sonrió, bajó la cabeza. La mierda había manchado las toallas, también las manos de Margherita.

–Mira cómo he acabado.

–Eres preciosa. –Le quitó el pañal y volvió a cerrarlo, lo dejó a un lado y se apresuró con el barreño. La habían enseñado a lavarla desde el ombligo hacia abajo para evitar infecciones–. ¿El agua está bastante caliente?

–Dile a Mastroianni que coja el toro por los cuernos. –Luego asintió–. Sí, el agua está muy bien así. El toro por los cuernos, siempre funciona.

Margherita le dio una primera pasada, se tapó la nariz con el antebrazo al tiempo que se inclinaba un poco para que su madre no la viera, le pasaba la esponja y se concentraba en un punto a un lado. Luego se cansó de tener miedo y se fijó en cómo era su madre. Podría haber pasado por una jovencita. La lavó despacio, de arriba hacia abajo, enjugaba la esponja, de arriba hacia abajo, la enjugó otra vez, de arriba hacia abajo, enjugaba, prestaba atención al catéter, tiró la esponja al cubo y cogió una nueva.

–Mamá, ¿tú dudaste en serio de papá alguna vez?

–Con cuidado, cariño, por favor. –Anna suspiró–. Claro que dudé en serio de tu padre. Y también dudé de mí. Pero no vivía en tu época.

–¿Porque si no?

–Porque si no el toro por los cuernos, creo. –Sonrió. Respiraba con dificultad y tosió, Margherita se detuvo hasta que su madre se calmó. Luego le dio un beso en la frente–. Eres preciosa, ¿vale?

Había mojado la venda de la pierna, limpió un poco el extremo de la gasa y su madre chilló.

–¿Tanto te duele?

–Un poco.

–Está hinchada, pero supongo que es normal. –Prosiguió con delicadeza–. Se lo diremos a la enfermera.

–Al final, yo apoyo a la Loren, cariño. Lo sabes.

Margherita asintió, cogió las toallas limpias y empezó a apoyárselas despacio sobre la piel, apretaba suavemente y olía a su madre ya limpia. Había mojado un poco la sábana con la esponja, fue al cuarto de baño, cogió el secador del estante que estaba debajo del lavabo, secó la sábana y antes de apagar el aparato dirigió el chorro de aire caliente hacia su madre.

Anna sonrió.

Margherita volvió a colocarlo todo en el carrito y lo llevó al cuarto de baño, se encerró dentro. Se apoyó en la pared y se cubrió los ojos. Tenía las manos entumecidas, las abrió y las cerró, lavar a su madre, lavarla era lo que había hecho, lavarla bien, lavarla sin miedo. Apoyó la espalda en las baldosas, esperó a calmarse, se incorporó. Hizo ademán de dirigirse al lavabo, pero en lugar de eso se quedó inmóvil. Cogió el teléfono y llamó a su marido, esperó tres tonos y cuando él respondió le dijo:

–Solo quería oírte.

Él reconoció la voz ronca y le dijo que le contara qué pasaba.

Ella dijo:

–Solo era eso.

Permanecieron en silencio, luego él dijo Yo te quiero, ¿lo entiendes? Cuando terminaron de hablar, Carlo sintió la ternura de cuando volvía a casa después de las otras mujeres y observaba a Margherita y lo asaltaba un gran dolor por lo que le había hecho, un pesar dulce y abismal: porque ahora sabía que ella tenía razón, que tenía que quitarse a Sofia de la cabeza, volver a verla.

Dejó a Lorenzo en el colegio y lo vio acercarse a los demás niños, la bata le iba grande y lo hacía parecer más pequeño. Se alejó y caminó hasta el metro de Porta Genova, no pensó más en su hijo, el invierno le cortaba las mejillas, subió al vagón y bajó en la estación de Cadorna, compró un billete de tres euros y esperó el regional con destino Asso. El tren llegó puntual y él se acomodó junto a la ventana, durante el trayecto no se quitó la chaqueta y contempló por la ventana las naves industriales en venta, los campos yermos y las estaciones de provincia, los jubilados y los grupos de inmigrantes que temblaban de frío mientras esperaban el tren. Llegó a Cabiate y bajó. Una vez, él y Daniele Bucchi habían calculado que del centro de Milán a la tintorería solo había cuarenta y cinco minutos: menos de una hora para verse, pero solo lo habían hecho una vez.

Salió de la estación, se adentró por la calle que estaba delante en dirección a un casco antiguo minúsculo, no recordaba muy bien qué calle era, luego vio el cartel blanco que decía TINTORERÍA AURORA. Vio a Daniele al otro lado de la cristalera, se detuvo. Había una clienta junto al mostrador y él asentía mientras cogía del perchero un par de pantalones, la lavadora era una colmena de luces. Daniele colocó los pantalones sobre el papel de seda y los envolvió sin apartar la mirada de la clienta. Cortó un poco de celo y selló el paquete, bajó la cabeza para recibir el dinero y devolver el cambio. La clienta salió y la puerta emitió un tintineo que recordaba al de la campanilla de los restaurantes de otra época. Carlo entró, pidió permiso. Su amigo ya casi había llegado a la trastienda, estaba hablando con la mujer que planchaba.

–Soy yo, Lele.

Daniele tenía una grapadora en la mano, la dejó.

–Eres tú –dijo y se acercó a él–. ¿Dónde te habías metido?

Se estrecharon la mano.

Percibía la herrumbre de la amistad. Guardó silencio y Daniele lo invitó a pasar al otro lado del mostrador, le quitó la chaqueta.

–¿Cómo estás, Pente?

–Igual que antes del examen con la Bagli.

–Latín o italiano.

–Latín.

–Ay.

–Pero tienes delante al mejor apuntador de Parini.

–Qué tiempos. –Daniele bajó una palanca de la lavadora e indicó el ojo de buey–. La acabamos de cambiar, consume la mitad y cuesta como un coche. Pero ha sido un error.

–La otra aún funcionaba.

–Más o menos. –Daniele le hizo un gesto para que lo siguiera hasta la cristalera y señaló con un dedo un cartel azul en las casas del fondo–. ¿Lo ves?

–Antes no estaba.

–Apareció de la noche a la mañana, tres semanas después de que nosotros instaláramos nuestra máquina nueva. Chinos. ¿Sabes cuánto cobran por lavar y planchar unos pantalones? Dos euros. ¿Y yo? Pregunta.

–¿Y tú?

–Dos euros setenta y apenas me sale a cuenta. ¿Tú dónde irías?

–A tu lavandería.

–Eres más falso que Judas –dijo, fingiendo darle un puñetazo en el estómago, que Carlo de todas formas esquivó–. Estás en forma a pesar de haber tenido un hijo.

–He aprendido a parar los golpes.

–¿De quién?

–Los míos.

–Basta con que no te dejen fuera de combate por una gilipollez, ¿vale?

–Lo intento.

Luego guardaron silencio, en el instituto también guardaban silencio después de que uno de los dos insinuara una verdad. En el mostrador, codo con codo, en el campo de fútbol, uno defensa y el otro extremo, algunos domingos por la tarde en casa de Carlo y la semana siguiente en casa de Daniele, siguiendo el fútbol minuto a minuto en la radio mientras hacían la traducción de latín o sentados en los bancos de *piazza* Aspromonte, fumando a escondidas y bebiendo cerveza, o en la cocina de los Bucchi, con el padre de Daniele en camiseta, entrando de vez en cuando para comer un bocadillo de jamón y prepararles también uno a ellos.

–¿Y cómo se llama esa gilipollez? –dijo Daniele, levantando la comisura izquierda de la boca, aún llevaba las patillas largas y tenía los ojos un poco hundidos por el cansancio, pero seguían siendo radiantes.

–La gilipollez ha tenido varios nombres.

–¿Cuando eras profesor?

–También.

–Las cosas se complican con la llegada de los hijos, las tintorerías chinas y la vejez, y a veces uno puede reaccionar así, lo sabes, ¿verdad?

Carlo asintió.

–Y también sabes que si resistes a las gilipolleces, lo que has protegido se vuelve más fuerte.

–¿Y si no son gilipolleces?

–Entonces hazlas. –Dio una vuelta por la lavandería, le habían quedado las piernas torcidas de jugador de fútbol, caminaba arrastrando las zapatillas de deporte–. Yo soy de apostar fuerte.

–Tú que tienes mujer y tres hijos.

–Precisamente por eso.

Entró un hombre, el pelo le caía hasta los ojos, Daniele lo recibió en silencio y sus gestos se volvieron elegantes, las manos y las piernas ligeras como si fuera una libélula, se movió con rapidez, cogió una camisa del perchero eléctrico, la envolvió y desapareció en la trastienda. Volvió con un suéter que dobló con un movimiento del pulgar y del índice, lo dejó sobre el papel de seda y lo protegió con dos tiras de celo.

–Serán seis euros con veinte, gracias, señor Rosati.

El hombre le dio el dinero.

–Yo no lo traiciono, Bucchi –dijo, señalando la cristalera–. No llevo mi ropa a unos negros para que me la laven.

–Son chinos.

–Chinos, negros, da igual.

Recogió el cambio, se tocó el gorro y salió.

Carlo puso voz ronca.

–Yo no lo traiciono, Bucchi.

Daniele asintió.

–Tampoco te traiciones a ti mismo.

–Ni tú.

–Poco ha faltado. –Daniele anotó algo en un calendario de mesa–. Pero ¿sabes que renunciar por Agnese y los niños me sale de forma natural?

La lavadora emitía una cantinela rítmica.

–Eres del Inter. Has hecho diez años de masaje *shiatsu*. Comías pizza congelada. A lo mejor es masoquismo innato.

–Desde hace algún tiempo sufro claustrofobia, Pente. Me quedé encerrado en un ascensor durante cuarenta minutos, había ido a Milán para renegociar el seguro de la tintorería. Cuando me sacaron me comporté como si nada, pero desde entonces tengo palpitaciones y me cuesta más respirar, algunas veces hasta me pasa en el coche si estoy en un atasco. El año pasado fuimos de vacaciones a Lanzarote y en el avión lo pasé fatal, si el metro se para me asusto. –Pasó la palma de la mano por encima del mostrador para quitar un hilo de lana–. Me pasé un año yendo al psicólogo y me dijo que para proteger a mi familia me había cuidado muy poco a mí mismo.

Carlo sonrió.

–¿De qué coño te ríes?

–Imagínate si hubiera ido yo al psicólogo.

–Habría cambiado de trabajo.

–Empecé a ir, después de que me echaran de la universidad.

–Tendrías que haber continuado.

–Profesor fracasado, marido discutible, hijo de papá que finge que no lo es: demasiadas cosas.

Se miraron, luego Carlo se fijó en la fotografía que descansaba en un estante, se acercó y la cogió. Era Agnese en una hamaca, tenía encima a su hija menor y una pierna le colgaba fuera de la tela, llevaba una tobillera.

–Follar es tan bonito, Lele.

–A mí me lo vas a decir.

–Me refiero a no siempre con la misma.

–Lo supongo. –Se asomó a la trastienda, luego le indicó con un gesto que bajara la voz–. Pero si me imagino volviendo a casa después de haber hecho lo que me apetecería hacer, y prepararle una sopita a Isabella, jugar a la Play con Manuele y perseguir a Giulio por el pasillo, o ver en la tele *Factor X* con la nuca de mi mujer apoyada en las piernas, no lo soporto, no soy capaz. ¿Cómo se hace, Pente?

–¿Y si lo hiciera tu mujer?

–¿Tienes dudas sobre Margherita?

–Sencillamente, no quiero parecer machista.

–Pero ¿cómo puedes volver a tu casa después de haber estado con una veinteañera? Es muy feo.

–Puede ser.

–Y no me digas que algo tan feo no te llega al corazón.

–Quiero a Margherita.

–Tú tienes miedo.

–¿De qué?

–De estar ahí, de construir tu matrimonio y tu familia, de escribirlos como si fueran un libro. –Se volvió y pulsó dos botones de la lavadora–. Para escribir un libro hacen falta dos cojones, ¿no? Tú me lo dijiste una vez.

–O mucha inconsciencia.

Dos mujeres entraron en ese momento con un perro atado con correa, Daniele comprobó la lista que tenía al lado de la caja, Carlo se acercó al radiador vertical, apoyó la espalda y entró en calor. Releyó el mensaje de ella, luego se volvió hacia el letrero de neón de la tintorería china, perforaba el invierno y a él le pareció notar el inicio de la primavera: al otro lado del escaparate, Sofia contempló *largo* Bordoni ya sin escarcha, se dijo que Pentecoste no le respondería nunca, tal vez no le hubieran llegado los libros, tal vez lo hubiera molestado la intrusión.

Subió a lo alto de una escalera y abrió un cajón, aún quedaban bastantes clavos de pared y podía esperar un par de días para el pedido, junto con la masilla y los tacos metálicos. Desde lo alto, la tienda tenía su encanto y se preguntó cómo podía haber esperado que él respondiera. Decidió que no le enviaría nada más.

Cerró el cajón y volvió a la silla, abandonó las manos sobre el regazo y la mirada en un punto indeterminado del mostrador. No conseguía moverse, le ocurría cada vez que echaba mucho de menos a su madre. Esperó a que se le pasara, estaba pensando en cuando iban al campo que estaba detrás de la escuela de primaria de Vergiano, a principios de verano. Eran diez minutos en coche, en cuanto llegaban su madre sacaba un bote lleno de bolas de papel y le pedía que eligiera una.

–Pesca bien, Sofi, pesca bien.

Una de las últimas veces ella se había mostrado indecisa, había pescado una bolita, la había abierto:

–Amarillo.

–¡La que pierda limpia el balcón durante un mes!

Habían cerrado las puertas del coche y habían corrido hacia el campo, la regla era que valían tonos hasta el naranja –las margaritas nunca, demasiado fácil–, el ramo tenía que ser lo bastante grande para el jarrón de la cocina.

Sofia se había abalanzado sobre los dientes de león, los arrancaba y los recogía sin respirar, se había parado a recobrar el aliento mientras buscaba a su madre en la otra punta del campo, su madre era pequeña y a veces saltaba como un gato, de vez en cuando estornudaba. Después la había perdido de vista. Había mirado mejor, nada, desaparecida.

–Mamá. –Se había dirigido al lugar en el que la había visto recoger flores–. Mamá.

Desde allí partía una estela de plantas pisoteadas, hasta el final. Y entonces la había visto: en el campo de trigo de al lado.

–¡No vale! –le había gritado.

Su madre había levantado la cabeza, el pelo negro como el carbón y los ojos relucientes.

–¡Es amarillo! –reía, con las espigas entre los dedos.

Habían guardado de recuerdo el trigo y los dientes de león, en la cocina y en un rincón de la despensa. Después del accidente, su padre los había tirado.

Pensó que le bastaba con una espiga, que la conservaría en la ferretería, quizá en un jarrón largo y delicado, sobre el mostrador. Observó la percha, se acercó a la bata azul. Imaginó a su madre yendo a comprarla después de haber visto a la Vanoni en el concierto de *piazza* Cavour, volviendo a la tienda mientras canturreaba en voz baja, más feliz, la imaginó en el campo detrás del colegio de Vergiano, a principios de verano.

Descolgó la bata de la percha, se la puso, primero una manga y después la otra, se la ajustó sobre el pecho y tuvo miedo de que le quedara demasiado estrecha en las caderas. Se la abrochó y se dio cuenta de que le iba bien. Acercó la nariz a un hombro, olía a polvo, se preguntó dónde estaría su madre. Rímini siempre adelanta la primavera.

Andrea oyó que alguien llamaba a la ventanilla, se despertó y vio a Giorgio que lo observaba con las manos apoyadas en el cristal. Levantó la nuca, había aparcado de cualquier manera delante del quiosco, era muy temprano, se tocó el labio partido: el egipcio. Había perdido el combate en dos asaltos, no le permitirían volver a luchar en mucho tiempo. Desbloqueó las puertas, Giorgio abrió la del conductor.

–Madre mía –dijo, volvió a cerrarla, rodeó el coche y entró por el lado del pasajero–. Esta noche he llamado a todo el mundo.

–A mis padres.

–A tus padres no. Hasta he vuelto a la nave industrial, pero ya no había nadie.

–Tenemos que abrir el quiosco. –Se asomó un poco y vio al camarero del bar Rock, que los estaba mirando.

–Él me ha avisado de que estabas aquí.

–Los periódicos.

–Los ha recogido y me ha avisado. Iban a llamar al 118.

–Estoy bien.

Giorgio le tocó el cuello, él se apartó, el egipcio le había pegado también en el tórax, se palpó un costado y comprendió que no era grave. Inclinó el retrovisor, entreabrió los labios, uno de los incisivos estaba astillado.

–En la bolsa de atrás tengo calmantes, dámela por favor.

Pero Giorgio no se movió.

–La bolsa, por favor.

Levantó el respaldo.

Giorgio fue a buscar los fármacos y se los dio, Andrea los disolvió en media botellita de agua, bebió y la sangre se mezcló con el sabor a menta de las pastillas. Giorgio le quitó las llaves de las manos, levantó el cierre metálico, entró en el bar y empezó a llevar al quiosco los paquetes de periódicos. Se encerraron dentro del quiosco, abrió el taburete y le dijo a Andrea que se sentara.

Permanecieron en silencio, hacía frío. Andrea se sentó.

–Lo necesito.

Giorgio desplazó la montaña de periódicos.

–Pido medio día de fiesta y me apaño yo. Tú vete a casa.

–Estoy bien.

–Vete a casa.

–Con un combate salgo adelante varios meses.

–¿Adelante dónde?

–Lo necesito. –Andrea se sujetaba el costado, bajó la cabeza, tenía los ojos húmedos, hinchó y deshinchó los pulmones, jadeó como un recién nacido.

Giorgio cortó la fajilla de los periódicos, lanzó el cúter al mostrador. Se acercó a Andrea, le apoyó las palmas de las manos en las sienes, acercó la cabeza a su cuerpo y le dijo *Jag älskar dig*. Le secó los ojos.

–¿Por lo menos te sacas un poco de dinero?

–Muy poco.

–El club de la lucha de los pobres.

Andrea se tocó los labios tumefactos.

El otro lo miró fijamente.

–¿Qué es lo que no encuentras en mí?

–Lo hacía ya antes de conocerte.

Giorgio permaneció inmóvil, luego apiló los periódicos sobre el mostrador, comprobaba en el albarán que las cantidades se correspondieran y lo marcaba con un rotulador. Observó a Andrea. Le cogió una mano y se apoyó en lo alto de la pila de *La Gazzetta dello Sport,* recuperó el rotulador con el que tachaban las devoluciones al final del día, le quitó el tapón y le trazó una línea del índice a la muñeca. Y una línea del corazón a la muñeca. Y una línea del anular a la muñeca. Y una línea del meñique a la muñeca. Y una línea del pulgar a la muñeca.

Andrea se observó la mano pintada.

–Tus raíces, tu confusión, yo lo acepto. –De repente, le trazó una línea del meñique al pulgar que cruzaba las otras cinco–. Pero esto no. –Dejó el rotulador–. La vergüenza que sientes de ti mismo me da asco.

Andrea contemplaba su mano y le pareció la de otra persona, Giorgio se la soltó. Andrea se la acercó y se acarició las cinco líneas. Incluso más tarde, cuando llegó a casa y se metió bajo la ducha, antes de exponerlas al chorro de agua las acarició, luego las restregó con la esponja suave. Se interrumpió: quería conservar el recuerdo.

Terminó de lavarse, se curó las heridas y utilizó hielo para los hematomas. Llamó a sus alumnos y les dijo que tenía que cancelar los entrenamientos de ese día. Fue a la habitación, en un rincón habían encajado una mesita, los Stabilo de Giorgio estaban desperdigados entre los restos de lápices, abrió una carpeta y cogió la hoja que estaba en lo alto. Era el boceto de unos zapatos *francesina* de ante para la colección de otoño, estudió el tacón que ocupaba la parte baja, hacía tres días que Giorgio trabajaba en el diseño. Cogió el lápiz y se lo escribió en una esquina del boceto, *Jag älskar dig.*

Se tomó otro calmante y se metió en la cama, durmió mucho o tal vez muy poco, no sabía cuánto tiempo había transcurrido cuando sonó el móvil. Estaba atontado por el sueño, esperó a que la llamada terminara, volvió a quedarse dormido y lo despertó una segunda llamada, en la calle ya había oscurecido. Fue a la cocina y vio que era Margherita. Le respondió y ella le dijo que su madre tenía la pierna de un color raro y que le dolía.

–¿Qué significa un color raro?

–Como después de un golpe. La enfermera está convencida de que no es nada.

Él le dijo que se fiara de la enfermera, le preguntó si tenía otros síntomas como fiebre, frío, dificultad para respirar, oyó a Margherita preguntárselo a Anna, no tenía ninguno de aquellos síntomas.

–Me paso mañana por la tarde.

Se había levantado viento, las nubes eran cada vez más densas. Se puso los zapatos, se abrigó bien, no esperó el ascensor y decidió bajar por la escalera, el cuádriceps izquierdo le dolía. Avisó a Giorgio de que iba a ver a la señora del fémur roto porque había algo que no le cuadraba. Luego le dijo: gracias por lo de hoy. ¿De verdad vas a ver a la mujer del fémur con esa pinta? Andrea lo tranquilizó y le repitió: gracias por lo de hoy.

Tardó cuarenta minutos en llegar, bajó del coche, el viento era tibio. Margherita le abrió como si ya lo estuviera esperando.

–Dios mío –dijo cuando le vio el labio y el pómulo.

–Tenía un buen gancho de derechas.

–Tú estás loco. –Lo retuvo en el rellano–. Y has venido.

–A echarle un vistazo. –Entró en el salón y pidió permiso–. Soy yo.

Anna no respondió, entonces él se le acercó, el colchón estaba bajado y ella tenía la cabeza vuelta hacia la librería.

–¿Qué haces aquí? –le dijo sin moverse.

–Estaba cerca.

–Ya, como Onassis, que cogía un avión solo para desayunar con Jacqueline.

–Margherita me ha dicho lo de la pierna.

Anna se volvió hacia él.

–Madre mía, ¿qué te ha pasado?

–El boxeo.

–La idiotez.

–¿Me deja ver?

–Dame el número de alguien que te quiera y lo llamo enseguida. –Tiró de la sábana para destaparse.

Margherita encendió las luces de la salita, él bajó la cabeza, percibió un olor a limpio. La piel sobresalía por encima del vendaje y tenía un color oliváceo.

–¿La enfermera le ha aflojado la venda elástica?

–A mí me parece que está más apretada.

Andrea se quitó el anorak dejando las manos a los costados, lo cogió antes de que tocara el suelo y lo dejó sobre el sillón.

–¿Tu pareja te ha visto alguna vez quitarte el anorak así?

–¿Por qué? –dijo, mientras empezaba a desenganchar los clips que sujetaban las vendas.

–Irresistible.

–No exagere.

–Pareces Humphrey Bogart. –Anna apretó los dientes–. ¿Cómo se llama tu pareja?

Él se entretuvo con el segundo clip.

–¿Puede levantar un poquito la pierna?

–Perdona, soy una entrometida.

Se quedó inmóvil.

–Se llama Giorgio.

–Pues dile a Giorgio que te espere todas las noches en el sofá y te pones ay ay, despacio por favor.

–Perdone.

–Te pones delante de él y le haces el movimiento ese del anorak.

–Ya está –dijo Andrea, y le retiró el vendaje.

Ella suspiró.

–Oh, qué alivio.

Andrea le palpó la pierna, Anna reaccionaba con pequeños estremecimientos, él subió hasta el pañal y de reojo vio a Margherita en un rincón de la salita. Notó dolor en un costado y se irguió, se contempló las manos e imaginó en ellas las líneas de Giorgio, sus ramificaciones que trepaban por la señora Anna, luego le dijo a Margherita que se acercara.

–Tienes que hacer este movimiento cada dos horas, pero sin tocarle el lado interior. –Le cogió los dedos y se los apoyó en la pierna de su madre, él también las dejó allí. Guio a Margherita por el músculo contraído–. Así, ¿vale?

Y la masajearon juntos, él tenía los nudillos amoratados y ella se los cubrió con las manos, seguían siendo nudillos de muchacho.

Prosiguieron, Andrea cerró las manos y Margherita vio la camilla de FisioLab, aquellas manos desde el muslo hasta la ingle, el bañador apartado y la presión que reverberaba, el deseo, la necesidad absoluta de que él moviese el meñique, cuánto había deseado la impertinencia de aquel meñique. Había engañado a Carlo con un hombre al que le gustaban los hombres. ¿Había sido raro? No, había sido humillante, haber cedido con un cuerpo que había cedido por indecisión, por limosna, por distracción, durante mucho tiempo se había considerado un contratiempo. Luego se había revalorizado como rareza: había corrompido una naturaleza incorruptible. Había obtenido un orgasmo y una dulzura que perduraba. Una amistad. Un hombre que se preocupaba por su madre.

–Esta noche le dejo la pierna sin vendar. Pero preguntad a la enfermera. Si la piel se pone oscura, llamad al médico. ¿Se toma las medicinas para la sangre?

Margherita asintió.

–Han dicho que va a nevar –dijo Anna sin levantar los párpados, con la cabeza vuelta hacia la librería.

–Fuera hace un viento raro. –Andrea la trasladó con delicadeza al centro de la cama.

–La nieve en marzo trae novedades.

Anna se empeñaba en no mirarlos, tenía en la mente la imagen de sus cuatro manos en la pierna, y estaba poniendo en peligro sus propias convicciones, quizá su hija había tenido una distracción con él, la habría dejado estupefacta. De repente, se hartó de pensar en los demás: era una modista postrada en cama que se hacía sus necesidades encima. Pero aún le quedaban sus dedos, podía admirarlos bajo la sábana, acercárselos al rostro: las extremidades acostumbradas al ojo de la aguja, recrear el movimiento, cortar un dobladillo recto alineándolo con el índice, saborear el tejido adamascado con las yemas de los dedos. Se imaginó encaramada al taburete de la cocina, mientras Franco leía en el sillón, el olor dulzón del caldo en el fuego, la cháchara de Margherita al teléfono, en su habitación. Lo pasado sigue presente.

Le preguntó a Margherita por Lorenzo, su hija le dijo que estaba a punto de volver de la piscina. Tenía prisa cuando se trataba de su nieto, se lo habían dado tarde y ahora tenía que recuperar el tiempo. De haber podido, no se habría quitado jamás la escayola para que él pudiera seguir añadiendo detalles a su atún de la buena suerte. Tocó la aleta y la cola, repasó la silueta mientras oía a Margherita y a Andrea musitar en el recibidor. Se quedó dormida y al despertar encontró allí a Lorenzo.

–Hola, pequeñín –dijo, con voz adormilada–. ¿Has nadado mucho?

El niño asintió y rodeó la cama, cogió los cojines del sofá y los apiló sobre la silla, luego se sentó en su trono.

–Massimo Nicolini ha llegado el primero.

–¿Y quién es Massimo Nicolini?

–Mi amigo.

–¿Y tú cómo has quedado?

–Séptimo.

–¿Y cuántos erais en la piscina?

–Ocho.

–¿Te gusta algún otro deporte, cariño?

–Hacer de espadachín.

El niño rebuscó en su mochila, cogió un envoltorio de papel con una *focaccia* dentro, le dio un bocado y masticó.

–Pero mamá no quiere espadas.

–Tú eres un mosquetero aunque no tengas espada. Tú y yo somos los dos mosqueteros de ¿*via delle*?

–Leghe.

–Muy bien, cariño.

El niño le ofreció un trocito de *focaccia*, ella lo aceptó y se lo comió mientras seguía observando a su nieto, sus ojos cerúleos y el flequillo que apartaba igual que Margherita. Veía en él a Franco. Cuando estaba a punto de reír y se contenía, antes de abrir la boca y dejarse llevar, el aire despreocupado que no se correspondía con los ángulos de la mandíbula. Le pidió otro trozo de *focaccia*, aunque no le apetecía, el niño se lo acercó a la boca y se quedó allí, observando a su abuela que masticaba y que de repente dejó de masticar.

Anna escupió e intentó respirar, se llevó la mano al esternón, extendió la otra mano hacia el nieto y él se dejó coger.

–Abuela, abuela.

Anna tosió, respiró, se dio cuenta de que estaba aferrada a su nieto, lo acarició.

–Perdóname, amor.

Pero el niño la miraba fijamente.

–No es nada, cariño.

–Has comido deprisa.

–Es verdad. –Tosió de nuevo y se le escapó la saliva–. Se me ha ido por el otro lado. –Disimuló el escupitajo entre los dedos. Tenía taquicardia y el corazón le había bajado hasta la pierna, se tocó la piel dura que Andrea había masajeado–. La abuela ya está bien.

–¡Papá!

El niño hizo ademán de bajar de la silla. Anna lo retuvo.

–¿Por qué no me dibujas algo en la escayola?

Lorenzo se quedó inmóvil. Carlo llegó desde la habitación.

–¿Qué pasa?

Margherita estaba detrás de él.

–¿Necesitáis algo? –le preguntó Anna.

–¿Nosotros?

El niño se volvió hacia la abuela, ella le guiñó el ojo y él bajó de la silla para abrir su mochila, cogió los colores.

–Queríamos –tosió Anna–, queríamos desearte suerte para mañana, ¿a qué hora tienes la entrevista?

Carlo se acercó, sacudió las migas de la sábana.

–A las nueve. –Los miró a los dos, no dejaba de mirarlos–. Tú no canses mucho a la abuela, ¿eh?

–No me cansa, le he dicho yo que me haga un dibujo y estaba a punto de pedirle que me empuje a la habitación con su fuerza de mosquetero.

–¿Quieres volver a la habitación, mamá?

Anna asintió.

Margherita se agachó, les quitó el freno a las ruedas de la cama como si esperase desde siempre aquella petición. Cogió la cama por el borde y empezó a moverla con delicadeza.

Desde que Margherita había conocido a Carlo había algo en ella a lo que Anna había intentado poner nombre. Una disposición para la diligencia, quizá algo aún mejor: Margherita apoyaba a los demás en sus conflictos. El amor conyugal la había convertido en una mujer capaz de aceptar las incoherencias, protegiéndolas casi, como permitir a su madre que se instalara en la salita con aquella cama voluminosa y obedecer sin hacer preguntas la petición repentina de volver a la habitación, acompañar a un padre que quiere morir antes de lo previsto, dejarse atrapar por una presunta traición.

Margherita empujó la cama hasta el centro de la habitación,

la giró con cuidado de manera que quedara junto a la máquina de coser, bajó un poco las persianas y empezó a traer desde la salita las demás cosas. Luego abrió las puertas del armario y su madre pudo ver la ropa colgada.

–Gracias. –Anna se fijó en el chal que llevaba el día de su boda. El celofán dejaba entrever el tejido claro–. Me lo puse del revés.

–Sí, lo sé. Un gesto subversivo en los años cincuenta. Pero yo creo que te equivocaste y ya está.

Anna le sonrió, se acomodó mejor en la almohada y notó que la invadía el cansancio. Cuando se despertó ya había oscurecido y la única luz era la que entraba desde el pasillo, la enfermera había movido el sillón y la velaba mientras leía una revista con una lamparita portátil. Le entraron ganas de toser pero se contuvo, su respiración se había vuelto más superficial, cambió de postura para encontrar fuerzas en los pulmones, la piel de la pierna estaba fresca y no se asustó porque debajo de las sábanas olía a limpio. Miró por la ventana y vio que en el aire, debajo de la farola, flotaba una especie de polvillo, miró mejor y vio que era la nieve de marzo.

–Ya ha llegado –susurró.

–¿Cómo dice, Anna? –le preguntó la enfermera.

–¿Es nieve?

–Aguanieve, ha empezado hace una hora.

Y entonces deseó que la aguanieve se hiciera más densa y cuando algo más tarde vio que estaba sucediendo, le entraron ganas de levantarse y salir a la calle: era la niña de *via* Padova que ganaba el concurso de muñecos de nieve, para la nariz utilizaba un calabacín y para los ojos papel de periódico pintado de negro. ¡Estaba nevando!, Andrea hubiera querido decírselo a Giorgio pero se contuvo. Se acercó a la ventana y esperó a que los copos blancos cuajaran en el asfalto y en el montículo de tierra que estaba bajo el nogal, luego le dio miedo que *César* tuviera frío, su cola en forma de coma, los ojos húmedos, todo aquel frío sobre la herida, el costado, las patas, el hocico. Aferró la manija de la ventana y notó que le rodeaban los hombros por detrás, Giorgio lo abrazó y le apoyó una mejilla en el cuello, Milán nunca está preparado para la nieve, a Margherita le pareció un buen auspicio para la entrevista de su marido, se entusiasmó, cruzó el comedor de Concordia y dio un golpecito en el cristal, Carlo se levantó del sofá y apagó el televisor, se acercó a ella y él también pensó que podía ser una señal para la entrevista y para otras cosas. Abrazó a su mujer, emanaba el mismo perfume desde que la conocía, tenía el deseo de que fuesen solo ellos dos y la certidumbre de que ellos dos solos jamás habrían sido, Mi Margherita, se lo susurró en el silencio de Concordia y su mujer le cogió un brazo y se lo apretó con fuerza, luego le dijo que la esperara en la cama. La nieve era fina y giraba en remolinos, del exterior llegaba una claridad que iluminaba el comedor. Recorrió el pasillo hasta la habitación de Lorenzo, dormía con el pie fuera del edredón, decidió no taparlo y se dirigió al mueble del recibidor. Era un mueble de principios del siglo XX que su padre había restaurado, se lo había regalado su madre cuando se habían mudado: ella también usaba el cajón de arriba. Lo abrió, rebuscó, encontró el frasco de los antihistamínicos, su marido había dejado de llevarlo encima y ella no se lo había recordado más. Dio un paso hacia el perchero, metió la mano en el bolsillo interior del abrigo de Carlo y dejó allí el frasco, luego hundió la nariz en el cuello de la prenda.

En el bolsillo de la bata de su madre, Sofia había encontrado un antiguo recibo de la peluquera Lidia de *largo* Bordoni. Lo había llevado a casa desde la ferretería y ahora lo contemplaba bajo la lámpara: cortar y secar le había costado veintiocho euros y la fecha era de quince años atrás, un 13 de septiembre.

Lo dejó sobre la mesilla y se metió en la cama, Tommaso la tapó. El colchón era pequeño y cuando dormían juntos ella se sentía incómoda, porque experimentaba la necesidad de girarse, todos aquellos rizos, la respiración ruidosa que le impedía dormir. Le cogió una mano bajo el edredón, la entrelazó con la suya y le pareció extraño, con su padre tal vez aún despierto un par de habitaciones más allá.

En la calle, el viento azotaba las ventanas de aluminio, apagó la lámpara y se quedaron los dos contemplando la claridad que se colaba en la habitación, se adormilaron. Tommaso la despertó acariciándole la cabeza, le gustaba cómo le tocaba el pelo corto, luego él dijo que tenía que irse y ella no lo retuvo. Lo observó mientras se vestía, contempló aquel cuerpo fornido pero ágil en los movimientos. Lo acompañó a la puerta, volvió a la habitación y se acercó a la ventana para bajar del todo la persiana, entonces vio la aguanieve, Oh, dijo, y la invadió una gran alegría.

En Milán se cuenta que la mañana de San Ambrosio, hacia las diez, se cuelgan tres llaves de un abeto que está delante del estadio del parque Sempione. El abeto es el más exterior del principio de *viale* Malta. Dice la leyenda que las tres llaves conducen a un apartamento situado más allá del Arco de la Paz, en el número 6/A de *via* Eupili: es un edificio con detalles de estuco en la fachada y la primera llave abre la verja, la segunda la puerta de madera y la tercera la vivienda de la última planta. Es un apartamento bien cuidado, una salita con una mesa y un sofá de terciopelo, una librería bien provista. Un cuarto de baño con bañera y sales perfumadas, una cocinita con buena comida. Y también una habitación con un colchón cómodo, sábanas nuevas y tres mantas suaves. Quien encuentre las llaves puede quedarse en el apartamento hasta la mañana siguiente siempre que respete tres reglas: cumplir el horario, no indagar acerca de la identidad del propietario, el alojamiento es para una sola persona.

Cuando Carlo le había pedido a Franco que fueran a indagar sobre la leyenda, era el día de San Ambrosio de 2005 y estaban los dos haciendo cola en Cova para recoger su tarta de *ganache* de chocolate y frambuesas. Franco había fingido no oír nada, había seguido en la cola y Carlo le había dicho que solo eran las diez y cinco, aún tenían tiempo.

–Es tarde.

–Vamos, Franco.

El padre de Margherita no se había movido.

–Franco, va.

–¿Qué?

–La historia me la contaste tú.

–Es una historia.

–¿Quién te la contó?

–Todo el mundo en Milán la conoce.

–¿Has ido alguna vez al abeto?

Franco había negado con la cabeza y había vuelto a guardarse la cartera en la chaqueta, era un hombre imponente y lo había observado arqueando sus cejas de schnauzer.

–Las mujeres están esperando que volvamos con la tarta.

–¿Cuánto podemos tardar? Buscamos el abeto y volvemos.

Franco se había pellizcado la nariz con dos dedos, lo hacía siempre que se concentraba. Había consultado el reloj, se había vuelto a poner el gorro.

–Vamos.

Habían ido en el Toyota Corolla y habían tardado veinte minutos en llegar al parque Sempione, no habían encontrado sitio para aparcar y Franco le había dicho:

–Ve tú.

–Un yerno no abandona nunca a su suegro.

–Todavía no te has casado con Margherita.

–Pero me casaré.

*–I giürament d'amur düren un dí.** *

–Me casaré con ella, antes o después me casaré con ella.

Carlo había bajado, Franco había puesto los intermitentes de emergencia, se habían adentrado en el parque trazando un semicírculo por la grava de *viale* Malta, el abeto era el primero y se veía bien desde el camino. Les salía vapor de la boca por el frío, habían llegado junto al árbol, se habían parado.

Franco se había quitado el gorro.

Carlo se había acercado a la corteza: estaban colgadas de un clavo introducido en la base de la rama más alta. Tres llaves, para llegar hasta ellas tenían que subirse el uno encima del otro.

Franco también se había acercado.

Carlo lo miraba.

–Vamos a cogerlas, ayúdame.

–No se lo cuentes a las mujeres. –Se había frotado las manos como si tuviese frío.

–Vamos a cogerlas.

Franco había bajado la cabeza.

*–Mí sun cuntèent inscí.***

–Yo quiero ir a *via* Eupili.

* En dialecto: «Los juramentos de amor duran un día». (*N. de la T.*)

** En dialecto: «Yo me conformo con esto». (*N. de la T.*)

–*Mí sun cuntèent inscí.*

Y se había pellizcado la nariz mientras retrocedía.

Carlo se pellizcó la nariz cuando lo llamaron para la entrevista. Se había convertido en su gesto de la buena suerte –no lo sabía Margherita, no lo sabía Anna–, cada vez que lo hacía veía a Franco pasmado bajo el abeto.

Le dijeron que se sentara en una sala con una mesa de madera, desde los ventanales se veía el cruce nevado de la *piazza della* Repubblica. En una de las paredes reconoció un cartel de Depero en el que un hombre con sombrero brindaba levantando una jarra. Carlo se quitó el abrigo, dejó la mochila en el suelo y se sentó, cuando entraron volvió a ponerse en pie y se retorció las manos. Hicieron algún comentario sobre el tiempo, luego le comunicaron que le iban a formular una serie de preguntas y que la segunda parte de la entrevista se desarrollaría en inglés, ¿podían empezar?

Carlo asintió.

–Señor Pentecoste, supongo que es consciente de que tiene un currículum, vamos a decir, «entrecortado».

–¿En el sentido de variado?

–Es licenciado en letras, ha trabajado como redactor publicitario, responsable de estrategia, profesor a tiempo parcial en un máster de Técnicas Narrativas, redactor para una editorial turística.

–Una mezcla interesante.

–Una mezcla interesante. ¿Lo definiría como indecisión?

–Lo definiría como flexibilidad.

–Presentarse como candidato para un puesto de marketing en el sector de las bebidas es un salto considerable.

–El marketing combina muchos de mis intereses.

–¿Por ejemplo?

–Pensar una historia, ser capaz de contarla.

–¿Lo definiría como manipulación?

Carlo reflexionó.

–Seducción.

–¿Aunque se trate de cerveza?

–Lo importante es el efecto.

–¿Qué entiende por efecto?

–La pasión que se consigue suscitar.

–¿Me está diciendo que dar clase a estudiantes o escribir un catálogo turístico sobre las Maldivas o comunicar una doble malta significa, para usted, alcanzar el mismo nivel de pasión?

–El resultado debe ser, en todos los casos, un impacto emotivo.

–¿Sabe usted que desde el 2010 los consumidores han ido perdiendo progresivamente el instinto de lo que nosotros llamamos «felicidad de la compra»? Actualmente tienen un tercio del deseo de dejarse impactar emotivamente por un producto. ¿Cómo se enfrentaría a ese cambio?

–¿Convenciéndolos para que se tomen una cerveza?

Sonrieron.

–Así, ¿se definiría usted como una persona capaz de convencer?

–Capaz de transmitir.

–¿Se refiere a cuando daba clases?

–Sí, también.

–Veo que su actividad en la universidad quedó interrumpida.

–Pagaban poco.

–Entonces, ¿para usted la motivación económica cuenta más que la motivación vamos a llamarla sentimental?

–Cuentan las dos. Cuenta también la excitación.

–¿Excitación?

–Vivir.

–¿Cómo?

–Explorarse.

–Bien, ahora le voy a proponer una serie de contextos a los que usted debe responder en una escala del cero al diez en función de su impacto emotivo o, si lo prefiere, en función de su «excitación». Impacto emotivo o excitación inexistente es cero. Implicación total o excitación total es diez.

–Adelante.

–¿Dar una clase sobre Shakespeare a quince estudiantes?

–No conozco bien la obra de Shakespeare.

–Cuantifique, por favor.

–Siete.

–Redactar el manual de instrucciones del último modelo de iPhone.

–Uno.

–El mismo manual, pero añadiendo consejos acerca de cómo el iPhone nos puede hacer más fácil la vida cotidiana.

–Cinco.

–¿Hacer de guía en una muestra de arte?

–¿Qué muestra?

–Cuantifique.

–Dígame una muestra.

–Picasso.

–Cinco.

–Una muestra sobre el diseño de las botellas de Coca-Cola.

–Ocho.

–Hablar en público sobre la nueva patente de un aspirador.

–Cuatro.

–Redactar un discurso sobre los beneficios psicológicos de viajar en primera clase, a pesar del precio.

–Ocho.

–Sobre un herbicida no tóxico.

–Siete.

–¿Siete?

–No deja de ser una novedad.

–Sobre un herbicida clásico.

–Cero.

–Sobre una bebida con sabor a fresa y efecto adelgazante.

–Tres.

–Crear una página en Facebook para un grupo musical nuevo.

–Seis.

–Póngame un ejemplo de lo que para usted sería un diez.

–Levantarme todas las mañanas para ir a un puesto de trabajo rodeado de personas que me gustan, trabajar ocho horas al día en algo que no me contamine, recibir un sueldo regular y adecuado en términos de la relación esfuerzo-satisfacción, tener tiempo para mi familia.

–¿A qué se refiere con esfuerzo-satisfacción?

–A no dejarme explotar.

–Usted sabe que el puesto al que se presenta es sénior, ¿no?

–Desde luego.

–Por tanto, sabe que tendrá al menos dos supervisores y otras dos personas por encima de usted.

–Desde luego.

–Puede que más jóvenes.

–Ningún problema.

–O solteras.

–¿Qué significa eso?

–Que no le dan al tiempo el mismo valor que usted. Algunas de esas personas también trabajan el sábado.

–Ningún problema.

Lorenzo.

–Sabrá usted que durante las campañas publicitarias nuestra sede permanece abierta fuera del horario normal de oficina.

–Me lo han explicado, sí.

–He visto que su nivel de inglés es A2.

–Sí.

–Y de francés, B1.

–Lo he practicado más.

–Ahora le propongo algunas posibilidades de ocio y usted responde según la escala de antes. Leer.

–Ocho.

–Practicar la jardinería.

–No sabría decirle. ¿Cuatro?

–Viajar.

–Diez.

–Ir a cenar con amigos.

–Siete.

–Probar una degustación de quesos.

–Siete.

–Participar en un curso de sumiller.

–Dos.

–Utilizar las redes sociales.

–Seis.

–Hemos detectado que no las frecuenta de forma asidua.

–Mejor que no.

–¿Mejor que no?

–Podría pillarme los dedos.

–¿Podría pillarse los dedos pero eso no sería excitación?

–Depende.

–Entiendo.

–¿Sí?

–Cinco preguntas más antes de pasar a la conversación en

inglés. ¿Hasta qué punto se considera flexible en lo relacionado con los cambios positivos?

Salió setenta minutos más tarde, dio unos cuantos pasos por la calle de la estación y el perfume de la nieve le escoció en la nariz, respiró despacio, entró en un bar, pidió un café *macchiato*. Se desabrochó los botones del abrigo y sacó el teléfono, llamó a Margherita y le dijo Ha ido bien.

–¿Cómo son las personas? Me refiero al ambiente de trabajo.

–Bueno, personas humanas, me gusta.

–¿Qué te han preguntado?

–¿Anna?

–Todo normal.

–Ha sido una charla agradable.

–Cariño, soy feliz.

–¿Eres feliz?

–Sí.

–Irá bien, ya lo verás.

Él sujetó el teléfono con fuerza.

–Esta mañana Lore me ha dicho Papá lo va a conseguir.

Margherita dijo:

–Papá lo va a conseguir.

Cuando salió del bar notaba las piernas cansadas y la cabeza despejada, se cubrió los ojos y los fue destapando poco a poco. Se dirigió hacia la Estación Central, compró un billete para el Frecciabianca de las 10:35 y sintió que no tenía ganas y que tenía ganas y lo necesitaba: subir a escondidas a un tren, sentarse durante tres horas junto a una ventanilla que daba a los campos lombardos y a los de Emilia-Romaña. Abrió la mochila y sacó el cuaderno, como si el peligro que estaba corriendo pudiera infundirle la inspiración necesaria para escribir, bastaría con una frase bien hecha para sentir asombro, una sola frase para creer que obtendría el trabajo en el marketing de la cerveza, que traería al mundo un libro, que no se habría detenido más en una época en la que se turbaba por una joven de veintidós. El tren salió y él miró por la ventanilla, poco después la campiña de Piacenza le pareció dulce. La nieve alisaba las aristas de la tierra, el frío había sorprendido a los huertos, las chimeneas expulsaban un aire sucio, había estado en Rímini cuando era adolescente, él, Bucchi y los demás habían ido a bailar al Baia Imperiale, habían dormido en una pensión de Rivabella de la que no recordaba nada excepto un letrero ocre y un sofá con ceniceros incorporados. Qué le iba a decir a Margherita, llamó a su madre y le preguntó si podía quedarse con Lorenzo después del colegio, él iría a buscarlo a la hora de cenar, qué le iba a decir a Sofia.

Echó un vistazo a los trenes de vuelta y calculó que tenía tres horas escasas. Guardó el teléfono, se acomodó en el asiento: en una escala de cero a diez, ¿cuál era su nivel de inconsciencia? Sonrió, conservaba en la mente el rostro del hombre que lo había interrogado en la entrevista, el cráneo reluciente y las gafas con montura de pasta, el corbatín sobre la prominente nuez, lo imaginó paseando en invierno con un perro, tal vez un perro salchicha, le había caído bien porque contenía las muecas, por el movimiento nervioso de la pierna bajo la mesa, por el sorbo de agua bebido al final, cuando le había dicho con vehemencia Ya le diremos algo, Carlo. Ya le diremos algo, el fémur de Anna, Lorenzo que nada a braza como el verano pasado en la isla de Elba, los pensamientos de un hombre de cuarenta y cuatro años que viaja hacia dónde, ¿hacia dónde? El único pensamiento: Sofia en la trastienda de la ferretería y él de pie detrás de ella terminando lo que nunca antes había conseguido terminar, mientras ella le coge el brazo como se lo cogió el día de la despedida, en su casa de Isola. Miró por la ventanilla, la nieve en Parma era más débil y la tierra negra asomaba, en Bolonia sintió el impulso de bajar y coger un tren de vuelta a Milán. Hizo un ovillo con la bufanda y la apoyó en el cristal para usarla como cojín, lo despertó el revisor cuando ya estaban en Cesena. Le mostró el billete, luego se puso el abrigo y se enrolló la bufanda, llegó al espacio entre un vagón y el siguiente, solo entonces se dio cuenta de que llevaba algo en el bolsillo interior. Palpó con dos dedos y encontró el frasco con el antihistamínico, lo sacó, le dio vueltas mientras el vagón se detenía, lo apretó, la puerta se abrió y se encontró en Rímini.

Se arrebujó en el abrigo, recordaba una plaza delante de la estación, veinticinco años atrás él y sus amigos habían desembarcado de un tren regional entre la muchedumbre veraniega que vendía entradas para el Bandiera Gialla y el Lady Godiva, el griterío y las luces de la costa, ahora flotaba una niebla débil. Se encontró en una avenida que se convertía en peatonal, a la izquierda vio la catedral, la fachada de color marfil recordaba el frío y él se sintió entumecido. Pasó junto a una hilera de tiendas, la plaza estaba un poco más adelante y los habitantes de Rímini estaban escondidos bajo los pórticos, se detuvo con los pies encima de un dibujo en forma de estrella que cubría los adoquines, consultó el mapa en el teléfono y vio que era *piazza* Tre Martiri. *Largo* Bordoni estaba a dos kilómetros en la misma dirección, el Adriático quedaba en el lado opuesto, le hubiera gustado verlo y ahora además tenía hambre, recuperó el aliento, el aire olía a salobre y a tormenta acabada.

–Adelante.

Se lo dijo y siguió una música procedente de unos pequeños altavoces colgados a lo largo de una calle, se mantuvo cerca de una bicicleta que iba despacio a causa de los transeúntes, conducía un hombre con bigote.

–¡Sauro!

Desde un quiosco saludaron al hombre de la bicicleta, Sauro devolvió el saludo y Carlo trató de seguirlo. La bicicleta se detuvo delante de una enoteca cuyo cartel decía MORRI, ya había dejado atrás el centro de Rímini y él supo lo que estaba haciendo: los lavabos de la universidad, la pelvis de ella pegada a la suya, el olor a amoníaco, los labios y la lengua porosa, ella que suspira No podemos, «Así están las cosas», el deseo, venía de estas calles, árboles y gentes, estaba convencido de haberlo vivido todo y convencido de no haber vivido nada, de qué manera se depositan los recuerdos. Atravesó una arteria muy transitada, ya en la primera periferia, que le pareció muy tranquila en comparación con la de Milán, las casas cuidadas, las bicicletas junto a la puerta. Se adentró por una avenida arbolada, *via* Dario Campana, consultó el mapa, le indicaba aún doce minutos a pie, se encontró en una rotonda de hierba con una caseta de color rojo rubí, a doscientos metros estaba *largo* Bordoni.

Tenía la misma sensación de cuando estaba a punto de entrar en la 67, o en una cama desconocida, la impresión de estar cumpliendo una tarea. Las viviendas populares, un poco más allá, con su elegancia melancólica y geométrica, consultó el reloj: eran las dos y veinte, las tiendas no tardarían en volver a abrir, puede que la ferretería ya hubiera abierto. Rozó las verjas de las casas, vio un supermercado Despar y una pescadería, alguien cruzaba la calle con las bolsas llenas, saludaba, se paraba a charlar, emprendía de nuevo la marcha, él se aflojó la bufanda. Sofia había escrito en su cuento que vivía en uno de aquellos edificios, recordaba un primer o segundo piso, el día del accidente el Fiat Punto estaba aparcado allí delante y ella y su madre habían subido y habían puesto la radio.

Y entonces llegó: *largo* Bordoni era una especie de explanada. En la parte peatonal había un pórtico con una lechería, un bar, un quiosco, una lavandería y, encima de las tiendas, una terraza a la que daban varios apartamentos. Pasó por delante de las tiendas, al otro lado de la calle estaba abriendo la floristería, más allá del cruce vio un parterre con dos bancos y varias sillas, y por fin la vio: FERRETERÍA Y MENAJE DEL HOGAR CASADEI. Las luces estaban apagadas y delante de la puerta había un expositor del que colgaban varias regaderas. Se acercó y percibió en uno de los escaparates un resplandor intermitente, violeta, luces de Navidad que colgaban sobre los productos expuestos. Se asomó, el frío empañaba el cristal, el interior estaba oscuro, pero distinguió el mostrador y, sobre él, un contenedor lleno de tapones de plástico de varios colores, vio mosquetones y anillas para llaves, la pared del fondo estaba cubierta por un mueble de cajones en cada uno de los cuales colgaba un cartelito que no conseguía leer. Apoyó una mano en el cristal y dejó una estela en la condensación, un transeúnte le pasó justo al lado y él se giró de golpe, justo entonces detectó un movimiento al fondo de la tienda. Una sombra se movía de una estantería a otra: era un hombre que le indicó con un gesto que esperara, giró la llave de la puerta y abrió.

–Si necesita algo, está abierto.

–Solo estaba mirando.

–Estamos reorganizándolo todo, si tengo las luces encendidas me interrumpen continuamente, abriremos enseguida. –Era delgado, susurraba y entornaba los párpados al hablar–. ¿Seguro que no necesita nada?

–No, gracias, disculpe si le he interrumpido.

–No se preocupe, que tenga un buen día.

Tal vez fuera el padre. Lamentó no haberle estrechado la mano, el hombre del cuento de Sofia que no tomaba decisiones pero sabía atender, demasiado silencioso, demasiado gentil, decidido solo con los clientes. Carlo lo observó una última vez y retrocedió, se giró de golpe como si hubiera intuido algo y la vio. Sofia estaba al otro lado de *largo* Bordoni. No la veía del todo bien, pero sabía que era ella, esperó hasta estar seguro del todo, luego se alejó del escaparate y se ocultó tras la esquina de la tienda.

El hombre le abrió la puerta, le dijo algo, Sofia se quitó el abrigo y el bolso, los colgó en un perchero, se puso con calma una bata azul, se desperezó estirando los brazos. Era preciosa, era ella. Con el rostro más huesudo, aquel pelo corto, le pareció que tenía el cuello más largo y sinuoso. Toqueteó algo junto al mostrador, las luces de la ferretería se encendieron y ella se tocó el lóbulo de una oreja. El tiempo le había dado a sus mejillas un aire menos infantil, Carlo reconoció los hoyuelos de cuando intentaba concentrarse en clase, sintió nostalgia y supo que la nostalgia traía consigo ternura. Cómo le habría gustado sentir antes aquella ternura, él solo un profesor y ella solo una alumna, cómo le habría gustado no involucrarse con otras mujeres, dejar resbalar aquellos otros cuerpos y contarlos entre las renuncias dolorosas. Sintió frío, pero dejó la bufanda floja, se colocó bien la mochila y apoyó un hombro en la pared, espiaba discretamente al otro lado del escaparate. Vio a Sofia subirse las mangas del jersey, llevaba brazaletes y ahora él sintió pena y alivio porque la excitación no volvía a despertarse: no estaba adormecida, estaba amaestrada. Aquella chica entre los estantes de una ferretería, cuyos rasgos, movimientos y posible indecencia reconocía, había adoptado una forma precisa en un recuadro preciso, controlable y sereno, componía la belleza del tiempo perdido. Sintió deseos de saludarla, la observó mientras charlaba con el hombre y rebuscaba algo en un cajón que estaba tras ella.

Sofia subió dos peldaños de la escalera, las piernas fuertes asomaban bajo la bata, luego descendió y le dijo a su padre:

–Come algo.

–*A'no fèma.**

Ella le acercó igualmente el táper de plástico, había preparado cuscús con verduras.

–Come un par de cucharadas.

El padre señaló uno de los escaparates.

–Ya hace más de dos meses que ha pasado la Navidad. –Se dirigió hacia allí y se abrió paso entre los productos expuestos, cogió la guirnalda de luces de color violeta y empezó a tirar con suavidad, la retiró y se la enrolló en el brazo y en el hombro–. Desenchúfalo, Sofia.

Pero ella se echó a reír porque su padre era un árbol de Navidad, un hombre flaco flaco que las bombillas hacían resplandecer.

–Espera.

Sacó el móvil del bolsillo y le hizo una foto.

–Tengo una hija tontita.

–Va, posa para la foto.

–¡Déjame!

–Vamos, papá.

Él se desenrolló la guirnalda violeta y fue a apagar el interruptor.

–No me pongas en internet.

–¿Puedo?

–No.

–Vamos, si estás muy guapo, ven a verte.

Su padre dejó a un lado las luces y buscó el libro de registro en el que estaba apuntando los pedidos. Sofia le enseñó el

* En dialecto: «No tengo hambre». (*N. de la T.*)

móvil: qué viejo estaba, al menos aquellas luces le daban un poco de alegría.

–*Fa' cum ut pèr.**

–Pues la publico.

Retocó un poco las sombras, de manera que el rostro de su padre quedara medio oculto, en el pie escribió «Papá Noel insiste, ¿llegará la primavera?», insertó siete *hashtags* y la ubicación, compartió en Instagram.

Margherita vio el *post* cuarenta y dos minutos más tarde, mientras esperaba la respuesta para un piso de tres habitaciones en la zona de Moscova. La foto simpática y cariñosa, la expresión medio divertida del padre, pensó que debían de ser buenas personas. Le entraron ganas de llamar a su marido, se contuvo, se conformó con la voz serena de Carlo después de la entrevista, sabía que debía dejar pasar aquel día. Se acomodó en la silla, desde su mesa veía *corso* Garibaldi y a los transeúntes, le encantaba cuando una joven pareja se detenía a leer los anuncios del escaparate y luego entraba, quería siempre atenderlos ella, había aprendido a ser sincera: advertir discretamente si existían riesgos, como instalaciones antiguas, vecinos ruidosos, gastos de comunidad atrasados. Había nacido del talión de Concordia, pero también de una conciencia que había adquirido: su trabajo le parecía un fastidio, un poco, no demasiado, pero estar en aquella sala con otros siete colegas aguerridos, facturar para una sociedad estadounidense, tener un escritorio con objetos de papelería predeterminados, en fin, al final del día quería que todo aquello tuviera algún sentido. Retorcía las manos cada vez que pasaba cerca de su antigua agencia: últimamente, pasaba a propósito por allí, ahora era un bar, pero el parqué era el mismo y también los acabados de

* En dialecto: «Haz lo que quieras». (*N. de la T.*)

las paredes, entraba, tomaba algo y contemplaba el parqué y los acabados mientras se decía que aquellos tiempos volverían.

Se puso en pie sin esperar el correo con la confirmación del piso de tres habitaciones en la zona de Moscova. Le explicó a su colega que tenía que ir a ver a su madre, nada grave, seguiría la negociación por teléfono, salió y se dirigió a pie hasta Montenapoleone, entró en Cova y compró una bandeja pequeña de dulces de repostería, pidió que le añadieran más diplomáticos, e imaginó a su madre en el mostrador, entre señoras con abrigo de piel, la modista de *via delle* Leghe que entraba en el fortín de sus clientas, tan menuda, las madres tímidas en la pastelería de los ricos y los padres amables envueltos en luces navideñas.

Cuando llegó a casa la encontró medio adormilada, Mira qué te he traído, le dijo y la vio abrir los ojos como si fuera un recién nacido. Dejó sobre la cama la bandeja de pastelillos. ¿Son diplomáticos? Margherita asintió y se los enseñó, Nos los comemos esta noche con los chicos, cariño, a ellos también les gustan mucho.

Luego el padre de Sofia apiló dos cajas sobre los brazos y las cargó en el Renault SCENIC que estaba delante de la ferretería, Carlo se apartó unos pasos del escaparate, luego unos pasos más, la última imagen era ella en lo alto de la escalera, su bailarina de puntillas, las piernas torneadas, esbeltas y elegantes, adiós, Sofia, le susurró mientras se alejaba del pórtico de *largo* Bordoni, caminaba con las manos en los bolsillos del abrigo, sin aflojar el paso, conservaba la imagen del hombre envuelto en luces de Navidad y de su hija, cuando llegó a la caseta de color rojo rubí tuvo la sensación de que ya podía dejar marchar su última juventud.

Y ahora quería ver el mar y durante todo el tiempo que tardó en llegar hasta allí tuvo la sensación de que Rímini lo sabía, era una despedida, todas aquellas personas y las bicicletas y las calles que se afanaban por dejarlo pasar le indicaron la dirección, desde las primeras casas de la periferia hasta el Puente de Tiberio y allí muy cerca el barrio de los pescadores, recorrió el casco antiguo y cruzó por el paso subterráneo de la estación, llegó hasta una fuente en la que cuatro caballos de piedra expulsaban agua por los ollares, justo detrás estaba el Grand Hotel, se dirigió hacia allí mientras la niebla empezaba a descender otra vez, cruzó el paseo marítimo y recorrió la pasarela hacia una de las casetas de baño, la pintura estaba descolorida y en la fachada se veía el número 4, la dejó atrás y subió una duna no muy alta. El Adriático estaba sereno, solo unas pocas olas pequeñas salpicaban el rompiente, le salió vaho de la boca y buscó una barca, pero no la vio, la niebla lo envolvió.

Una noche había sonado el teléfono en *via delle* Leghe, Anna estaba cenando con su marido y con Margherita. Se habían asustado, porque a aquellas horas nunca llamaba nadie. Anna había corrido hacia el aparato, había respondido conteniendo el aliento y había escuchado una voz de mujer que llamaba de parte del taller de costura para el que ella trabajaba de vez en cuando, quería hablar con la persona que hacía arreglos. Anna le había dicho que era ella, había preguntado otra vez con quién estaba hablando y luego había escuchado con atención el encargo y había prometido hacer lo que pudiera. Luego había colgado y había vuelto a la mesa para comunicar a su familia que tenían que venir unas personas para un trabajo urgente.

–¿Ahora? –había preguntado Franco mientras empezaba a recoger la mesa.

Anna había asentido y Margherita le había dado a su muñeca Marisa un trozo de pan que había sobrado, luego había bajado de la mesa y se había acurrucado en el sofá.

Las personas habían llegado media hora más tarde, dos mujeres con abrigo y un hombre que se había quedado en el rellano. Las mujeres habían entrado con una funda para vestidos y Anna las había acompañado a la salita, Franco y Margherita se habían retirado al dormitorio.

Juntas habían abierto la funda y habían sacado un vestido: Yves Saint Laurent. Anna ya había trabajado con alta costura y conocía los cortes de Saint Laurent, lo difícil era la caída. Había colocado una tela de algodón sobre la mesa y encima había extendido el vestido para contemplarlo como se contempla una obra de arte: la falda oscura, los materiales caros, todos aquellos elementos de fantasía en la tela.

–Está inspirado en Matisse –había dicho una de las dos mujeres, que llevaba unos pendientes carísimos y otro vestido de noche bajo el abrigo–. Me he puesto un vestido de reserva por si acaso no se puede arreglar.

–El que lleva también es una preciosidad.

–Pero ellos me han mandado este. Y me parecía que en fin...

Anna asintió.

–¿Cuándo es la fiesta, señora?

–Dentro de una hora y media.

El vestido tenía un lazo de color azul pastel en la cintura, la parte superior era una camiseta negra escotada, de manga larga. Se fijó en las incrustaciones del raso. El roto estaba en un lado y llegaba hasta el borde de la falda.

–Haré lo que pueda, tendrá que ayudarme probándoselo.

–Es usted muy amable, en el taller me han dicho que es usted la única aquí en Milán.

–La única a estas horas, puede que sí.

Habían sonreído, Anna les había ofrecido café, ellas habían declinado amablemente la oferta y se habían sentado a la mesa. Anna se había puesto a trabajar y ya no las había mirado más, tenía que disimular el roto tras un doble pliegue simétrico, había tardado cuarenta y cinco minutos y solo se había desconcentrado cuando se había abierto la puerta de la habitación y había salido Margherita. La había oído ir al lavabo y se había sentido incómoda al oír el ruido de la cisterna y a Franco, que le decía en dialecto que se diera prisa.

–¿Cuántos años tiene su hija? –le había preguntado la mujer.

–Cuatro.

–Yo tengo un niño y una niña.

Anna se había acercado el vestido a los ojos, las hojas de Matisse eran rojas, verdes y ocre y ella las había acariciado con dos dedos, siempre se emocionaba porque veía la muñeca del estilista mientras trazaba el boceto, la montura de sus gafas y el pelo peinado hacia un lado, eran casi de la misma edad y en él veía la misma discreción que ella poseía. Se había entretenido unos minutos más para contemplar su trabajo, encorvada sobre el vestido, luego se había puesto en pie y le había pedido a la mujer que se lo probara.

La mujer le había pedido ayuda para desvestirse y se había quedado prácticamente desnuda en un lado de la salita. Anna se había fijado en lo hermosa que era, las fotos de las revistas no le hacían justicia. Luego Anna había ido a buscar el espejo que tenía en un rincón, junto a la librería, los pocos volúmenes ocupaban solo uno de los estantes, el resto eran baratijas y adornos varios.

–Está mejor que antes –había dicho la mujer.

Anna había acariciado la tela zurcida.

–Tenga cuidado cuando gire el cuerpo.

–Hoy se me ha enganchado con una percha.

–Cosas que pasan. –Había terminado de colocarle bien el vestido, le había retocado el lazo de la cintura, qué delgada estaba, luego le había puesto bien el colgante y le había subido un poco el escote–. Ya está.

La mujer se había mirado una última vez, se había girado hacia Anna, había extendido una mano y le había tocado el hombro.

–Eres toda una estilista.

–Solo soy modista, señora.

La mujer le había hecho un gesto a su acompañante para que se encargara de la remuneración, estaba en un sobre de papel de arroz.

Anna había apretado el sobre contra el vientre y había dado las gracias, con la mano libre había ayudado a las mujeres a ponerse el abrigo y las había acompañado a la entrada.

–Adiós.

La mujer se había quedado en el rellano.

–Mi marido está aquí, en el coche.

–Oh –había dicho Anna, y había apartado la mirada.

–Le diré que ahora tenemos una modista en Milán.

Le había sonreído y se había marchado, bajo el abrigo asomaba un fragmento de hoja rosa, Yves que descendía la escalera de *via delle* Leghe.

La hoja roja de Saint Laurent y el vientre plano de la mujer, en eso estaba pensando cuando Margherita, Carlo y Lorenzo entraron en la habitación para ofrecerle otra vez los pastelillos.

–¿Te apetece un diplomático?

Anna a duras penas los miró, se estaba esforzando por recordar la expresión de Franchin después de que ella le diera el sobre de papel de arroz para que lo abriera, él lo había abierto y se había quedado estupefacto al ver todos aquellos billetes.

–¿No quieres un diplomático?

–¿Me traes la nota de Turín, por favor?

–La nota de Turín. –Margherita arrugó la frente–. La nota de Turín, sí –dijo, y le dio a Carlo el plato con el pastelillo, Lorenzo miraba a su abuela mientras se comía su mazapán. Anna se volvió hacia él–. Ahora la abuela te va a enseñar un secreto.

Margherita volvió y le acercó una nota de color marfil, Anna la sostuvo con los dedos que asomaban bajo la escayola, la caligrafía era nítida pero ya no conseguía leerla.

Carlo le cogió la nota y leyó el contenido en voz baja: «Por su amabilidad y por su arte, gracias. También en nombre de Saint Laurent. M. A.».

Lorenzo le dio un bocado a su mazapán, Anna le sonrió.

–El golpe de suerte de tu abuela.

–¿Sabes que no recuerdo nada de aquella noche? –dijo Margherita, mientras le bajaba la cabecera de la cama.

–Eras pequeña, cariño.

–Papá decía que a partir de entonces tuvisteis que desconectar el teléfono.

–A partir de entonces llegaron muchos clientes, pero nunca desconectamos el teléfono.

–Franco decía que el Avvocato* había pasado por aquí para hacerse un traje. –Carlo apoyó la barbilla en la cabeza de su hijo.

–Franco tenía mucha imaginación.

Se había dejado invadir por la nostalgia desde que fingía que la pierna iba a mejor. En cambio, notaba un dolor sordo en el cuerpo que le llegaba hasta la cabeza, le latían las sienes y notaba una opresión en el pecho. No soportaba quejarse, le

* Apodo con el que se conocía popularmente a Gianni Agnelli, nieto de Giovanni Agnelli, uno de los fundadores de FIAT. (*N. de la T.*)

había mentido a la enfermera de noche y a la enfermera de día, le había mentido a Andrea aquella tarde. Miró por la ventana, buscaba los tejados cubiertos de nieve, pero ya se había fundido. Luego le entraron ganas de dormir, de vez en cuando se dirigía a la Virgen antes de sucumbir al sueño, tardaba unos momentos en encontrar el tono de las confidencias, eran charlas de mujeres. Le pedía algún que otro favor para los demás, para sí misma solo pedía no sufrir. Era su tormento, las extremidades doloridas y el no poder hacer nada, estar inmovilizada y convertirse en una carga para su familia, cuánto le habría gustado pasear de noche por *via* Montenapoleone, admirar con calma los escaparates iluminados. Le hizo un gesto a Carlo, a él le bastaba con un gesto, lo vio dejar a Lorenzo en el suelo y decirle que fuera a ayudar a su madre en la cocina, cuando se quedaron solos ella le aferró una muñeca.

–Tienes que hacer como con Franco si hace falta.

–Anna.

–Por favor.

–No hace falta.

–No permitas que yo.

Él le acarició los dedos.

–¿Qué te pasa?

–Yo –dijo, apretándole las manos–. Tengo miedo.

Carlo se quedó allí hasta que ella se durmió. Luego apagó la luz grande, dejó la lámpara junto a la máquina de coser, le quitó la nota de Turín y la depositó en la mesilla de noche. Fue a la cocina, Margherita estaba lavando los platos mientras canturreaba una canción, se pegó a su espalda y ella dejó las manos inmóviles bajo el agua, él le dijo Sigue. Margherita pasó de nuevo el estropajo, Carlo tenía la barbilla apoyada en uno de sus hombros, le dijo que aquella noche tenían que dormir allí. Ella cogió otro plato y lo enjuagó, le preguntó si se lo había pedido su madre y él repitió Durmamos en esta casa. Ella asintió, él le cogió una mano, cayeron gotas de agua al suelo, Margherita se volvió y se colocó de frente a él, vio a través de la puerta ventana que había empezado a nevar otra vez, Hoy he tenido miedo de que no volvieras.

Andrea se quitó la capucha de la sudadera y notó los pinchazos del frío, cerró el coche y cruzó la calle, llegó al bloque y antes de entrar contempló de nuevo Milán en el invierno de marzo.

Restregó las suelas de los zapatos contra el felpudo del portal, tenías ganas de volver y se dio cuenta ya en la escalera, subía los peldaños de dos en dos. Desde que no vivía solo solía subir los peldaños de dos en dos, de vez en cuando se detenía en el rellano y se daba cuenta de que notaba una especie de alivio. Giró la llave en la cerradura y a punto estuvo de pedir permiso, la casa estaba en penumbra, no encendió las luces y se quedó con un pie dentro y otro fuera, dio un paso al frente y casi se convenció de que no había nadie. Entonces vislumbró a Giorgio en el sofá del comedor, dormía, y su silueta era larga, ondulada y azul.

Cerró despacio la puerta, pensó en despertarlo, pensó en dejarlo dormir, se detuvo y casi sonrió, oyó una voz en la calle que parecía surgir de la nieve.

Franchin, soy un pez turquesa, Franchin, soy

La voz resonó en el exterior y Carlo tardó unos momentos en darse cuenta de que en realidad era Anna. Se levantó del sillón y fue a la habitación, el reflejo de los tejados nevados iluminaba la noche y la vio mientras dormía. Esperó junto a la puerta para escuchar su respiración, era una sibilancia, luego pasó por delante de la habitación cerrada en la que estaban Margherita y Lorenzo, volvió a la salita. Se dirigió hacia el tocadiscos apagado, Lucio Dalla se había quedado en el plato, atenuó la luz de la lámpara de pie y dio un paso hacia la librería para tocar el lomo de los libros, estaban perfectamente alineados y algunos tenían un forro de plástico, en la portada de cada uno de ellos Anna escribía el mes y el año de lectura. Se alejó de la librería, estaba tranquilo, se sentó en el sillón del hombre que le había mostrado esta vida, el abeto y las tres llaves, *Mí sun cuntèent inscí.* Una especie de fidelidad.

Estiró las piernas sobre la mesita, se hundió en el relleno del asiento y la funda de piel crujió. Se adormiló, la luz de la lámpara de pie le atravesaba los párpados pero no la apagó, desde niño había dormido siempre con una luz a los pies de la cama. Luego resonó de nuevo la voz de Anna y esta vez la oyó con claridad, fue a la habitación. Ella estaba en la misma posición, la cabeza ligeramente ladeada hacia el hombro derecho, un hilillo de saliva que le bajaba hasta el mentón. Se acercó, Anna tenía los ojos abiertos, miraba el armario, no respiraba.

El pez turquesa la velaba, circunspecto.

Salieron de la ferretería y Sofia vio Ina Casa con los balcones llenos de jazmines, su padre conducía deprisa y cuando llegaron a la caseta de color rojo rubí ella le preguntó si podía sentarse al volante. Él puso el intermitente y paró, aunque faltaba muy poco para llegar a la tienda mayorista, se cambiaron de sitio y se abrocharon de nuevo el cinturón, avanzaron en silencio hasta los baluartes septentrionales. Luego Sofia puso la radio y rodeó el casco antiguo, desembocó en el puerto de las chalanas, la tienda mayorista estaba pasada la marina militar, giró hacia el lado contrario. Su padre le dijo que diera la vuelta, pero ella siguió conduciendo en dirección a Rivabella, eran solo un par de kilómetros, él le preguntó adónde quería ir y ella respondió A ver a mamá.

Entonces su padre guardó silencio, no volvió a acomodar la espalda en el respaldo hasta que llegaron a las curvas del cementerio, se adentraron por una callejuela y rodearon los muros. Aparcaron en la hierba, ella fue la primera en bajar del coche, su padre fue más lento y nada más bajar se encendió un cigarrillo, fruncía el ceño y una sonrisa incierta, ella comprendió que tendría que ir sola y se alejó.

Pasó junto al puesto de flores y llegó a la entrada, vio el sepulcro en forma de proa del *Rex*, era la tumba de Fellini y de Masina y del hijo de ambos, el sol se reflejaba en el bronce.

Giró a la izquierda y tuvo que dar unos cuantos pasos para recordar la dirección correcta. Las luces de los muertos la guiaron hasta su madre.

La tumba era la tercera a la derecha, las rosas que había llevado su padre aún estaban frescas, y ella sacó las manos de los bolsillos para colocar bien los tallos. Luego la miró, el pelo rizado que le caía sobre los hombros, los ojos de mirada tímida, le daba vergüenza salir en las fotos, pero en el fondo le gustaba, Estoy aquí, mamá, Margherita entró en la habitación, la cama antidecúbito seguía allí y también la máquina de coser, estoy aquí. Abrió las puertas del armario, primero una y luego la otra, aquellos vestidos, todos aquellos vestidos, tocó la blusa de fantasía que su madre se ponía en cuanto empezaba a hacer calor y que para ellos marcaba la llegada del buen tiempo.

Cuánto iba a tardar en vaciar aquel armario, en ordenar con cuidado los trajes de chaqueta, los pantalones y los zapatos, dónde los iba a guardar después de haberse quedado algunas prendas. Quería contarle que Carlo había empezado el periodo de prueba en el nuevo trabajo y que Lorenzo estaba convencido de que la abuela Anna nadaba en el mar, quería contarle que en cuanto entraba en casa la veía encaramada a su taburete, junto al tocadiscos, con los pies sobre la mesita baja, que a veces le hablaba: hola, susurraba, y se detenía entre la salita y el pasillo, veía en el cuarto de baño las gasas y todo lo que había usado para lavarla, se contemplaba las manos que la habían aseado, habría podido hacerlo mejor, con más delicadeza, habría podido mostrarse más desenvuelta, no toser cuando le daban arcadas, hacerle compañía cuando no se lo esperaba, jamás la había llevado de viaje, nunca a su querido San Petersburgo.

Retiró de la percha la blusa de fantasía y la extendió encima de la cama, hizo lo mismo con los demás vestidos, los fue apilando despacio hasta llegar al chal de la boda envuelto en plástico. Lo cogió, quitó el celofán, se acercó a la ventana y vio que la tela se había conservado perfectamente, lo volvió del revés y se lo colocó sobre los hombros, una esposa libre de los años cincuenta, estoy aquí.

Esta primera edición de *Fidelidad,* de Marco Missiroli,
se terminó de imprimir en *Grafica Veneta S.p.A. di Trebaseleghe* (PD)
de Italia en enero de 2020. Para la composición del texto
se ha utilizado la tipografía Celeste diseñada por Chris Burke
en 1994 para la fundición FontFont.

Duomo ediciones es una empresa comprometida con el medio
ambiente. El papel utilizado para la impresión de este libro
procede de bosques gestionados sosteniblemente.

PEFC
PEFC/18-31-226

Este libro está impreso con el sol. La energía que ha hecho posible
su impresión procede exclusivamente de paneles solares.
*Grafica Veneta* es la primera imprenta en
el mundo que no utiliza carbón.

GV
GRAFICA VENETA